O PROCESSO

O PROCESSO

FRANZ KAFKA

Tradução: Jéssica Alonso

Principis

Esta é uma publicação Principis, selo exclusivo da Ciranda Cultural

Traduzido do original em alemão
Der Prozess

Texto
Franz Kafka

Tradução
Jéssica Alonso

Preparação
Karin Gutz

Revisão
Mariane Genaro

Produção editorial e projeto gráfico
Ciranda Cultural

Imagens
dgbomb/Shutterstock.com;
Bolkins/Shutterstock.com;
Snap2Art/Shutterstock.com;
Prazis Images/Shutterstock.com;
Masterlevsha/Shutterstock.com;
AVA Bitter/Shutterstock.com;

Dados Internacionais de Catalogação na Publicação (CIP) de acordo com ISBD

K11p Kafka, Franz

O Processo / Franz Kafka ; traduzido por Jéssica Alonso. - Jandira, SP : Principis, 2020.
224 p. ; 16cm x 23cm. - (Literatura Clássica Mundial).

Tradução de: Der Prozess
Inclui índice.
ISBN: 978-65-555-2005-7

1. Literatura alemã. 2. Ficção. I. Alonso, Jéssica. II. Título. III. Série.

2020-589 CDD 833
CDU 821.112.2-3

Elaborado por Odilio Hilario Moreira Junior - CRB-8/9949

Índice para catálogo sistemático:

1ª edição em 2020
www.cirandacultural.com.br

SUMÁRIO

Detenção. Diálogo com a senhora Grubach. Em seguida, com a senhorita Bürstner

Alguém certamente difamara Josef K., pois sem ter feito nada de mau, certa manhã, ele fora detido. A cozinheira da senhora Grubach, proprietária do seu quarto, que todos os dias lhe trazia o café da manhã por volta das oito horas, não viera dessa vez. Isso nunca tinha acontecido. K. esperou ainda um pouquinho. De seu travesseiro, viu a velha mulher que morava em frente e o observava com uma curiosidade bastante incomum e, então, desconcertado e faminto ao mesmo tempo, chamou à porta. Mal havia batido e um homem, que nunca tinha sido visto nessa casa, entrou. Era esguio, porém robusto, vestia uma roupa preta que, semelhante aos trajes de viagem, era equipada com diversas pregas e bolsos, fivelas, botões e um cinto, o que lhe conferia um ar deveras prático, apesar de não se saber exatamente para que servia.

– Quem é o senhor? – perguntou K., sentando-se meio ereto na cama.

O homem, no entanto, desviou-se da pergunta, como se fosse preciso admitir sua aparição e apenas disse:

– O senhor chamou?

– Era para Anna me trazer o café da manhã – disse K., a princípio, tentando descobrir tacitamente com atenção e ponderação quem era aquele homem afinal.

No entanto, ele não se deixou fitar por muito tempo, mas virou-se para a porta que mantinha aberta para falar com alguém que, aparentemente, estava logo ali atrás.

– Ele quer que Anna lhe traga o café da manhã.

Houve uma breve risadinha no aposento adjacente e, após o barulho, não era possível discernir se havia mais pessoas envolvidas. Apesar de o estranho não ter descoberto nada além do que já sabia antes, falou para K. em tom informativo:

– Não será possível.

– Agora essa – respondeu K., pulando da cama e vestindo apressadamente as calças. – Quero ver quem são essas pessoas aí na sala ao lado e saber como a senhora Grubach vai me compensar por tal importunação.

Não demorou muito para ele perceber que não deveria ter falado isso em voz alta e que, de certa forma, reconhecia o direito de supervisão do desconhecido, mas isso agora não lhe parecia importante. Mesmo assim, o estranho percebeu e falou:

– O senhor não prefere ficar aqui?

– Não quero ficar aqui, tampouco ser abordado pelo senhor enquanto não se apresentar.

– Falei para o seu bem – afirmou o estranho abrindo a porta voluntariamente agora.

O aposento ao lado, em que K. adentrava aos poucos e de boa vontade, à primeira vista, parecia quase como na noite anterior. Era a sala de estar da senhora Grubach, talvez houvesse um pouco mais de espaço do que de costume nesse aposento abarrotado de mobília, mantas, porcelanas e fotografias, mas isso não se notava de imediato, ainda mais porque a mudança principal se tratava da presença de um homem sentado à janela aberta, com um livro, do qual agora desviava o olhar.

– O senhor deveria ter ficado no seu quarto! Franz não lhe disse isso?

– Disse, mas o que o senhor quer afinal? – perguntou K., lançando um olhar de renovado conhecimento para o homem chamado Franz, que permanecia em pé diante da porta. Pela janela aberta, via-se de novo a velha senhora, que havia se dirigido à janela oposta para continuar observando tudo com uma verdadeira curiosidade senil. – Ainda quero falar com a senhora Grubach – afirmou K., movendo-se para se desvencilhar dos dois homens que ainda estavam longe e continuar andando.

– Não! – disse o homem à janela jogando o livro em uma mesinha e levantando-se. – O senhor não pode sair, pois o senhor está preso.

– Está parecendo mesmo – disse K. – E por quê? – perguntou em seguida.

– Não fomos instruídos a lhe dizer nada. Vá para o seu quarto e espere. O processo já foi aberto e o senhor terá conhecimento de tudo no momento oportuno. Estou descumprindo meu contrato ao tratá-lo assim tão amigavelmente. Espero, no entanto, que ninguém além de Franz ouça, ele mesmo está contrariando todas as orientações ao tratá-lo com gentileza. Se o senhor continuar tendo essa sorte com a nomeação dos seus guardas, pode ficar esperançoso. K. quis sentar-se, mas acabara de perceber que não havia nenhum lugar para isso no aposento, exceto a poltrona à janela.

– O senhor ainda vai ver como isso tudo é verdade – afirmara Franz aproximando-se dele com o outro homem. Este era bem mais alto que K. e lhe dava tapinhas regulares no ombro. Ambos analisaram a camisola de K. e afirmaram que, agora, ele teria que usar um pijama muito pior do que aquele, mas guardariam esse e suas outras roupas e os devolveriam se sua causa se mostrasse favorável.

– É melhor o senhor deixar suas coisas conosco do que no depósito – afirmaram –, pois lá os peculatos são frequentes, além de todas as coisas serem vendidas após determinado tempo, sem considerar se a ação em questão foi concluída ou não. E esse tipo de processo demora bastante, sobretudo nesses últimos tempos. É claro que o depósito lhe pagará o provento no fim, mas ele já é baixo por si só e a venda não é decidida pelo valor da oferta, mas pelo valor da propina e, por experiência própria, sabemos que esses proventos diminuem conforme passam de mão em mão e de ano para ano.

K. prestara pouca atenção em tal discurso, pois não lhe importava tanto o direito de disposição das coisas que ainda possuía, para ele, era muito mais importante ter clareza sobre sua situação e, no entanto, mal conseguia pensar na presença dessas pessoas. Notara que a barriga do segundo guarda (eles poderiam mesmo ser apenas guardas) continuava encostando nele de modo formalmente amigável e passou a contemplar aquele rosto seco e ossudo, com um nariz fortemente desviado para o lado, que nada ornava com aquele corpo redondo e que se comunicava com o outro guarda por cima dele. Que tipo de gente era aquela? Sobre o que estavam falando? A qual autoridade pertenciam? K. vivia em um estado de direito, a paz reinava em todos os lugares, todas as leis eram justas. Quem ousava abordá-lo em sua própria casa? Tinha o pendor constante de levar tudo da forma mais leve possível, de acreditar no pior somente quando o pior acontecia, de não se preocupar com o futuro, mesmo quando tudo era ameaçador. Isso aqui, no entanto, não parecia certo, até poderiam considerar tudo uma brincadeira, uma brincadeira de mau gosto, que, por motivos desconhecidos, talvez por hoje ser seu trigésimo aniversário, seus amigos do banco estavam lhe pregando, era possível, é claro; talvez ele precisasse apenas rir de alguma forma na cara dos guardas e eles ririam também; talvez fossem empregados ali da esquina, eles até se pareciam, apesar disso, dessa vez, desde a primeira aparição do guarda Franz, ele estava decidido a não abrir mão nem da menor vantagem possível que talvez tivesse em relação a essa gente. K. não via muito risco de as pessoas dizerem depois que ele não entendera a piada, ele bem se lembrava sem, no entanto, criar o hábito de aprender com as experiências de algumas situações pouco significativas nas quais, diferentemente de seus amigos e sem a menor sensibilidade para as possíveis consequências, agira de forma descuidada e imprudente de propósito e o resultado havia sido uma punição. Isso não aconteceria de novo, pelo menos não dessa vez, se isso era uma comédia, ele também queria participar dela. Ele ainda era livre.

– Permitam-me – disse, passando apressadamente entre os guardas para ir ao seu quarto.

– Ele parece sensato – ouviu dizerem às suas costas.

No quarto, abriu logo as gavetas da escrivaninha e encontrou tudo na mais perfeita ordem, mas, graças ao nervosismo, não conseguiu achar de imediato justamente os documentos de identidade que procurava. Por fim, pegou sua habilitação de ciclista e pensou em apresentá-la aos guardas, no entanto, o documento lhe pareceu insignificante demais e continuou procurando até encontrar a certidão de nascimento. Quando voltou ao aposento ao lado, a porta defronte abriu-se e a senhora Grubach quis entrar. Somente foi possível vê-la por um segundo, pois, assim que reconheceu K., ficou visivelmente perturbada, pediu desculpas, desapareceu e fechou a porta com extrema cautela.

– Entre, por favor – K. poderia ter dito. No entanto, ele ficou parado com seus documentos no meio do cômodo, olhando para a porta que não voltou a se abrir e sobressaltou-se apenas ao ouvir o chamado dos guardas que estavam sentados à mesinha com a janela aberta, tomando, como K. acabou de perceber, o café da manhã dele.

– Por que ela não entrou? – perguntou.

– Ela não pode – respondeu o guarda alto. – O senhor está detido.

– Mas como é que eu posso estar detido? E desse jeito?

– Lá vem o senhor começando de novo – disse o guarda e mergulhou um pão com manteiga no vidrinho de mel. – Nós não respondemos a essas perguntas.

– Vocês têm que responder – afirmou K. – Aqui estão os meus documentos de identidade. Agora me mostrem os seus e, principalmente, o mandado de prisão.

– Ó céus! – disse o guarda. – O senhor não consegue aceitar sua situação e agora parece que está bastante disposto a nos irritar inutilmente, justo nós que provavelmente somos os mais próximos de todos os seus camaradas nesse momento.

– É isso mesmo, pode acreditar – afirmou Franz sem levar à boca a xícara de café que tinha nas mãos, mas lançando a K. um olhar demorado e provavelmente expressivo, porém incompreensível.

Sem querer, K. deixou-se entrar em uma conversa silenciosa pela troca de olhares com Franz, no entanto, voltou-se aos documentos e disse:

– Aqui estão meus documentos de identidade.

– E o que você quer que façamos com eles? – o guarda alto estava gritando agora. – O senhor nos irrita agindo como criança. O que você quer? Que o seu maldito processo gigante seja concluído apressadamente por discutir conosco sobre identidade e mandados de prisão? Somos meros funcionários, não sabemos quase nada sobre documentos de identidade e não temos nada a ver com as suas coisas, exceto por vigiá-lo dez horas por dia e receber por isso. É isso o que somos, apesar de conseguirmos perceber que as altas autoridades para as quais prestamos serviço estão bem informadas sobre os motivos da detenção e sobre a pessoa presa antes de ordenar uma detenção como essa. Não há nada de errado. Nossa autoridade, até onde sei, e olha que conheço somente os níveis mais baixos, não fica procurando a culpa na população, mas é atraída pela culpa, como prescreve a legislação e precisa enviar os guardas. É a lei. Como poderia haver algo de errado?

– Eu não conheço essa lei – disse K.

– Azar o seu – falou o guarda.

– É porque ela só existe na sua cabeça – afirmou K.

De alguma forma, ele queria entrar furtivamente nos pensamentos dos guardas, fazê-los ficar a seu favor ou incorporá-los, porém o guarda apenas replicou com desdém:

– O senhor vai perceber.

Franz intrometeu-se:

– Viu, Willem, ele confessa que não conhece a lei e afirma que é inocente.

– Você tem toda razão, mas ninguém consegue fazê-lo entender nada – respondeu o outro.

K. não respondeu a mais nada. "Será que preciso irritar-me ainda mais com as asneiras desses órgãos inferiores, como eles mesmos se denominam?", pensou. "De qualquer forma, eles estão falando de coisas que mal entendem. A certeza deles deve-se apenas à burrice. Trocar algumas poucas palavras com pessoas da minha estirpe tornará tudo incomparavelmente mais claro do que até a mais longa conversa com esses dois". Andou para cima e para baixo algumas vezes na área livre do quarto e viu do outro lado uma idosa arrastar um homem ainda mais velho até a janela e ser abraçada por ele. K. tinha que pôr um fim àquela exposição:

– Levem-me ao seu superior – falou.

– Tão logo ele quiser, não antes – disse o guarda que fora chamado de Willem. – E, agora, eu lhe aconselho – acrescentou – ir para o seu quarto, ficar quietinho lá e esperar o que será ordenado a seu respeito. Nós o aconselhamos a não dispersar com pensamentos inúteis, mas a recolher-se e concentrar-se, pois o senhor será altamente requisitado. Pelo seu comportamento, o senhor não merece nossa gentileza. O senhor esqueceu que nós podemos ser o que for, mas, pelo menos, por ora, somos homens livres se comparados ao senhor e isso não é pouca coisa. Ainda assim, se tiver dinheiro, estamos dispostos a buscar um pequeno café da manhã na cafeteria para o senhor.

Sem responder a essa oferta, K. ficou em silêncio por um momento. Talvez os dois nem tivessem coragem de impedi-lo caso ele abrisse a porta do cômodo adjacente ou da sala da frente, possivelmente esta seria a solução mais simples de todas: ele insistir até o limite. Mas é possível que eles realmente o pegassem e, uma vez derrubado, perderia toda a superioridade que, de certa forma, ainda mantinha em relação a eles. Portanto, preferiu a certeza da solução que o decorrer natural das coisas traria e voltou ao seu quarto sem que houvesse qualquer palavra a mais do seu lado ou do lado dos guardas.

Jogou-se na cama e pegou uma bela maçã da pia, que ele havia separado na noite anterior. Essa seria a única coisa que comeria agora no café da manhã e, como pôde perceber na primeira grande mordida, era muito melhor que o café da lanchonete suja que os guardas queriam ter dado a ele por piedade. Sentia-se bem e confiante, pois era certo que já tinha perdido o período da manhã no banco onde trabalhava, mas isso seria desculpado com facilidade graças ao cargo relativamente alto que ocupava lá. Será que deveria desculpar-se dizendo a verdade? Tinha pensado em fazer isso. Se não acreditassem nele, o que seria compreensível nesse caso, ele poderia levar a senhora Grubach como testemunha ou os dois velhos ali do outro lado, que agora mesmo estavam marchando para a janela oposta. O fato de os guardas o mandarem para o seu quarto e o deixarem lá sozinho (onde havia várias maneiras de se matar) surpreendia K., pelo menos se acompanhasse a linha de raciocínio dos guardas. Ao mesmo tempo, no entanto, perguntava-se, seguindo a sua linha de raciocínio, que motivos ele poderia ter para fazer uma coisa dessa. Por conta daqueles dois que estavam sentados ali ao lado e interceptaram seu café da manhã? Não teria cabimento se matar por causa disso e, mesmo se ele quisesse, não conseguiria fazê-lo em decorrência desse absurdo. Se a limitação mental dos guardas não fosse tão acentuada, seria até possível assumir que, por causa dessa mesma surpresa, eles também não viam perigo em deixá-lo sozinho. Agora, se quisessem, podiam observá-lo andar até o pequeno armário embutido no qual guardava um bom aperitivo, esvaziar um primeiro copinho para substituir o café da manhã e um segundo para lhe dar coragem, apenas por precaução para o improvável caso desta última fazer-se necessária.

Então, um chamado no cômodo vizinho assustou-o de tal forma que bateu com os dentes no copo.

– O supervisor está lhe chamando – gritaram.

Foi o grito que o assustou, esse breve e entrecortado grito militar que ele não imaginou que o guarda Franz pudesse dar. Ele considerou o comando em si muito bem-vindo.

– Finalmente – gritou de volta, trancando o armário embutido e apressando-se no cômodo ao lado. Lá estavam os dois guardas, que o apressaram a voltar para o quarto como se fosse o mais óbvio a se fazer.

– Onde o senhor está com a cabeça? – gritaram.

– Quer ir falar com o supervisor de pijama? Ele mandará açoitar o senhor e a gente junto.

– Me larguem, inferno! – gritou K., que já havia sido arrastado de volta até o guarda-roupa. – Se sou abordado na cama, não se pode esperar encontrar-me em trajes de gala.

– De nada adianta... – disseram os guardas que ficavam muito tranquilos e quase tristes sempre que K. gritava, o que o colocava em um estado de confusão ou reflexão.

– Que cerimônias risíveis! – murmurou ainda, já pegando um casaco da cadeira e segurando-o por um tempo com as duas mãos como se esperasse a avaliação dos guardas.

Eles negaram com a cabeça.

– Tem que ser um casaco preto – afirmaram.

K. jogou o casaco no chão e, sem nem entender direito o que estava falando, disse:

– Mas não é o julgamento ainda.

Os guardas riram, mas mantiveram-se firmes:

– Tem que ser um casaco preto.

– Se isso for acelerar as coisas, então tudo bem – disse K. Abriu o armário e procurou por bastante tempo em suas várias roupas, escolheu seu melhor casaco preto, um blazer comprido que, graças ao corte acinturado, quase causara um frisson entre os seus conhecidos, colocou ainda outra camisa por baixo e começou a se vestir com esmero. Secretamente, acreditava que conseguiria acelerar a coisa toda, pois os guardas esqueceram-se de mandá-lo tomar banho. Ele os observava para ver se ainda se lembrariam disso, mas é claro que não aconteceu, por outro lado, Willem não se esqueceu de avisar a Franz para mandar que K. se vestisse e fosse até o supervisor.

Assim que estava completamente vestido, precisou passar rapidamente diante de Willem pela sala vazia para ir ao aposento seguinte, cujas duas folhas da porta já estavam abertas. Esse aposento, como K. bem sabia, era habitado há pouco tempo por uma tal de senhorita Bürstner, datilógrafa, que normalmente saía para trabalhar bem cedo, chegava em casa tarde e não trocava com K. nada além de "ois" e "tchaus". A mesinha de cabeceira da sua cama havia sido empurrada para o meio do quarto, transformado-se em uma mesa de negociações atrás da qual agora se sentava o supervisor. Ele estava com as pernas cruzadas e apoiava um braço no encosto traseiro da cadeira.

No canto do aposento, havia três jovens observando as fotografias da senhora Bürstner presas em um tecido pendurado na parede. Uma blusa branca balançava no puxador da janela aberta. Na janela oposta, estavam novamente os dois senhores, mas o público tinha aumentado, pois, atrás deles, bem mais distante, havia um homem com a camisa aberta na altura do peito, apertando e enrolando os dedos no pontudo cavanhaque vermelho.

– Josef K.? – perguntou o supervisor, talvez apenas para atrair para si o olhar distraído de K.

Ele assentiu.

– O senhor ficou bastante surpreso com os acontecimentos desta manhã? – questionou o supervisor empurrando com as duas mãos alguns objetos que estavam na mesinha de cabeceira (uma vela com fósforos, um livro e um alfineteiro) como se fossem coisas das quais ele precisava para o julgamento.

– Sem dúvida – disse K., e a boa sensação de finalmente estar diante de uma pessoa sensata e poder conversar com ela sobre a sua situação o dominou. – Sem dúvida fiquei surpreso, mas de forma alguma fiquei bastante surpreso.

– Não ficou bastante surpreso? – perguntou o supervisor colocando agora a vela no meio da mesinha e agrupando as outras coisas em volta dela.

– Talvez o senhor tenha me compreendido mal – acrescentou K. depressa. – Quero dizer... – nesse momento, K. interrompeu-se e observou ao redor procurando por uma cadeira. – Posso me sentar ali? – perguntou.

– Não é o que manda a tradição – respondeu o supervisor.

– Quero dizer – continuou K. agora sem mais delongas – que eu realmente fiquei bastante surpreso, mas, quando se está no mundo há trinta anos tendo que se virar sozinho como, infelizmente, é o meu caso, ficamos calejados com surpresas e não as levamos muito a sério. Principalmente as surpresas de hoje.

– E por que principalmente as surpresas de hoje?

– Não quero dizer que levo tudo isso na brincadeira, mas, para mim, os eventos realizados aqui foram longe demais. Todos os membros da pensão precisaram participar e os senhores também. Isso tudo passou dos limites de uma brincadeira. Portanto, não quero dizer que acho isso divertido.

– Exatamente – afirmou o supervisor e, em seguida, olhou para ver quantos fósforos havia na caixinha.

– Por outro lado, no entanto... – continuou K. dirigindo-se a todos os presentes, querendo inclusive que os três ao lado das fotografias também se virassem – ... por outro lado, no entanto, as coisas podem não ter tanta relevância assim. Chego a essa conclusão pelo fato de terem me informado que estou sendo acusado, mas não consigo sentir a menor culpa por isso. Contudo, esse fato também é secundário. A questão principal é: quem está me acusando? Qual autoridade está executando a ação? O senhor é um oficial? Nenhum de vocês está usando uniforme, os senhores podem até querer chamar essas roupas de uniforme – disse, voltando-se para Franz –, mas sabemos que se tratam de um traje de viagem. Exijo que essas perguntas sejam esclarecidas e estou certo de que, após essa explicação, poderemos nos despedir amigavelmente.

O supervisor jogou a caixinha de fósforos na mesa.

– O senhor está tremendamente enganado – disse. – Esses senhores aqui e eu somos totalmente secundários à sua situação, pois não sabemos quase nada sobre ela. Poderíamos estar usando os uniformes mais adequados possíveis e isso não pioraria a sua posição. Também não tenho como afirmar que o senhor está sendo acusado, mesmo porque não sei se realmente está. O senhor está detido, isso é certo e não sei de mais nada além disso. Talvez os guardas tenham tagarelado alguma outra coisa, nesse caso, trata-se somente de tagarelice. Apesar de não responder às suas perguntas agora, posso aconselhá-lo a pensar mais em si mesmo e menos em nós e no que será feito com o senhor. Também não faça tanto alarde com o seu sentimento de inocência, ele compromete a impressão não exatamente ruim que o senhor acaba passando sem querer. E outra coisa: seja mais cauteloso ao falar, pois quase tudo que o senhor disse anteriormente, mesmo que tivessem sido apenas algumas palavras, poderia ser usado para denunciar seu comportamento e isso não seria muito auspicioso para o senhor.

K. encarou o supervisor. Tinha acabado de receber uma lição de moral de uma pessoa talvez mais jovem que ele? Sua franqueza foi punida com uma reprimenda? E ainda ficou sem descobrir nada sobre o motivo da sua detenção e sobre quem a expediu?

Começou a ficar um pouco agitado, andou para cima e para baixo, sem que ninguém o impedisse, arregaçou as mangas, passou a mão pelo peito, ajeitou o cabelo, aproximou-se das três pessoas e disse:

– Não faz o menor sentido.

Elas viraram-se e aproximaram-se dele olhando-o com seriedade, o que o fez parar de volta na frente da mesa do supervisor.

– O promotor de justiça Hasterer é um velho amigo meu – disse. – Posso telefonar para ele?

– Sem dúvida – afirmou o supervisor –, mas não vejo sentido nisso, a não ser que o senhor tenha algum assunto particular para tratar com ele.

– Não vê sentido nisso? – gritou K., mais escandalizado do que irritado. – Quem é o senhor, afinal? O senhor quer um sentido, mas o que está fazendo é a coisa mais sem sentido que existe. É de chorar! Primeiro os senhores me abordam e, agora, ficam aí sentados ou circulando como se estivessem me adestrando. Qual seria o sentido de telefonar para um promotor de justiça quando, supostamente, estou sendo detido? Então está bem, não telefonarei.

– Telefone, sim – disse o supervisor, apontando com a mão para a antessala onde ficava o telefone. – Por favor, telefone, sim.

– Não, não quero mais – K. disse indo para a janela.

A multidão ainda estava lá do outro lado e pareceu se incomodar um pouco em sua expectativa tranquila só agora que ele se aproximou. Os idosos quiseram se levantar, mas o homem atrás deles os acalmou.

– Olhe lá fora os espectadores! – K. gritou bem alto para o inspetor apontando para fora. – Vão embora daí! – bradou para fora.

Os três imediatamente recuaram alguns passos, os dois velhos foram parar atrás do homem e ficaram protegidos pelo seu corpo largo e, como era possível pressupor pelo movimento das suas bocas, diziam algo ininteligível a distância. No entanto, não sumiram completamente, pareciam estar esperando o momento em que pudessem se aproximar de novo da janela sem serem notados.

– Que gentinha inconveniente e sem educação! – protestou K. virando-se de volta para o aposento.

Talvez o supervisor tivesse concordado com ele, como K. acreditou ter visto olhando-o de esguelha, mas também era possível que ele não tivesse nem prestado atenção, pois estava com uma das mãos bem pressionada na mesa e parecia comparar o comprimento dos dedos. Os dois guardas estavam sentados em um baú coberto com uma manta decorativa e balançavam os joelhos. Os três jovens estavam com as mãos na cintura e olhavam em volta a esmo. Tudo estava quieto como um escritório abandonado qualquer.

– Bem, meus senhores – chamou K, pareceu-lhe, por um breve momento, que estava carregando tudo nas costas –, a julgar pelas aparências, creio que a minha situação deva ser concluída. Acredito que seja melhor não pensar mais sobre a legalidade ou a ilegalidade das suas ações e concluir o assunto de modo conciliatório com um aperto de mãos. Se o senhor compartilhar da mesma opinião, então, por favor – foi até a mesa do supervisor e estendeu-lhe a mão.

O supervisor levantou os olhos, apertou os lábios e observou a mão estendida de K. ainda na esperança de ser apertada pelo supervisor que, porém, levantou-se, pegou um chapéu duro e redondo que estava em cima da cama da senhorita Bürstner e colocou-o na cabeça cuidadosamente com as duas mãos, como se faz quando experimentamos um chapéu novo.

– Tudo parece tão fácil para o senhor! – disse para K. – Então, o senhor acha que devemos concluir o assunto de modo conciliatório? Não, não... Não dá mesmo. Por outro lado, não quero dizer com certeza que o senhor deva se desesperar. Não, por que eu diria isso? O senhor está apenas detido, nada mais. Eu precisava informá-lo a esse respeito, assim o fiz e vi como o senhor reagiu. Por hoje, já é o suficiente e acredito que podemos nos despedir, pelo menos por enquanto. Agora creio que o senhor queira ir ao banco, não?

– Ao banco? – perguntou K. – Pensei que eu estivesse detido.

K. indagou em consciente provocação, pois, apesar do seu aperto de mão não ter sido aceito, sentia-se cada vez mais emancipado de toda essa gente, sobretudo a partir do momento em que o inspetor se levantara. Estava brincando com aquelas pessoas. Caso fossem embora, tinha a intenção de segui-los até o portão de entrada e oferecer-lhes sua detenção. Por isso, repetiu ainda:

– Como posso ir ao banco, já que estou detido?

– Ah... – disse o supervisor, que já tinha chegado à porta. – O senhor não me entendeu direito. O senhor está detido, sem dúvida, mas isso não deve impedi-lo de executar sua profissão. O senhor não deve ser impedido de seguir com o seu estilo de vida habitual.

– Então, estar detido não é tão ruim assim – disse K. aproximando-se do supervisor.

– Eu nunca dei a entender nada diferente – respondeu.

– Sendo assim, a própria notificação da detenção não me parece ter sido tão necessária – afirmou K., aproximando-se ainda mais.

Os outros também haviam se aproximado. Agora, todos estavam reunidos no estreito espaço perto da porta.

– Era minha obrigação – disse o supervisor.

– Uma obrigação estúpida – falou K. sem dar o braço a torcer.

– Pode ser – respondeu o supervisor –, mas não vamos perder nosso tempo em conversas como essa. Eu tinha entendido que o senhor queria ir ao banco. Como o senhor presta atenção aos mínimos detalhes, acrescento ainda: não estou forçando-o a ir ao banco, somente tinha entendido que você queria fazê-lo. E, para facilitar e tornar sua chegada lá a mais discreta possível, mantive aqui esses três senhores, seus colegas, à sua disposição.

– O quê? – gritou K. olhando perplexo para os três.

Aqueles três jovens anêmicos e sem graça, que ele mantinha na memória apenas como um grupo ao lado das fotografias, realmente eram funcionários do seu banco, não eram colegas, isso seria um pouco de exagero e demonstrava uma lacuna na onisciência do supervisor, mas eram, de fato, funcionários subalternos do banco. Como K. pôde deixar de notá-los? Como se deixou levar a ponto de o supervisor e dos guardas fazerem com que não reconhecesse aqueles três? O enrijecido do Rabensteiner com suas mãos trêmulas, o loiro do Kullich com seus olhos profundos e Kaminer com seu insuportável sorrisinho causado por uma distensão muscular crônica.

– Bom dia! – disse K. um pouco depois estendendo a mão para os senhores, que o cumprimentaram adequadamente com uma reverência. – Eu nem os reconheci. Agora temos que ir trabalhar, não é?

Os senhores assentiram sorridentes e entusiasmados, como se estivessem esperando por isso desde o início. Ao perceber que havia esquecido o chapéu no quarto, K. saiu para buscá-lo e foi seguido pelos três em fila indiana, o que inferiu algum embaraço. K. ficou parado observando-os pelas duas portas abertas, o último, com certeza, era o sem graça do Rabensteiner, que acabava de dar um elegante trote. Kaminer entregou-lhe o chapéu com alegria e K. precisou dizer a si mesmo com clareza, da mesma forma que, frequentemente, fazia no banco, que o sorriso de Kaminer não era proposital, pois o homem mal era capaz de sorrir intencionalmente. Na antessala, a senhora Grubach, que nem aparentava estar muito culpada, abriu a porta da frente para o grupo e, mais uma vez, K. olhou para a barra daquele seu avental desnecessariamente comprido naquele corpo forte. Lá embaixo, K., com o relógio na mão, decidiu pegar um carro para não aumentar desnecessariamente a sua meia hora de atraso. Kaminer correu até a esquina para buscar o carro e os outros dois nitidamente tentavam distrair K. quando, de repente, Kullich apontou para a porta oposta da qual acabara de surgir um grande homem de cavanhaque loiro, que, em um primeiro momento, pareceu um pouco inseguro por apresentar-se assim em toda a sua amplitude, voltou para a parede e lá se encostou. Os velhos ainda estavam lá na escada. K. irritou-se com Kullich por ter chamado a atenção do homem que ele mesmo já tinha visto e até esperado antes.

– Não fique olhando para lá – repreendeu, sem perceber quão estranho era falar desse jeito com homens autônomos.

No entanto, não foram necessárias explicações, pois o carro acabara de chegar, eles se sentaram-se e partiram. K. percebeu que nem notou quando o supervisor e os guardas foram embora, a presença do supervisor ofuscara os três funcionários e, agora, eram os funcionários que ofuscavam o supervisor. Isso não demonstrava lá uma grande presença de espírito e K. decidiu que iria prestar mais atenção em si mesmo nesse sentido. Ainda assim, virou-se involuntariamente e inclinou-se sobre a traseira do veículo para verificar se conseguia ver o supervisor e os guardas. Contudo, logo se virou de volta e encostou-se confortavelmente na lateral do carro sem nem sequer tentar procurar alguém. Apesar de não parecer, ele gostaria de ter ouvido algumas palavras encorajadoras, mas os senhores pareciam exaustos. Rabensteiner olhava para fora do carro pelo lado direito, Kullich pelo lado esquerdo, restando-lhe à disposição apenas Kaminer com aquele sorriso forçado com o qual, infelizmente, seu senso de humanidade o proibia de fazer piada.

Durante aquela primavera, quando dava tempo (pois ficava quase sempre até as nove horas no escritório), K. acostumara-se a passar as noites depois do trabalho passeando um pouco sozinho ou com os funcionários e, em seguida, ia para uma cervejaria onde se sentava em uma grande mesa na companhia quase exclusiva de velhos senhores, normalmente até as onze horas da noite. Esse costume tinha suas exceções quando, por exemplo, K. era convidado pelo diretor do banco, que valorizava bastante sua força de trabalho e sua confiança, para passear de carro ou jantar em sua mansão. Além disso, uma vez por semana, K. ia visitar uma moça chamada Elsa, que, durante a madrugada, trabalhava como garçonete em um bar que servia vinho até o fim da manhã e, durante o dia, recebia visitas apenas na cama.

Naquela noite, porém, K. quis voltar logo para casa (o dia passara rápido graças ao trabalho cansativo e às simpáticas e respeitosas felicitações pelo seu aniversário). Em todas as pequenas pausas que fez naquele dia durante o trabalho, sem entender direito o que sentia, ficou pensando que parecia que os acontecimentos daquela manhã haviam causado uma grande desordem em toda a casa da senhora Grubach, e era ele quem tinha que restaurar aquela ordem. Não obstante, assim que a ordem fosse restaurada, todos os rastros de qualquer acontecimento estariam apagados e tudo retomaria seu antigo curso. Não havia nada a temer, principalmente em relação aos três empregados, que haviam se dissipado no amplo quadro de funcionários do banco e não denotavam qualquer alteração. K. chamou-os para ir ao escritório sozinhos e em grupo, várias vezes, sem motivo nenhum, a não ser o de observá-los e poder dispensá-los com satisfação.

Nove e meia da noite, ao chegar na casa em que morava, encontrou na porta um jovem rapaz em pé, as pernas bem afastadas, um cachimbo na boca.

– Quem é o senhor? – perguntou K. de imediato aproximando o rosto do rapaz, pois não se via muita coisa na penumbra do corredor.

– Sou o filho do zelador, prezado senhor – respondeu o rapaz retirando o cachimbo da boca e colocando-o de lado.

– O filho do zelador? – questionou K. e bateu sem paciência com a bengala no chão.

– O prezado senhor deseja alguma coisa? Quer que eu chame meu pai?

– Não, não – K. respondeu com uma voz condescendente, como se o rapaz tivesse feito algo de mau, mas que ele perdoava. – Está tudo bem – disse na sequência, seguindo em frente.

No entanto, assim que começou a subir a escada, virou-se novamente. Ele poderia ter ido direto para o seu quarto, mas, como queria falar com a senhora Grubach, bateu na porta dela. Encontrou-a com uma meia de lã nas mãos, sentada à mesa onde se via uma montanha de meias velhas. K. desculpou-se evasivamente por vir tão tarde da noite, mas a senhora Grubach era muito gentil e não quis ouvir desculpas, disse que estava sempre disposta a conversar com ele, pois bem sabia que era o melhor e mais querido inquilino dela. K. olhou ao redor e notou que o aposento voltara à sua disposição anterior, a louça do café da manhã, que mais cedo estava na mesinha ao lado da janela, já havia sido guardada. "As mãos das mulheres realmente fazem muito em silêncio", pensou. Ele talvez tivesse quebrado a louça ali mesmo onde estava, decerto não teria conseguido tirá-la. Observou a senhora Grubach com certa gratidão.

– Por que a senhora ainda está trabalhando tão tarde? – perguntou.

Os dois estavam sentados à mesa e K. enfiava suas mãos nas meias de vez em quando.

– Tenho muito trabalho a fazer – ela respondeu. – Durante o dia, sou dos inquilinos, se quero colocar minhas coisas em ordem, só me restam as noites.

– Tenho certeza de que lhe dei um enorme trabalho hoje.

– Por quê? – ela perguntou zelosamente, o trabalho repousando em seu colo.

– Por causa dos homens que estiveram aqui hoje cedo.

– Ah, sim... – disse, saindo do repouso. – Aquilo não me deu nenhum trabalho em especial.

K. observava em silêncio enquanto ela pegava novamente a meia de lã. "Parece que ela está surpresa por eu estar falando sobre isso", pensou. "Parece que ela não acha certo eu estar falando sobre isso. O mais importante, porém, é que eu fale. Só posso falar sobre isso com uma velha senhora".

– Bem, é claro que deu trabalho – ele falou em seguida –, mas não acontecerá de novo.

– Não, não é possível que aconteça de novo – ela confirmou e sorriu para K. quase melancolicamente.

– A senhora acha mesmo? – K perguntou.

– Acho... – ela respondeu mais baixo. – Mas o principal é o senhor não levar isso tão a sério. É cada coisa que acontece nesse mundo! Como estamos conversando abertamente, senhor K., posso admitir que ouvi um pouco atrás da porta e os dois guardas também me contaram algumas coisas. Trata-se do seu destino e ele me toca profundamente, talvez até mais do que deveria, pois sou apenas a proprietária do seu imóvel. Ouvi umas coisas mesmo, mas não posso dizer que foi nada de muito ruim. Não... O senhor está mesmo detido, mas não da forma como um ladrão é detido. Quando se é detido como um ladrão, aí a coisa é ruim, mas essa detenção... A mim parece mais um aprendizado... Desculpe se estou falando alguma bobagem... A mim parece mais um aprendizado que eu mesma não compreendo, mas que também não é preciso entender.

– A senhora não está falando nenhuma bobagem, senhora Grubach. Em partes, também concordo com a sua opinião, mas avalio toda a situação um pouco mais criticamente do que a senhora e não a considero um aprendizado, acho que ela não serve é para nada. Fui pego de surpresa, foi isso que aconteceu. Se, logo após despertar, eu não tivesse ficado confuso pela ausência de Anna; se eu tivesse levantado e ido diretamente até a senhora, sem levar em conta qualquer um que entrasse no meu caminho; se eu, excepcionalmente dessa vez, tivesse tomado um café da manhã qualquer na cozinha; se a senhora tivesse levado minhas roupas para o meu quarto; enfim, eu teria agido de forma sensata, nada mais teria acontecido e tudo aquilo seria abafado. Porém a gente está tão mal preparado para isso... No banco, por exemplo, estou preparado; lá poderia me acontecer algo improvável dessa natureza; lá tenho meu próprio empregado, o telefone geral e o telefone do escritório ficam na mesa à minha frente, há um entra e sai constante de pessoas, contraentes e funcionários, mas, acima de tudo, e sobretudo por isso, lá estou o tempo inteiro envolvido com o contexto do trabalho, e, portanto, mantenho-me alerta. Inclusive, seria um prazer ser confrontado com algo do tipo por lá, mas agora já passou e, na verdade, não quero mais falar sobre isso, queria apenas ouvir o julgamento da senhora, o julgamento de uma mulher sensata e estou muito feliz por estarmos de acordo. Agora a senhora, por favor, estenda-me sua mão. Um acordo desses tem que ser corroborado com um aperto de mãos.

"Será que ela vai me estender a mão? O supervisor não me estendeu a mão", pensou, observando-a agora inquisitivamente. Ela levantou-se, porque ele também havia se levantado e estava um pouco confusa porque não tinha entendido tudo o que K. dissera. Em decorrência de tal conflito, portanto, disse uma coisa que não queria nem devia ter dito naquele momento:

– Não leve isso tão a sério, senhor K. – disse com a voz embargada também se esquecendo, é claro, do aperto de mão.

– Eu não sabia que estava levando a sério – falou K. sentindo-se de repente cansado e entendendo a insignificância de todas as afirmações dessa mulher.

Na porta, ele ainda perguntou:

– A senhorita Bürstner está em casa?

– Não – respondeu a senhora Grubach, sorrindo com a informação seca e apresentando ainda um complemento tardio útil. – Ela está no teatro. O senhor quer alguma coisa com ela? Quer que eu dê algum recado?

– Ah, eu só queria conversar um pouco com ela.

– Infelizmente, não sei quando ela chega, pois costuma chegar tarde quando vai ao teatro.

– Não faz mal – disse K. já olhando cabisbaixo para a porta a fim de ir embora. – Eu queria apenas me desculpar por ter utilizado o quarto dela hoje.

– Não é necessário, senhor K. Você é muito atencioso, a senhorita não sabe nada do que aconteceu, ela não está em casa desde muito cedo, tudo já foi organizado, como o senhor mesmo pode ver – abrindo a porta do quarto da senhorita Bürstner.

– Obrigado, eu acredito na senhora – afirmou K., mesmo assim dirigindo-se para a porta aberta. A lua brilhava estática no quarto escuro. Até onde era possível ver, tudo realmente estava no lugar, a blusa também não estava mais pendurada no puxador da janela. O que chamava a atenção eram as almofadas na cama parcialmente iluminadas pelo luar.

– Muitas vezes, ela chega em casa tarde – disse K. observando a senhora Grubach como se ela fosse responsável por isso.

– Ah, esses jovens são todos iguais! – falou a senhora Grubach em tom de desculpas.

– É mesmo... – K. respondeu. – Mas isso pode ir longe demais.

– É verdade – concordou a senhora Grubach. – O senhor tem toda a razão, senhor K. Talvez nesse caso também. É claro que não quero falar mal da senhorita Bürstner, ela é uma boa moça, simpática, organizada, pontual, esforçada... Dou muito valor a tudo isso, mas uma coisa é certa: ela deveria ser mais orgulhosa e recatada. Só neste mês já passei por ela duas vezes na rua e a vi cada vez com um homem diferente.

Fico muito envergonhada, e Deus sabe que estou contando isso apenas para você, senhor K., mas será inevitável que eu também precise conversar com ela a esse respeito. E não é só por isso que desconfio dela.

– A senhora está levando isso para o lado errado – afirmou K. irado e quase incapaz de disfarçar. – E, com certeza, a senhora não entendeu o que eu falei sobre a senhorita, eu não quis dizer isso. A senhora está completamente enganada ao pensar que pedi para dizer alguma coisa para ela, pois eu conheço a senhorita muito bem e ela não é nada disso que a senhora está dizendo. Mas talvez eu esteja indo longe demais, não quero impedi-la de nada, a senhora fale o que bem entender. Boa noite.

– Senhor K. – pediu a senhora Grubach apressando-se para alcançá-lo na porta já aberta –, é claro que ainda não irei falar nada com a senhorita, quero observá-la um pouco mais antes, eu apenas confiei o que sabia ao senhor. Afinal, acredito que seja do interesse de todos os inquilinos que se tente manter a pensão pura, e isso nada mais é do que a minha obrigação.

– A pureza! – gritou K. ainda pela fresta da porta. – Se a senhora quiser manter a pensão pura, precisará encerrar meu contrato primeiro.

Então bateu a porta para fechá-la e não deu atenção às leves batidas que se seguiram.

Como ele ainda não estava com vontade de dormir, decidiu ficar acordado e aproveitar a oportunidade para ver quando a senhorita Bürstner iria chegar. Talvez ele ainda conseguisse, por mais impróprio que fosse, trocar algumas palavrinhas com ela. Enquanto estava deitado à janela apertando os olhos cansados, chegou até a pensar por um momento em punir a senhora Grubach e convencer a senhorita Bürstner a rescindir o contrato junto com ele. Todavia, rapidamente percebeu que era uma atitude exagerada e recairiam sobre ele as suspeitas de que mudara de casa graças aos acontecimentos daquela manhã. Nada poderia ter sido mais absurdo e, principalmente, mais inútil e depreciativo do que isso.

Quando cansou de observar a rua vazia, deitou-se no sofá depois de abrir um pouco a porta da antessala para poder ver imediatamente se alguém entrasse em casa. Ficou deitado em silêncio até umas onze horas, e fumou um cigarro. Então, não conseguiu mais suportar ficar ali e foi um pouco para a antessala, como se, assim, fosse possível acelerar a chegada da senhorita Bürstner. Ele não sentia nenhuma atração especial por ela e mal conseguia se lembrar do seu rosto com clareza, mas agora tinha vontade de conversar com ela e lhe incomodava que sua chegada tardia ainda lhe causasse desassossego e desordem no fim daquele dia. Ela também era culpada por ele não ter saído para jantar naquela noite e por ter se abstido de visitar Elsa conforme o planejado. Ambas as coisas, no entanto, poderiam ter sido recuperadas se ele fosse agora até a adega em que Elsa estava trabalhando. E era isso que queria fazer mais tarde, após a conversa com a senhorita Bürstner.

Eram mais de onze e meia quando se ouviu alguém na escada. K., que havia se entregado aos seus pensamentos, andando agitado para lá e para cá na antessala, como se fosse seu próprio quarto, correu para se esconder atrás da porta. Era a senhorita Bürstner que chegava. Apertava tremelicante o lenço de seda ao redor dos ombros estreitos ao trancar a porta. No segundo seguinte, ela iria para o quarto no qual K. certamente não deveria entrar à meia-noite, portanto, ele precisava falar com ela agora, mas, infelizmente, esqueceu-se de acender a luz elétrica do seu aposento para que a sua aparição saindo do quarto escuro parecesse um acaso e a assustasse o mínimo possível. Em meio àquela confusão e, como não tinha tempo a perder, sussurrou pela porta entreaberta:

– Senhorita Bürstner.

Aquilo soara como um pedido, não como um chamado.

– Tem alguém aí? – perguntou a senhorita Bürstner olhando ao redor com os olhos esbugalhados.

– Sou eu – respondeu K. aparecendo.

– Ah, senhor K.! – disse a senhorita Bürstner sorrindo. – Boa noite – cumprimentou estendendo-lhe a mão.

– Gostaria de conversar um pouquinho. A senhorita me permite?

– Agora? – perguntou a senhorita Bürstner. – Tem que ser agora? É um pouco estranho, não é?

– Estou esperando-a desde as nove horas.

– Bem, eu estava no teatro e nem sabia que o senhor queria falar comigo.

– A situação sobre a qual quero falar aconteceu apenas hoje.

– Pois bem, não tenho nada contra, exceto pelo fato de estar caindo de cansaço. Venha até o meu quarto dentro de alguns minutos então. Aqui será impossível conversar, pois acordaremos todo mundo e isso seria mais desagradável para nós do que para eles. Espere aqui até eu acender o fogo no meu quarto e apague a luz da sala.

K. assim o fez, mas esperou até a senhorita Bürstner pedir baixinho de novo para ele ir ao seu quarto.

– Sente-se – pediu indicando a poltrona enquanto ficava em pé ao lado da cabeceira da cama, apesar do seu cansaço e sem nem tirar o pequeno chapéu excessivamente decorado com flores. – O que o senhor quer afinal? Estou realmente curiosa! – Ela cruzou as pernas suavemente.

– Talvez a senhorita diga – K. começou – que a coisa nem seja tão urgente assim para ser discutida agora, mas...

– Eu nunca presto atenção às introduções – disse a senhorita Bürstner.

– Isso facilita as coisas para mim – afirmou K. – Hoje de manhã, seu quarto foi um pouco bagunçado, pode-se dizer que por minha culpa, na verdade, foram pessoas estranhas que fizeram isso contra a minha vontade, mas, como já disse, por minha culpa e eu gostaria de lhe pedir desculpas.

– Meu quarto? – perguntou a senhorita Bürstner, olhando inquisitivamente para K., e não para o quarto.

– Isso mesmo – disse K., ambos se olhando nos olhos pela primeira vez. – Não vale a pena dizer uma palavra sobre a forma como isso aconteceu.

– Mas certamente deve ter sido interessante – disse a senhorita Bürstner.

– Não foi – K. disse.

– Bem – continuou a senhorita Bürstner –, não quero me intrometer em segredos, mas se o senhor afirma que foi desinteressante, então não irei me opor. Aceito as desculpas que o senhor me oferece, principalmente porque não consigo encontrar nenhum sinal de qualquer desordem. Ela deu uma volta no quarto com as mãos espalmadas no quadril. Parou diante das fotografias.

– Veja só! – falou alto. – Minhas fotos estão mesmo bagunçadas. Que coisa mais desagradável. Então, quer dizer que alguém entrou mesmo no meu quarto sem autorização. – K. assentiu com a cabeça e silenciosamente xingou o funcionário Kaminer, que nunca conseguia conter aquela sua vivacidade sem graça e inútil.

– É curioso – afirmou a senhorita Bürstner – que eu seja obrigada a proibi-lo de fazer algo que o senhor mesmo deveria proibir-se, que é entrar no meu quarto em minha ausência.

– Eu já lhe expliquei, senhorita – disse K. também se dirigindo até as fotografias –, que não fui eu quem baguncei suas fotos, mas, como a senhorita não acredita em mim, devo admitir que o comitê de investigação trouxe consigo três funcionários do banco e é possível que um deles, o qual tratarei de expulsar do banco na próxima oportunidade, tenha pegado as fotos nas mãos. Isso mesmo, um comitê de investigação esteve aqui – acrescentou K. diante do olhar questionador da senhorita.

– Por causa do senhor? – ela perguntou.

– Sim – K. respondeu.

– Até parece! – exclamou a senhorita rindo.

– É verdade – K. respondeu. – Então a senhorita acredita que sou inocente?

– Bem, inocente... – disse a senhorita. – Não quero fazer um julgamento que possa trazer consequências graves, eu mal o conheço, mas deve ter sido um crime grave mesmo para logo terem enviado um comitê de investigação para o local. Como o senhor está livre e, graças à sua tranquilidade, suponho que não fugiu da prisão, acredito que não tenha cometido um crime assim tão grave.

– É verdade – disse K. –, mas o comitê de investigação pode ter percebido que sou inocente ou, pelo menos, não tão culpado quanto se pressupunha.

– Com certeza, pode ser mesmo – disse a senhorita Bürstner sendo bastante atenciosa.

– Viu só? – afirmou K. – A senhorita nem tem tanta experiência assim com os assuntos da justiça.

– Não tenho mesmo – disse a senhorita Bürstner – e já me lamentei muito por isso, pois quero saber um pouco de tudo e os assuntos judiciais interessam-me enormemente. A justiça exerce uma atração peculiar, não é mesmo? Mas certamente ampliarei meus conhecimentos nesse sentido, porque começarei a trabalhar como funcionária de gabinete em um escritório de advocacia no mês que vem.

– Que ótimo – afirmou K. – Então a senhorita poderá me ajudar um pouco com o meu processo.

– Pode ser – disse a senhorita Bürstner. – Por que não? Usarei meus conhecimentos com prazer.

– Estou falando sério – afirmou K. – ou, pelo menos, um pouco mais sério do que a senhorita imagina. O caso é modesto demais para eu contratar um advogado, mas uma conselheira me seria de boa valia.

– Certo, mas, se eu for conselheira, preciso saber do que se trata – respondeu a senhorita Bürstner.

– Aí é que está o porém – disse K. – Eu mesmo não sei.

– Então o senhor está brincando com a minha cara – disse a senhorita Bürstner extremamente decepcionada. – Que desnecessário fazer isso tão tarde da noite – afirmou afastando-se das fotografias, onde estiveram juntos até então.

– Mas, minha senhorita – respondeu K. –, não estou brincando. É a senhorita que não quer acreditar em mim! Já contei tudo o que sei. Inclusive, falei até mais do que sei, pois nem era um comitê de investigação, eu apenas o chamei assim porque não conheço nenhum outro nome para aquilo. Nada foi averiguado, eu é quem fui detido, mas por um comitê.

A senhorita Bürstner sentou-se no sofá e riu novamente.

– E como foi então? – perguntou.

– Horrível – respondeu K. sem pensar sobre aquilo naquele momento, pois estava totalmente cativado pela visão da senhorita Bürstner com o rosto apoiado em uma mão, o cotovelo descansando na almofada do sofá, enquanto a outra mão lentamente acariciava o quadril.

– Mas isso é genérico demais – disse a senhorita Bürstner.

– O que é genérico demais? – perguntou K.

Então, recordou-se do que estavam falando e propôs:

– Quer que eu mostre como foi?

Ele queria se movimentar, não ir embora.

– Eu já estou cansada... – a senhorita Bürstner disse.

– A senhorita chegou tão tarde – respondeu K.

– Ah, agora ainda tenho que ficar ouvindo críticas... Bem feito também, eu nem deveria ter deixado o senhor entrar. E nem era necessário mesmo, como se pôde perceber.

– Era necessário, sim. A senhorita vai ver só – K. retrucou. – Posso tirar sua mesinha de cabeceira do lado da cama?

– O que o senhor tem em mente? – perguntou a senhorita Bürstner. – É claro que não!

– Então, não poderei lhe mostrar – explicou K. conturbado, como se estivesse sendo imensamente prejudicado.

– Está bem, se o senhor precisa da mesinha para a demonstração, pegue-a logo – disse a senhorita Bürstner, acrescentando um pouco depois com uma voz cansada. – Sinto-me tão cansada que já estou permitindo mais do que deveria.

K. colocou a mesinha no meio do aposento e sentou-se atrás dela.

– A senhorita precisa entender bem a distribuição das pessoas, é muito interessante. Eu sou o supervisor, ali no baú estão sentados dois guardas, três jovens estão em pé ao lado das fotografias. Acrescento ainda que há uma blusa branca pendurada no puxador da janela. E agora vai começar. Ah, me esqueci da pessoa mais importante, ou seja, eu mesmo, que estou aqui diante da mesinha. O supervisor está sentado bem confortavelmente, as pernas cruzadas, o braço pendendo aqui no encosto, parecendo um babaca. E agora vai começar de verdade. O supervisor me chamou como se precisasse me acordar, ele gritou de verdade, e, infelizmente, para tornar compreensível para a senhorita, precisarei gritar também, mas ele só gritou o meu nome mesmo.

A senhorita Bürstner, que ria enquanto prestava atenção, colocou o dedo indicador na frente da boca para impedir que K. gritasse, mas já era tarde demais, pois ele estava muito imerso no papel e gritou prolongadamente:

– Josef K.! – não foi tão alto quanto ele ameaçara, mas ainda alto o bastante para que o grito parecesse se propagar gradualmente pelo quarto após ser pronunciado tão de repente.

Então, alguém bateu com força algumas vezes na porta do quarto ao lado com rapidez e cadência. A senhorita Bürstner empalideceu e levou a mão ao coração. K. assustou-se em demasia porque ainda ficou um tempo sem conseguir pensar em nada que não fossem os acontecimentos da manhã e a moça para quem ele os estava apresentando. Quando conseguiu se controlar, correu para a senhorita Bürstner e segurou a sua mão.

– Não tenha medo – sussurrou – vou dar um jeito nisso tudo. Mas quem pode ser? Aqui do lado só tem a sala de estar, ninguém dorme aí.

– Dorme, sim – sussurrou a senhorita Bürstner no ouvido de K. – Um sobrinho da senhora Grubach, um capitão, está dormindo aqui desde ontem. Não tem mais nenhum cômodo vazio. Eu mesma me esqueci, mas precisava gritar assim? Não gostei disso.

– Não há motivos para se preocupar – disse K. beijando a testa dela depois que a moça tornou a se encostar nas almofadas.

– Para fora, para fora – disse, levantando-se com pressa de novo. – Vai embora agora, vai. O que o senhor está querendo? Ele está escutando tudo atrás da porta. Como o senhor me aborrece!

– Não irei antes de a senhorita se acalmar um pouco – ele disse. – Venha para o outro lado do quarto, ele não consegue nos ouvir de lá.

Ela deixou-se levar.

– Não pense – ele disse – que isso representa um inconveniente para a senhorita, menos ainda um perigo. Você sabe que a senhora Grubach, que decide esses assuntos, principalmente pelo fato de o capitão ser seu sobrinho, muito me estima e invariavelmente acredita em tudo o que digo. Ademais, ela também depende de mim, pois emprestei-lhe uma grande quantia de dinheiro. Aceito qualquer uma de suas sugestões para explicar porque estivemos juntos, mesmo que seja pouco apropriado, e garanto não só fazer a senhora Grubach tornar a explicação pública, mas também que acredite nela real e piamente. A senhorita não precisa me preservar de forma alguma. Se a senhorita quiser espalhar que eu a abordei, instruirei a senhora Grubach e ela acreditará nisso sem perder a confiança em mim, tão forte é sua dependência.

A senhorita Bürstner olhava calada e um pouco abalada para o chão à sua frente.

– Por que a senhora Grubach não acreditaria que eu a abordei? – acrescentou K.

Ele olhava para o cabelo dela na sua frente, aquele cabelo ruivo dividido, pouco volumoso e preso com firmeza. Achou que ela corresponderia seu olhar, no entanto, ela disse sem mudar de posição:

– Desculpe-me, eu me assustei mais com as batidas repentinas do que com as consequências que a presença do capitão poderia causar. Estava tão silencioso após seu grito e aí vieram as batidas, por isso me assustei tanto, além disso, eu estava sentada perto da porta, parecia que estavam quase batendo ao meu lado. Agradeço suas sugestões, mas não as aceitarei. Posso assumir a responsabilidade de tudo o que acontece no meu quarto em relação a qualquer pessoa. Espanta-me o senhor não perceber o quão insultantes para mim são as suas sugestões, apesar das óbvias boas intenções, que certamente reconheço. Agora vá, deixe-me sozinha, estou precisando mais do que antes. Os poucos minutos que o senhor pediu já se transformaram em mais de meia hora.

K. pegou sua mão e, em seguida, seu pulso:

– Mas a senhorita não está brava comigo, está? – perguntou.

Ela puxou a mão e respondeu:

– Não, não... nunca fico brava com ninguém.

Ele segurou seu pulso novamente, o que ela permitiu dessa vez levando-o assim até a porta. Ele estava quase decidido a ir embora, mas ficou paralisado diante da porta, como se não esperasse encontrar uma porta ali. A senhorita Bürstner aproveitou esse instante para se soltar, abrir a porta, esgueirar-se para a antessala e, de lá, dizer baixinho para K.:

– Venha agora, por favor. Veja só – disse indicando a porta do capitão, debaixo da qual irradiava um feixe de luz –, ele acendeu a luz e está se divertindo às nossas custas.

– Já estou indo – falou K., e adiantando-se, segurou-a, beijou-a na boca e, depois, no rosto inteiro como um animal sedento que busca com a língua a fonte de água enfim encontrada. Por fim, beijou seu pescoço bem na garganta, deixando os lábios parados ali por bastante tempo. Um barulho no quarto do capitão fez com que ele olhasse para cima. – Agora eu vou – disse, e quis chamar a senhorita Bürstner pelo seu primeiro nome, mas não sabia qual era.

Cansada, ela assentiu com a cabeça, deixou que beijasse sua mão já meio virada de costas, como se não estivesse percebendo nada, e foi para o quarto meio encurvada. Pouco depois, K. estava deitado na cama, ele adormeceu muito rápido, mas, antes, ficou pensando um pouco em seu comportamento e viu-se satisfeito consigo mesmo, espantou-se, porém, por não estar ainda mais satisfeito. O capitão tinha lhe causado grande preocupação em relação à senhorita Bürstner.

Primeira averiguação

K. foi informado por telefone que haveria uma pequena averiguação sobre seu caso no domingo seguinte. Comunicaram-lhe que tais averiguações aconteceriam com regularidade agora, todas as semanas ou talvez até mais frequentemente. Por um lado, era de comum interesse direcionar o processo com rapidez para a sua conclusão, por outro, as averiguações tinham que ser minuciosas em todos os sentidos e, apesar dos esforços a elas associados, nunca duravam mais tempo que o necessário. Portanto, optou-se por averiguações rápidas e consecutivas, mas breves. O dia determinado para a averiguação era o domingo, a fim de não interferir no trabalho profissional de K. Pressupunha-se que ele estivesse de acordo e, caso desejasse alterar a data, iriam retornar seu contato assim que possível. As averiguações também poderiam ser realizadas durante a madrugada, por exemplo, todavia, K. não estava pronto para isso ainda. Em todo caso, deixariam aos domingos, desde que K. não tivesse nenhuma objeção. Era indubitável que ele tinha que comparecer, sobre isso não era preciso nem o advertir. Informaram-lhe o número da casa onde deveria ir. Era uma casa em uma rua localizada no subúrbio, onde K. nunca estivera antes.

Após receber a notificação, K. pendurou o fone no gancho sem responder, prontamente, decidiu comparecer no domingo. Decerto era necessário, o processo estava em andamento e ele tinha que se opor, essa deveria ser a primeira e última averiguação. Ainda estava parado pensativo ao lado do aparelho quando ouviu atrás de si a voz do diretor-adjunto que queria usar o telefone, mas K. o estava impedindo.

– Más notícias? – perguntou o diretor-adjunto despretensiosamente sem querer de fato descobrir alguma coisa, seu intuito era apenas afastar K. do aparelho.

– Não, não – disse K., dando um passo para o lado sem ir embora.

O diretor-adjunto pegou o fone e disse por cima da corneta acústica, enquanto esperava a ligação telefônica se completar:

– Uma pergunta, senhor K.: domingo cedo haverá uma festa no meu veleiro e eu ficaria honrado se o senhor estivesse presente. Vai haver bastante gente. Certamente o senhor conhece várias pessoas, como o promotor de justiça Hesterer, entre outras. O senhor não quer vir? Venha, sim!

K. estava tentando prestar atenção ao que o diretor-adjunto dizia. Aquilo não era algo sem importância para ele, pois esse convite do diretor-adjunto, com quem nunca se entendera muito bem, representava uma tentativa de reconciliação por parte do homem e mostrava o quão importante K. havia se tornado para o banco e quão valiosa parecia ser sua amizade ou, no mínimo, sua imparcialidade em relação ao segundo maior funcionário do banco. Esse convite era uma humilhação do diretor-adjunto que só poderia mesmo ter sido dita enquanto esperava a ligação telefônica. Mas K. teve que disparar uma segunda humilhação, pois respondeu:

– Muito obrigado pelo convite, mas, infelizmente, estou sem tempo no domingo, pois já tenho um compromisso.

– Ah, que pena – disse o diretor-adjunto voltando-se para a conversa telefônica que acabara de ser estabelecida.

Não foi uma conversa breve, mas K. permaneceu ao lado do aparelho o tempo inteiro em meio à sua distração. Assustou-se apenas quando o diretor-adjunto se despediu e, pelo menos para dar uma desculpa para aquela permanência inútil, disse:

– Acabaram de me ligar, preciso ir a um lugar, mas esqueceram de me dizer a hora.

– Então ligue e pergunte – respondeu o diretor-adjunto.

– Não é tão importante assim – K. retrucou arruinando ainda mais aquela sua desculpa já bastante esfarrapada.

Ao ir embora, o diretor-adjunto acabou conversando sobre outros assuntos. K. forçou-se a responder, mas estava pensando que era melhor chegar no domingo às nove horas da manhã, uma vez que era o horário que todos os fóruns começavam a funcionar nos dias úteis.

No domingo, o tempo estava nublado. K. estava muito cansado, pois ficara até tarde da noite na taverna por causa de uma comemoração e quase perdeu a hora. Apressadamente e sem tempo para pensar ou organizar os diversos planos que tinha feito durante a semana, vestiu-se e saiu correndo rumo ao subúrbio indicado sem nem tomar café da manhã. Curiosamente, apesar de não ter muito tempo para ficar olhando ao redor, passou pelos três funcionários que haviam participado do seu caso: Rabensteiner, Kullich e Kaminer. Os dois primeiros cruzaram o caminho de K. em um bonde; Kaminer, por sua vez, estava sentado no terraço de uma cafeteria e havia se curvado sobre o peitoril com curiosidade justamente quando K. estava passando. Todos o acompanharam com o olhar e espantaram-se com a correria do chefe. Ele não tinha pegado um carro por alguma pirraça, abominava qualquer ajuda com a sua ação, por menor que fosse, e não queria envolver ninguém, tendo que revelar tudo com o mínimo de detalhes possível. Por fim, também não tinha a menor vontade de se rebaixar perante o comitê de investigação com uma grande pontualidade. No entanto, agora estava correndo para ver se conseguia chegar às nove horas, apesar de não ter sido convocado para nenhum horário específico.

Pensou que reconheceria a casa de longe graças a alguma indicação que ele mesmo não conseguia imaginar com clareza ou devido a alguma movimentação especial na frente da entrada. Mas, ao chegar no começo da rua Julius, na qual a casa deveria estar localizada, K. ficou parado por um momento ao perceber que o local era repleto de blocos de apartamentos residenciais altos, cinza e quase idênticos nas duas calçadas, habitados por pessoas pobres. Agora, em pleno domingo de manhã, todas as janelas estavam ocupadas, homens com camisas de manga apoiavam-se nos peitoris fumando seus cigarros ou segurando crianças pequenas com cuidado e delicadeza. Uma janela estava tampada por lençóis pelos quais se podia ver de relance a cabeça descabelada de uma mulher. As pessoas conversavam aos gritos ao longo da ruela e um desses gritos fez K. dar uma enorme gargalhada. Distribuídas por toda a longa rua, lojas com alimentos variados localizavam-se abaixo do nível da calçada e era preciso descer alguns degraus para acessá-las. Mulheres entravam e saíam ou tagarelavam paradas nos degraus. Um vendedor de frutas oferecia sua mercadoria para as janelas e, tão desatento quanto K., quase o atropelou com seu carrinho. Enquanto isso, em um bairro melhor da cidade, um gramofone fatigado começava a tocar algo fúnebre.

K. adentrou ainda mais a ruela, lentamente, como se agora tivesse ganhado tempo ou como se o juiz de instrução estivesse observando-o de alguma janela e, portanto, soubesse que K. estava chegando. Era pouco mais de nove horas. A casa ficava bem lá no fundo, era quase extraordinariamente larga e a entrada do portão era especialmente alta e ampla. Com certeza, aquele lugar destinava-se ao recebimento de carga para os vários depósitos de mercadorias que circundavam o grande pátio e que agora estavam fechados e identificados com as marcas das empresas, algumas das quais reconhecíveis por K. graças aos negócios que fechavam com o banco. Mantendo o hábito de se ocupar minuciosamente com todas essas trivialidades, ficou um pouco parado na entrada do pátio. Ali próximo, sentado em uma almofada, um homem descalço lia o jornal. Dois meninos balançavam-se em um carrinho de mão. Diante de uma bomba, uma moça jovem e fraca, vestindo uma jaqueta de pijama, olhava para K. enquanto a água fluía em seu bule. Em uma corda esticada entre duas janelas em um dos cantos do pátio, algumas roupas já estavam penduradas para secar. Um homem lá embaixo direcionava o trabalho com algumas orientações gritadas.

K. virou-se para a escada para ir até a sala de investigação, mas parou novamente porque, além dessa escada, encontrou outras três entradas diferentes no pátio. Achava que haveria uma pequena passagem no fim desse primeiro pátio que levava a um segundo. Ficou com raiva por não ter sido informado sobre o local da sala com mais detalhes. Era de uma negligência ou de uma indiferença peculiares a forma como o haviam tratado e isso ele pretendia dizer explicitamente. Por fim, decidiu subir a primeira escada mesmo e ficou relembrando o que o guarda Willem havia falado de a justiça estar atrelada à culpa e, logo em seguida, percebeu que a sala de investigação só podia estar na escada que K. escolheu aleatoriamente.

Enquanto subia, atrapalhou várias crianças que brincavam na escada e olhavam-no de cara feia quando ele passava por suas fileiras.

– Quando eu tiver que passar por aqui de novo – disse para si mesmo –, terei que trazer algumas guloseimas para ganhá-las ou uma vara para fustigá-las.

Pouco antes do primeiro andar, precisou esperar um pouquinho até uma bola de brinquedo terminar de fazer o seu caminho e dois meninos pequenos de rostos travessos agarrarem um mais crescido pelas calças. Se quisesse afastá-los, teria que machucá-los e K. temia a gritaria.

A verdadeira busca começou no primeiro andar. Como era óbvio que ele não podia perguntar pelo comitê de investigação, inventou um tal de carpinteiro Lanz (o nome que lhe ocorreu era o nome do capitão, o sobrinho da senhora Grubach) e pensou em perguntar em todos os apartamentos se lá morava o tal do carpinteiro Lanz para, assim, ter a oportunidade de espiar dentro dos cômodos. Logo percebeu que era possível fazer isso sem quase se esforçar, pois a maioria das portas estava aberta e as crianças corriam para dentro e para fora. Via de regra, eram pequenos cômodos com uma janela nos quais também se cozinhava. Algumas mulheres seguravam bebês nos braços e, com a mão livre, trabalhavam no fogão. Mocinhas adolescentes, aparentemente vestidas apenas com aventais, movimentavam-se para lá e para cá diligentemente. As camas de todos os quartos estavam ocupadas com pessoas doentes, dormindo ou já vestidas, espreguiçando-se. Nas casas cujas portas estavam fechadas, K. batia e perguntava se lá morava o carpinteiro Lanz. Quase sempre quem abria era uma mulher que ouvia a pergunta e, dentro do cômodo, falava com alguém que se levantava da cama.

– O homem está perguntando se o carpinteiro Lanz mora aqui.

– Carpinteiro Lanz? – perguntava a pessoa da cama.

– Isso – dizia K., apesar de saber que o comitê de investigação sem dúvidas não estava ali e, portanto, sua tarefa estava encerrada.

Muitos acreditavam ser muito importante para K. encontrar o carpinteiro Lanz, pensavam bastante, citavam um carpinteiro que não se chamava Lanz ou um nome que muito remotamente se parecia com Lanz, ou ainda, perguntavam para os vizinhos, ou acompanhavam K. até uma porta distante onde acreditavam que morava esse homem ou onde poderia ter alguém que pudesse informá-lo sobre isso melhor do que eles. No fim, K. quase nem precisava mais perguntar, pois era levado para lá e para cá pelo andar inteiro. Lamentou-se do plano que, a princípio, lhe pareceu tão prático. No quinto andar, decidiu desistir da busca, despediu-se de um amigável jovem trabalhador que queria continuar subindo com ele e foi lá para baixo. Irritou-se de novo com a inutilidade de toda aquela deambulação, subiu mais uma vez e bateu na primeira porta do quinto andar. A primeira coisa que viu no pequeno cômodo foi um grande relógio de parede que já indicava dez horas.

– O carpinteiro Lanz mora aqui? – perguntou.

– Por favor – disse uma jovem de olhos pretos brilhantes que lavava roupas de criança em um balde, indicando com a mão molhada a porta aberta do cômodo adjacente.

K. acreditou estar entrando em uma assembleia. Uma aglomeração de gente de todo tipo (ninguém ligou para o recém-chegado) enchia o cômodo médio de duas janelas envolto quase até o teto por uma galeria igualmente abarrotada de gente, na qual só era possível permanecer encurvado batendo a cabeça e as costas no teto. K. achou que o ar estava abafado demais, voltou lá para fora e falou para a jovem, que talvez o tivesse compreendido mal:

– Eu perguntei por um carpinteiro, um tal de Lanz, não foi?

– Sim – respondeu a moça. – Entre, por favor.

Talvez K. não a tivesse seguido se a moça não se aproximasse dele, segurado a maçaneta da porta e falado:

– Preciso fechar depois do senhor. Ninguém mais pode entrar.

– É muito compreensível – K. respondeu. – Já está cheio demais – disse, entrando novamente.

Ao passar por dois homens que conversavam bem próximos à porta (um deles fazia o movimento de contar dinheiro com as duas mãos bem estendidas e o outro olhava-o friamente nos olhos), uma mão agarrou K. Era um jovenzinho de bochechas rosadas.

– Venha, venha – disse.

K. deixou-se guiar e percebeu que, naquela fervilhante e confusa aglomeração, havia um estreito corredor livre que possivelmente dividia-os em dois partidos; outro sinal disso era o fato de que, nas primeiras fileiras à esquerda e à direita, quase nenhum rosto estava virado para ele, apenas as costas das pessoas direcionando sua conversa e seus movimentos para os correligionários. A maioria estava vestida de preto, com casacos informais velhos, compridos e soltos. Se não fosse essa vestimenta para confundi-lo, K. teria pensado que aquilo se tratava de uma assembleia política distrital.

Em um tablado baixo e igualmente lotado na outra extremidade do salão para onde K. havia sido levado, havia uma pequena mesa colocada em diagonal quase na beirada do palanque, atrás da qual estava sentado um homem ofegante, baixo e gordo conversando às gargalhadas com alguém que estava apoiado atrás dele com os cotovelos no encosto da cadeira e as pernas cruzadas. Às vezes, jogava o braço no ar, como se imitasse alguém com escárnio. O jovem que levava K. precisou se esforçar para conseguir transmitir sua mensagem. Duas vezes tentou passar o recado nas pontas dos pés sem conseguir chamar a atenção do homem ali em cima. Somente quando uma das pessoas sobre o tablado notou o jovem é que o homem se virou para ele e inclinou-se para ouvir seu relatório em voz baixa. Em seguida, sacou seu relógio e olhou rapidamente para K.

– O senhor deveria ter aparecido há uma hora e cinco minutos – disse.

K. quis responder alguma coisa, mas não deu tempo, pois o homem mal havia acabado de falar quando começou uma balbúrdia geral na metade direita do salão.

– O senhor deveria ter aparecido há uma hora e cinco minutos – repetiu o homem, agora erguendo a voz e baixando os olhos rapidamente pelo salão. A balbúrdia intensificou-se de imediato e se perdeu lentamente porque o homem não falou mais nada. O salão agora estava muito mais silencioso do que quando K. entrou. Somente as pessoas na galeria não paravam de fazer suas considerações. Do pouco que se podia distinguir à meia-luz, na fumaça e na poeira dali, elas pareciam estar mais malvestidas que as pessoas de baixo. Algumas tinham trazido almofadas para colocar entre a cabeça e o teto do aposento a fim de não se machucarem.

K. havia decidido observar mais do que falar e, por conseguinte, renunciou à sua defesa contra o suposto atraso respondendo apenas:

– Posso ter chegado tarde, mas agora estou aqui.

Ouviram-se palmas de aprovação, novamente da metade direita do salão. "Que gente fácil de se ganhar", pensou K. incomodado apenas pelo silêncio na metade esquerda do salão, que estava exatamente atrás dele e da qual se ouviram somente palmas isoladas. Ele pensou no que poderia dizer para ganhar todos de uma vez ou, se não fosse possível, conquistar os outros pelo menos parcialmente.

– É – o homem disse –, mas agora não sou mais obrigado a interrogá-lo – uma nova algazarra, mas dessa vez em momento inoportuno, pois o homem continuou enquanto fazia com as mãos um sinal negativo para as pessoas. – No entanto, o farei hoje excepcionalmente. Um atraso dessa natureza não deve ocorrer novamente. E, agora, aproxime-se!

Alguém desceu do tablado para liberar um lugar para K. subir. Ele ficou bem apertado próximo à mesa. A multidão atrás dele era tão grande que precisou resistir a ela, não queria empurrar e fazer cair do tablado a mesa do juiz de instrução, tampouco a si.

O juiz de instrução, por sua vez, não se preocupou com isso, sentou--se confortavelmente na sua cadeira e, após falar algo conclusivo para o homem atrás de si, pegou um pequeno livro de anotações, o único objeto em sua mesa. Parecia um caderno escolar antigo deformado de tanto folhear.

– Bem… – disse o juiz de instrução folheando o caderno e voltando--se a K. em tom afirmativo. – O senhor é pintor de parede?

– Não – respondeu K. – Sou o procurador principal de um grande banco.

A resposta foi seguida por uma gargalhada do partido à direita, tão calorosa que K. teve que rir junto. As pessoas apoiavam-se com as mãos nos joelhos e sacudiam-se como se acometidas por um grave acesso de tosse. Até algumas pessoas na galeria riram também. O juiz de instrução, que ficou muito bravo e provavelmente não tinha controle sobre as pessoas ali embaixo, tentou recuperar a estima em relação à galeria, levantou-se de súbito, ameaçou a galeria e suas sobrancelhas já levemente caídas penderam volumosas, negras e cheias acima dos seus olhos.

A metade esquerda do salão permanecia em silêncio. Dispostas em filas, as pessoas voltaram os rostos para o tablado e ouviam quietas as palavras trocadas ali em cima, bem como o alarde do outro partido; elas, inclusive, toleravam que alguns membros nas suas fileiras negociassem aqui e ali com o outro partido. As pessoas do partido à esquerda (que, aliás, era menos numeroso) queriam ser tão triviais quanto as do partido à direita, mas a quietude do seu comportamento os fazia parecer mais importantes. Agora, ao começar a discursar, K. estava convencido a falar a seu favor.

– Sua indagação, senhor juiz de instrução, questionando se sou pintor de paredes (o senhor não perguntou muito além disso, mas corrija-me se eu estiver errado) indica a natureza do processo que está sendo executado contra mim. O senhor pode objetar afirmando que não há processo algum e estaria bastante acertado, pois somente será um processo quando eu o reconhecer como tal. Todavia, no momento, pode-se dizer que o reconheço apenas por compaixão.

Quando decidimos dar atenção a ele, não é possível sentir nada além de compaixão. Não estou dizendo que se trata de um processo esculachado, mas eu gostaria de propor tal designação para a sua autognose.

K. interrompeu-se e baixou os olhos para o salão. O que ele tinha dito era pesado, mais pesado do que pretendia, mas não deixava de ser verdade. Teria merecido algum aplauso aqui ou ali, no entanto, tudo estava quieto, todos estavam nitidamente tensos esperando o que viria a seguir, talvez uma reação que acabaria com tudo já estivesse sendo preparada no silêncio. Para atrapalhar, a porta no fundo do salão abriu-se para entrar a jovem lavadeira, talvez ela tivesse terminado o trabalho, e, apesar de todo o cuidado tomado, atraiu alguns olhares para si. Apenas o juiz de instrução deixara K. imediatamente contente, pois pareceu que suas palavras o atingiram. Ele tinha ouvido tudo em pé até aquele momento, mas fora surpreendido pelo discurso de K. enquanto se dirigia à galeria. Agora, durante a pausa, sentou-se discretamente como se isso não devesse ser notado e pegou o caderninho de volta, quiçá para tranquilizar seu semblante.

– Não adianta – prosseguiu K. – Seu caderninho, senhor juiz de instrução, também confirma o que estou dizendo.

Satisfeito por ouvir apenas as suas palavras tranquilas naquela assembleia estranha, sem refletir demais, K. ousou tirar o caderno das mãos do juiz de instrução e, como se houvesse algo a se temer ali, ergueu-o segurando com as pontas dos dedos, fazendo as folhas amareladas, encardidas e cheias de escritas minúsculas na frente e no verso ficarem penduradas de ponta-cabeça.

– São estes os documentos de um juiz de instrução! – disse e, por fim, deixou o caderno cair sobre a mesa. – Pode continuar lendo em paz, senhor juiz de instrução, sinceramente, não tenho medo desse registro de dívidas, apesar de o considerar tão intragável que consigo tocar nele apenas com as pontas dos dedos, não tenho nem coragem de pegá-lo nas mãos.

O fato de o juiz de instrução pegar o caderninho do jeito que havia caído na mesa e tentar colocá-lo um pouco em ordem para continuar lendo só poderia ser um sinal de profunda humilhação ou, pelo menos, era assim que deveria ser interpretado.

Os rostos das pessoas na primeira fileira estavam direcionados para K. com tanta intensidade que ele os fitou por um momento. Quase todos eram homens idosos, alguns tinham barbas brancas. Talvez eles fossem os decisores que poderiam influenciar toda a assembleia e, apesar da humilhação pela qual o juiz de instrução tinha sido submetido, eles não saíram daquela apatia na qual haviam se afundado desde o início do discurso de K.

– O que aconteceu comigo... – continuou K. um pouco mais baixo que antes, buscando sempre os rostos da primeira fileira, o que conferia ao seu discurso um tom um pouco frenético. – O que aconteceu comigo é apenas um caso isolado e não muito importante, por isso não o levo muito a sério, mas é indicativo de um processo instaurado contra várias outras pessoas. É por elas que estou aqui, não por mim.

Sua voz elevara-se involuntariamente. Em algum lugar, alguém aplaudiu com as mãos para cima e gritou:

– Bravo! Por que não? Bravo! E bravo mais uma vez!

Os da primeira fileira mexiam em suas barbas aqui e ali, ninguém se virou por conta da interjeição. K. também não deu grande importância a ela, apesar de ser encorajadora; agora ele não considerava mais os aplausos necessários, bastava que a maioria ali começasse a refletir sobre o assunto e fosse conquistada ocasionalmente pela persuasão.

– Não quero ser um sucesso da oratória – afirmou K. a partir dessa reflexão. – E também não consigo atingir tal sucesso. O senhor juiz de instrução provavelmente fala muito melhor do que eu, afinal, isso faz parte de sua profissão. O que eu quero? Quero apenas a verificação pública de uma importunação pública. Ouçam-me: fui detido há aproximadamente dez dias, as circunstâncias da detenção são risíveis até para mim, mas não importam agora. Fui abordado na cama bem cedo, talvez a ordem tenha sido expedida para deter algum pintor de paredes tão inocente quanto eu (não podemos excluir tal possibilidade, dada a própria fala do juiz de instrução), mas eu fui o escolhido. O aposento ao lado do meu foi ocupado por dois guardas desagradáveis. Se eu fosse um ladrão perigoso, as precauções não poderiam ter sido as melhores. Além de tudo, esses guardas eram uma gentalha sem moral, encheram minha cabeça de abobrinhas, quiseram receber propina, quiseram me provocar fazendo joguinhos sobre roupas e casacos, quiseram dinheiro para me trazer um suposto café da manhã após terem devorado o meu descaradamente diante dos meus próprios olhos. E não foi só isso. Fui levado a um terceiro aposento para falar com o supervisor. Era o quarto de uma dama pela qual tenho muito apreço e tive que vê-lo macular-se, por assim dizer, pela presença dos guardas e do supervisor, o que aconteceu por minha causa, mas não por minha culpa. Não foi fácil manter a calma, no entanto, eu consegui e perguntei ao supervisor muito tranquilamente (se ele estivesse aqui, certamente confirmaria) por que eu estava detido. E o que me respondeu esse supervisor, que ainda consigo visualizar diante de mim sentado na cadeira da referida dama como a representação da arrogância mais obtusa possível? Meus senhores, ele não me respondeu nada, talvez ele não soubesse de nada mesmo, já tinha me detido e estava satisfeito. Mas fez outra coisa ainda: levou para o quarto daquela dama três funcionários do baixo escalão do meu banco, que trataram de mexer e desorganizar algumas fotografias, que eram de propriedade da madame. A presença desses funcionários tinha outro motivo, naturalmente: eles, assim como a proprietária e sua empregada, deveriam espalhar a notícia da minha detenção, difamar-me publicamente e, sobretudo, abalar minha posição no banco. Contudo, nada disso aconteceu, até a proprietária da casa, uma pessoa muito simples (e direi aqui seu nome em caráter honroso, ela se chama senhora Grubach), até a senhora Grubach foi compreensiva o bastante para perceber que uma detenção dessa natureza não representava nada além de um atentado de rua realizado por jovens descontrolados. Repito: toda essa situação só me trouxe desprazeres e aborrecimentos passageiros, mas será que as consequências não poderiam ter sido piores?

Nesse momento, ao emudecer e olhar para o calado juiz de instrução, K. acreditou tê-lo visto fazer um sinal visual para alguém na multidão. K. riu e disse:

– O senhor juiz de instrução aqui ao meu lado acabou de fazer um sinal escondido para um de vocês. Há, portanto, pessoas entre vocês que estão sendo orientadas daqui de cima. Não sei se o sinal deve resultar em vaias ou em aplausos e, portanto, abnego-me a arriscar antecipadamente o seu significado, mas estou bastante consciente da importância que tal sinal possa vir a ter. Para mim, de fato, tanto faz, e encorajo abertamente o senhor juiz de instrução a comandar com palavras e em voz alta os funcionários pagos que ali embaixo estão, em vez de ficar fazendo sinais secretos. Ele poderia dizer algo assim:

– "Agora, vaiem". E, numa próxima vez: "Agora, aplaudam".

Em meio ao constrangimento ou à impaciência, o juiz de instrução mexeu-se para a frente e para trás na sua cadeira. O homem atrás dele, com o qual já havia conversado antes, inclinou-se de novo em sua direção talvez para dizer-lhe algo encorajador ou dar um conselho especial. Ali embaixo, as pessoas conversavam discreta, mas animadamente. Os dois partidos, que antes pareciam ter opiniões tão contrárias, haviam se misturado; algumas pessoas apontavam para K., outras, para o juiz de instrução. O ar nebuloso do aposento era extremamente desagradável e até impossibilitava uma observação mais detalhada daqueles que estavam ao longe. O incômodo maior deveria ser para os ocupantes da galeria que, sem deixar de olhar de canto de olho para o juiz de instrução, eram obrigados a fazer perguntas em voz baixa aos participantes da assembleia para se informar melhor. As respostas também eram dadas em voz baixa, em um cochicho escondido pelas mãos.

– Estou quase terminando – K. disse, batendo com o dedão na mesa, uma vez que não tinha nenhum sino disponível. Assustadas, as cabeças do juiz de instrução e do seu conselheiro separaram-se de imediato:

– Por estar bastante afastado da ação, avalio-a tranquilamente e, pressupondo-se que os senhores estejam envolvidos nessa suposta justiça, podem se beneficiar muito se me ouvirem. Peço-lhes que deixem para discutir o que estou trazendo mais tarde, uma vez que não tenho tempo e logo irei embora.

Prontamente fez-se silêncio, tamanho era o domínio de K. sobre a assembleia. Ninguém mais gritava como no início, ninguém mais aplaudia para acompanhar, mas parecia que estavam convencidos ou esperando o próximo passo.

– Não há dúvidas... – disse K. muito baixinho, pois gostava da concentração atenta que vinha de toda a assembleia; naquele silêncio, o zumbido era mais provocante que o aplauso mais entusiasmado. – Não há dúvidas de que há, por trás de todas as afirmações proferidas neste fórum e, no meu caso, também por trás da detenção e da investigação do dia de hoje, uma grande organização. Uma organização que emprega não apenas guardas corruptos, supervisores ridículos e juízes de instrução que, no melhor dos casos, são decepcionantes, mas que certamente mantêm os aparelhos judiciários superior e supremo entretidos com uma indispensável e incontável comitiva de empregados, escrivães, gendarmes e outros auxiliares, quem sabe até algozes, a palavra não me coíbe. E qual é o propósito dessa grande organização, meus senhores? Trata-se de deter pessoas inocentes e mover contra elas um processo sem sentido e, em sua maioria, inconclusivo, como é o meu caso. Como pode a pior corrupção do funcionalismo público ser dissimulada por esse absurdo do todo? Não é possível, nem o juiz mais elevado provocaria isso para si mesmo. É por isso que os guardas tentam roubar as roupas do corpo dos detidos, é por isso que os supervisores invadem residências desconhecidas, é por isso que os inocentes, em vez de serem interrogados, são ultrajados na frente de assembleias inteiras. Os guardas falaram sobre depósitos para onde os bens dos detidos são levados; eu gostaria de, ao menos uma vez, ver esses depósitos onde emboloram as propriedades dos detidos, conquistadas com tanto esforço, desde que não sejam roubadas pelos ladrões que lá trabalham.

K. foi interrompido por um guincho vindo do fundo do salão e apertou os olhos para conseguir ver, uma vez que a luz difusa do dia tornava a fumaça em branca e cegante. Era a lavadeira, que K. identificou como um verdadeiro estorvo desde a sua aparição. Agora, porém, não era possível identificar se ela era culpada ou não. K. viu apenas que um homem a puxara para um canto ao lado da porta e lá se apertava contra ela. Contudo, não foi ela quem guinchou, mas o homem, que estava com a boca bem aberta olhando para o teto. Um pequeno círculo havia se formado ao redor dos dois; os visitantes da galeria ali ao lado pareciam impressionados pelo fato de aquela seriedade estabelecida por K. na assembleia ter sido interrompida dessa forma. K. quis restaurar rapidamente aquela primeira impressão, ademais, pensava que seria importante para todos estabelecer a ordem no local e, no mínimo, pedir para o casal se retirar do salão, mas as primeiras fileiras na sua frente continuaram bem fixas, ninguém se virou e ninguém o deixou passar. Pelo contrário, interceptaram-no e uma mão desconhecida (ele não teve tempo de se virar) agarrou-o pelo colarinho; os velhos estenderam os braços para a frente, K. nem pensava mais no casal, parecia que sua liberdade estava sendo cerceada como se realmente estivessem levando a detenção a sério, e ele desceu do tablado aos pulos sem ponderações. Agora, estava cara a cara com a multidão. Será que não tinha avaliado as pessoas corretamente? Será que tinha confiado demais no efeito do próprio discurso? Será que estavam fingindo enquanto ele falava e, agora que tinha chegado ao fim, cansaram-se da encenação? Que rostos eram aqueles ao seu redor! Pequenos olhinhos pretos que se movimentavam rapidamente para lá e para cá, bochechas que pendiam como as dos embriagados, mãos em garras que agarravam barbas compridas, duras e ralas. Embaixo das barbas, no entanto (e essa foi a verdadeira descoberta realizada por K.), reluziam emblemas de diversas cores e variados tamanhos no colarinho das jaquetas. Até onde era possível ver, todos carregavam o tal emblema. Eles estavam todos juntos, os aparentes partidos da esquerda e da direta; e, ao virar-se de repente, K. viu o mesmo emblema na gola do juiz de instrução que olhava tranquilamente para baixo com as mãos no colo.

– Então – gritou K., jogando os braços para cima, a compreensão repentina precisando de espaço para sair – todos vocês são funcionários, como posso ver, vocês são a gangue corrupta da qual eu falava, também se infiltraram aqui como ouvintes intrometidos, formaram partidos de mentira e um de vocês até aplaudiu para me testar, vocês queriam era aprender como seduzir inocentes! Pois bem, espero que não tenham estado aqui à toa, espero que tenham se entretido assistindo a alguém que esperava que vocês defendessem a inocência ou... Me solta, senão vou bater em você! – K. gritou para um velho trêmulo que tinha sido empurrado para muito perto dele. – Espero que vocês realmente tenham aprendido alguma coisa. E, assim, desejo boa sorte nas suas atividades.

Ele rapidamente pegou o chapéu que estava na beira da mesa e esgueirou-se até a saída em meio a um silêncio geral que, no mínimo, era causado pela mais profunda surpresa. O juiz de instrução, no entanto, pareceu ter sido mais rápido que K., porque já o esperava na porta.

– Um segundo – disse.

K. parou sem olhar para o juiz de instrução, mas ficou encarando a porta cuja maçaneta já havia agarrado.

– Gostaria apenas de o informar – falou o juiz de instrução – que hoje (talvez isso ainda não tenha lhe ocorrido) o senhor privou-se da vantagem do interrogatório, que, em todos os casos, é relevante para um detido.

K. sorriu para a porta.

– Seu trapo, dou para vocês de presente todos os interrogatórios possíveis! – gritou, abriu a porta e apressou-se escada abaixo.

Atrás dele, ressurgiu o alarde da assembleia novamente animada, na qual começava-se a discutir os acontecimentos como se fossem estudantes.

Na sala de audiências vazia. O estudante. Os gabinetes

Durante a semana seguinte, K. esperou dia após dia por um novo comunicado. Ele não conseguia acreditar que tinham realmente levado a sério a sua renúncia ao interrogatório e, como o comunicado esperado de fato não chegara até o domingo à noite, pressupôs ter sido intimado tacitamente para a mesma casa no mesmo horário. Por isso, domingo voltou para lá, dessa vez passando direto pelas escadas e passagens, algumas pessoas lembraram-se dele e o cumprimentaram em suas portas, mas ele não precisava perguntar mais nada a ninguém e logo chegou na porta certa. Mal tinha batido e a porta já fora aberta, ele quis ir rapidamente para o aposento adjacente sem olhar para trás para espiar a mulher já conhecida, que ficara parada à porta.

– Não tem audiência hoje – falou a mulher.

– Por que não tem audiência? – perguntou sem querer acreditar.

Mas a mulher o surpreendeu abrindo a porta do cômodo ao lado. Ele estava mesmo vazio e, em sua vacuidade, parecia ainda mais deplorável que no domingo anterior. Alguns livros estavam em cima da mesa, que estava exatamente no mesmo lugar no tablado.

– Posso olhar os livros? – perguntou K. não muito curioso, apenas para que sua ida até o local não tivesse sido totalmente em vão.

– Não – disse a mulher fechando novamente a porta –, não é permitido. Os livros são do juiz de instrução.

– Ah, é... – K. disse assentindo com a cabeça. – São livros legislativos e faz bem o tipo desse sistema jurídico não apenas julgar pessoas inocentes, como também considerá-las ignorantes.

– É assim que é – respondeu a mulher sem entendê-lo muito bem.

– Bom, então vou embora – K. falou.

– Quer que eu deixe um recado para o juiz de instrução? – perguntou a mulher.

– Você o conhece? – indagou K.

– É claro – falou a mulher. – Meu marido é meirinho.

Somente então K. percebeu que o cômodo, que da última vez tinha apenas uma tina, agora era uma sala de estar totalmente mobiliada. A mulher notou sua surpresa e disse:

– Pois é, nós moramos aqui de graça, mas precisamos liberar a sala nos dias de audiência. O cargo do meu marido tem algumas desvantagens.

– Não estou tão surpreso pela sala – disse K., olhando-a irritado –, mas, sim, pela senhora ser casada.

– O senhor está se referindo ao ocorrido na última audiência na qual atrapalhei seu discurso? – questionou a mulher.

– É claro – K. falou. – Agora já passou e está praticamente esquecido, mas, na ocasião, aquilo quase me deixou furioso. E, agora, a senhora mesmo me diz que é uma mulher casada.

– A interrupção não foi tão desfavorável para o senhor. Avaliaram seu discurso de forma bastante negativa depois.

– Pode até ser... – falou K. querendo mudar de assunto. – Mas a senhora não se desculpou.

– Todos os que me conhecem já me desculparam – respondeu a mulher. – Aquele homem que me agarrou está me perseguindo faz tempo. Em geral, posso não ser considerada atraente, mas, para ele, eu sou. Não há como se proteger disso, meu marido também já aceitou, pois se ele quiser manter seu cargo, precisa aguentar, pois aquele homem é um estudante e muito provavelmente será bastante poderoso. Ele está sempre atrás de mim, inclusive, tinha acabado de ir embora pouco antes de o senhor chegar.

– Isso combina com todo o resto... – disse K. – Nem me surpreende.

– O senhor gostaria de melhorar algumas coisas aqui, não é? – perguntou a mulher lenta e perscrutadoramente, como se estivesse dizendo algo perigoso tanto para ela quanto para K. – Eu já tinha deduzido isso pelo seu discurso, que, pessoalmente, me agradou bastante apesar de ter ouvido apenas uma parte, pois perdi o começo e estava deitada com o estudante no chão durante o final. Aqui é muito sórdido mesmo – ela disse após uma pausa, segurando a mão de K. – O senhor acredita que conseguirá melhorar alguma coisa?

K. deu risada e moveu um pouco a sua mão nas mãos macias dela.

– Na verdade – disse –, não estou aqui para melhorar nada, como a senhora está falando, e, se a senhora disser isso para o juiz de instrução, por exemplo, ele vai rir da sua cara ou puni-la. Na verdade, se eu pudesse escolher, certamente não teria me envolvido nessa coisa toda e meu sono jamais teria sido atrapalhado pela necessidade de melhorias nesse sistema jurídico. Mas ocorre que, aparentemente, fui detido (e fui detido mesmo) e obrigado a participar de tudo isso pelo meu próprio bem. No entanto, se eu puder ser útil para a senhora de alguma forma durante esse processo, certamente o serei com prazer. E não apenas pelo amor ao próximo, mas, sobretudo, porque a senhora também pode me ajudar.

– E como eu poderia fazer isso? – questionou a mulher.

– Mostrando, por exemplo, os livros ali na mesa.

– Ah, mas com certeza! – bradou fazendo-o segui-la com pressa.

Eram livros velhos e gastos, uma das capas estava quase rasgada na lombada, os pedaços pendentes unidos apenas pelos fios.

– Como tudo é sujo aqui – K. disse balançando a cabeça, e a mulher espanou os livros com o avental para tirar o pó deles pelo menos superficialmente antes que K. pudesse pegá-los. K. abriu o primeiro livro e deu de cara com uma imagem indecorosa: um homem e uma mulher estavam sentados nus em um sofá. Foi fácil reconhecer a intenção pretendida pelo ilustrador, mas sua inaptidão era tão grande que, no fim, somente dava para ver um homem e uma mulher que se projetavam fisicamente para fora da imagem sentados excessivamente eretos e, por conta da falta de perspectiva, diferenciados apenas com muito esforço. K. não folheou mais, mas abriu o segundo livro na folha de rosto. Era um romance intitulado *Os fardos que Grete precisou suportar de seu marido Hans.*

– Estes são os livros legislativos que são estudados aqui? – K. se perguntou. – É por essa gente que serei julgado?

– Vou ajudar o senhor – ela disse. – O senhor quer?

– Consegue mesmo fazer isso sem se colocar em risco? Agora há pouco a senhora disse que o seu marido depende muito do chefe dele.

– Mas eu quero ajudá-lo mesmo assim – respondeu. – Venha, precisamos conversar sobre isso. Não fale mais sobre o risco que corro, eu apenas temo o risco onde quero. Venha – ela apontou para o tablado e pediu para que se sentasse com ela no degrau. – O senhor tem belos olhos escuros – disse após se sentarem, encarando K. de baixo para cima. – As pessoas dizem que eu também tenho olhos bonitos, mas os seus são muito mais. Eu os notei logo de cara quando o senhor entrou aqui pela primeira vez. Eles também foram o motivo pelo qual entrei mais tarde aqui na sala da assembleia, o que não faço nunca e que, inclusive, me é proibido.

"Então é isso", K. pensou. "Ela está se oferecendo para mim, é depravada como todos aqui, está farta dos funcionários do fórum, o que é compreensível e, por isso, cumprimenta qualquer desconhecido elogiando seus olhos."

K. levantou-se em silêncio, como se tivesse dito seus pensamentos em voz alta e isso explicasse seu comportamento para a mulher.

– Não acredito que a senhora possa me ajudar – disse. – Para conseguir me ajudar mesmo, seria preciso ter contato com os funcionários das instâncias mais altas. É evidente que a senhora conhece apenas os funcionários subalternos que perambulam aos montes por aqui. Esses a senhora com certeza conhece muito bem e, por eles, conseguiria obter algumas coisas, não tenho dúvida disso, mas o máximo alcançável por eles seria completamente desimportante para o resultado final do processo. É certo que a senhora perderia alguns amigos e eu não quero isso. Continue comportando-se normalmente com essa gente, parece-me que é imprescindível para a senhora. E não digo isso sem lamentar, pois, de alguma forma, retribuo seu elogio; também gosto da senhora, principalmente quando me olha assim tão triste como agora, mesmo sem motivo para isso. A senhora pertence à sociedade a qual devo combater, mas sente-se muito bem nela. A senhora até ama o estudante e, mesmo se não o amar, pelo menos prefere ele ao seu marido. Isso pode ser percebido com facilidade nas suas palavras.

– Não! – bradou ela ainda sentada, agarrando a mão de K., que não conseguiu puxá-la rápido o suficiente. – O senhor não pode ir embora agora, o senhor não pode ir embora com o juízo errado sobre mim. Precisa mesmo ir embora agora? Sou assim tão sem valor que não poderia me fazer o favor de ficar mais um pouquinho?

– A senhora me entendeu mal – K. falou sentando-se. – Se é tão importante para a senhora que eu fique aqui, então fico com prazer. Estou com tempo, afinal, vim até aqui na expectativa de que hoje haveria uma audiência. Aquilo que disse antes foi apenas para lhe pedir que não intervenha em nada no meu processo. Mas isso tampouco é motivo para chateação, se a senhora considerar que não me interesso nem um pouco pelo resultado do processo e que o julgamento apenas me fará rir. Supondo que o processo seja realmente concluído, coisa de que duvido muito. Acredito muito mais que o processo já tenha sido interrompido ou que será interrompido em breve por preguiça, esquecimento ou até pelo temor do funcionalismo público. Talvez seja até possível seguirem com o processo de forma aparente, na esperança de um grande suborno qualquer, o que será em vão, pois já posso adiantar hoje mesmo que não suborno ninguém. Afinal, seria um favor que a senhora me prestaria se pudesse informar ao juiz de instrução ou a qualquer outra pessoa que goste de espalhar notícias importantes que, mesmo se usarem artifícios contra mim (tenho certeza de que aqueles senhores estão cheios deles), nunca serei levado a subornar ninguém. Seria totalmente inútil. Isso, a senhora pode falar explicitamente. Apesar de que talvez já tenham percebido e, se não for o caso, também não me importo que descubram agora. Seria mesmo para poupar o trabalho dos senhores e, inclusive, para me poupar de alguns inconvenientes que eu aceitaria de bom grado se soubesse que todos aqui se dão patadas simultâneas. Se for esse o caso, eu mesmo quero dar as minhas. A senhora conhece mesmo o juiz de instrução?

– Claro – disse a mulher. – Inclusive, foi nele que pensei em primeiro lugar quando lhe ofereci ajuda. Eu não sabia que ele era apenas um funcionário da instância inferior, mas, se o senhor diz, talvez seja verdade mesmo. Ainda assim, creio que o relatório que ele manda lá para cima ainda exerça alguma influência. E ele escreve tantos relatórios... O senhor fala que os funcionários são preguiçosos, mas tenho certeza de que não são todos, principalmente o juiz de instrução, ele escreve muito. Domingo passado, por exemplo, a audiência terminou apenas à noite. Todos foram embora, mas o juiz de instrução ficou no salão, precisei trazer a única lâmpada que eu tinha, uma pequena da cozinha, com a qual ele ficou satisfeito e logo começou a escrever. Nesse meio-tempo, meu marido também chegou, pois ele estava de folga naquele domingo. Nós pegamos os móveis, mobiliamos nosso quarto novamente, depois vieram os vizinhos com os quais conversamos ainda sob a luz de uma vela, resumindo, esquecemo-nos do juiz de instrução e fomos dormir. De repente, de madrugada, já deveria ser bem tarde da noite, acordei com o juiz de instrução parado ao lado da minha cama tapando a lâmpada com a mão para que a luz não incidisse sobre o meu marido, o que era um cuidado desnecessário, já que o sono dele é daqueles que não é despertado pela luz. Eu fiquei tão assustada que quase gritei, mas o juiz de instrução foi muito simpático, pediu-me para ter cuidado e sussurrou contando que ficara escrevendo até aquela hora, que estava me devolvendo a lâmpada e que nunca esqueceria a imagem de mim dormindo. Com tudo isso, quero apenas dizer que o juiz de instrução escreve mesmo muitos relatórios, em particular sobre o senhor, pois sua audiência certamente foi uma das principais atividades dos dois dias de sessão. Esses relatórios tão extensos não devem ser assim tão desimportantes. Além disso, no entanto, o senhor também pode perceber pela situação toda que o juiz de instrução está tentando me conquistar e que deve ter me notado pela primeira vez agora, nesses últimos tempos e, por isso, posso ter grande influência sobre ele. Tenho outras provas do quão importante ele me considera. Ontem mesmo ele me deu de presente meias de seda trazidas pelo estudante, que é seu funcionário e no qual confia bastante, provavelmente por eu arrumar a sala da audiência, mas se trata apenas de um pretexto, porque esse trabalho não é nada além da minha obrigação e meu marido é pago por ele. As meias são bonitas, veja – ela esticou as pernas, puxou a saia para cima até os joelhos e olhou para as meias –, são meias bonitas mesmo, mas elegantes demais e não combinam comigo.

Ela calou-se de repente colocando a mão na mão de K. como se quisesse acalmá-lo e sussurrou:

– Silêncio, Bertold está nos observando.

K. levantou o olhar devagar. Um jovem homem estava parado na porta da sala de audiência. Era pequeno, suas pernas não eram totalmente retas e tentava mostrar autoridade enrolando os dedos sem parar em uma barba avermelhada curta e tímida. K. olhou-o com curiosidade. Era a primeira vez que encontrava pessoalmente um estudante de direito, aquela disciplina desconhecida, um homem que tinha possibilidade de alcançar cargos elevados. O estudante, por outro lado, aparentemente não se importou com K., pois tirou o dedo da barba por um instante para chamar a mulher e dirigiu-se até a janela. A mulher curvou-se e sussurrou para K.:

– Não fique bravo comigo, peço-lhe, nem pense mal de mim. Tenho que ir com ele agora, com essa pessoa horrenda, veja só suas pernas tortas. Mas volto logo e, então, vou com o senhor, se o senhor me levar junto, vou para onde o senhor quiser. O senhor pode fazer comigo o que quiser, ficarei feliz se passar o maior tempo possível longe daqui, de preferência, para sempre.

Ela acariciou a mão de K., levantou-se e foi até a janela. Involuntariamente, K. tentou segurar a mão dela em vão. A mulher realmente o entusiasmara e, apesar de muito refletir, ele não encontrou nenhuma razão sólida para não ceder à tentação. Negou sem esforços a breve objeção de que a mulher poderia prendê-lo na justiça. Como ela poderia prendê-lo? Ele não continuava livre, de forma que poderia acabar com a justiça imediatamente, pelo menos no âmbito em que era afetado? Ele não poderia se dar ao luxo dessa mínima confiança? E a oferta de ajuda que ela fizera parecia sincera e, talvez, não fosse completamente inútil. Talvez não houvesse vingança melhor contra o juiz de instrução e contra sua trupe do que afastar essa mulher dele e tomá-la para si. Poderia até acontecer de o juiz de instrução, após se esforçar tanto trabalhando em relatórios mentirosos sobre K., encontrar a cama da moça vazia tarde da noite. E vazia porque ela pertencia a K., porque essa mulher na janela, esse corpo quente e ossudo em vestimentas escuras de um tecido ruim e pesado, agora pertencia somente a K.

Assim, após ter tirado da cabeça as objeções contra a mulher, achou que a conversa em voz baixa à janela estava demorando muito e começou a bater no tablado com os nós dos dedos e, em seguida, também com o punho. O estudante olhou rapidamente para K. por cima dos ombros da mulher, mas não se deixou incomodar, pelo contrário, encostou-se ainda mais nela e a abraçou. Ela abaixou bastante a cabeça, como se o estivesse ouvindo com atenção, ele a beijou no pescoço fazendo barulho enquanto ela se curvava sem interromper sua fala. Com isso, K. confirmou a tirania que o estudante exercia sobre a mulher e da qual ela se queixava, levantou-se e começou a andar para lá e para cá no aposento. Olhando de esguelha para o estudante, K. pensava como poderia livrar-se dele o mais rápido possível, e não foi de todo ruim quando o estudante, nitidamente incomodado com a andança de K. que às vezes assemelhava-se a uma marcha barulhenta, afirmou:

– Se o senhor estiver impaciente, pode ir embora. Aliás, já poderia até ter ido antes, ninguém sentiria a sua falta. É, o senhor já poderia ter ido embora mesmo, desde o momento em que entrei, e rapidinho.

Por mais que quisesse expressar toda a fúria possível com essa afirmação, havia nela também a arrogância de um futuro funcionário jurídico conversando com um réu impopular. K. permaneceu em pé bem ao seu lado e falou sorrindo:

– Estou impaciente, é verdade, mas essa impaciência seria facilmente resolvida se você nos deixasse a sós. No entanto, se o senhor veio para estudar (ouvi dizer que o senhor é estudante), então não hesitarei em dar-lhe espaço e ir embora com ela. Aliás, o senhor ainda vai precisar estudar muito até virar juiz. Eu ainda não conheço sua magistratura tão bem, mas pressuponho que há tempos ela não seja mais realizada apenas com discursos grosseiros, os quais você já sabe fazer bem e sem pudor.

– Não deveriam deixá-lo andando tão livremente por aí – falou o estudante como se quisesse esclarecer o discurso ofensivo de K. para a mulher. – Foi um erro. Eu já disse isso para o juiz de instrução. Eles tinham que o deixar preso pelo menos em seu quarto durante os interrogatórios. Às vezes, não dá para entender o juiz de instrução.

– Ai, que ladainha – K. falou, estendendo a mão para a mulher. – Venha.

– Ah, é? – disse o estudante. – Não, não; você não vai pegá-la – e, com uma força que ninguém imaginaria que ele tinha, levantou a mulher com um braço e andou com ela até a porta, as costas encurvadas e o olhar apaixonado. Sem subestimar um certo medo que sentia de K., ainda assim teve coragem de provocá-lo, acariciando e apertando com a mão livre o braço da mulher. K. deu alguns passos a seu lado pronto para pegá-lo e, se fosse preciso, estrangulá-lo, então a mulher falou:

– Não adianta, o juiz de instrução mandará me buscarem. Não posso ir com o senhor, esse monstrinho – nesse momento, ela passou a mão pelo rosto do estudante –, esse monstrinho não me deixa.

– E você não quer ser libertada – K. gritou colocando a mão no ombro do estudante, que a agarrou com os dentes.

– Não! – a mulher bradou defendendo-se de K. com as duas mãos. – Não, não, isso não. No que o senhor está pensando? Seria minha ruína. Solte-o, por favor, solte-o. Ele está apenas cumprindo a ordem do juiz de instrução e levando-me com ele.

– Então, ele pode ir andando, e a senhora nunca mais irá me ver – K. disse possesso de decepção, deu um soco nas costas do estudante, que tropeçou por um momento para ficar ainda mais satisfeito por ter pulado o peso e não cair.

K. aproximou-se deles lentamente e percebeu que essa era a primeira derrota incontestável que sofria contra essa gente. É claro que isso não era motivo para temer, ele apenas tinha sido derrotado porque procurou briga. Se ficasse em casa e continuasse vivendo sua vida habitual, seria mil vezes melhor do que toda essa gente e era capaz de tirar qualquer um do seu caminho com um pontapé. E conseguia imaginar a cena mais ridícula possível se, por exemplo, esse lamentável estudante, esse moleque arrogante, esse barbado torto se ajoelhasse diante da cama de Elsa e clamasse por misericórdia com as mãos cruzadas. K. gostou tanto dessa ideia que decidiu levar o estudante consigo até Elsa caso tivesse oportunidade.

Por curiosidade, K. apressou-se ainda para a porta, pois queria ver para onde a mulher seria carregada. O estudante certamente não a carregaria pelas ruas assim pendurada no braço. O caminho mostrou-se mais curto que o esperado. Logo defronte da porta da casa havia uma pequena escada de madeira que provavelmente levava ao sótão e fazia uma curva, de forma que não era possível ver seu fim. O estudante carregou a mulher por essa escada já bastante devagar e gemendo, pois a caminhada até ali o debilitara. A mulher acenou para K. com a mão e, dando de ombros, tentou mostrar que não tinha culpa pelo sequestro, mas aquele movimento não trazia grande pesar. K. olhava-a impassível como se olha para uma desconhecida, não queria demonstrar que estava decepcionado nem que conseguiria superar a decepção com facilidade.

Os dois já tinham sumido, mas K. continuou parado à porta. Ele tinha que aceitar que a mulher não apenas o enganara, mas também mentira para ele informando-lhe que seria levada até o juiz de instrução. Era óbvio que o juiz de instrução não estava esperando sentado no sótão. Até onde podia ver, a escada de madeira não indicava nada. Então K. notou uma pequena folha de papel ali no pé da escada, subiu e leu em uma grafia infantil e destreinada: "Acesso aos gabinetes de justiça".

Então era aqui, no sótão de um conjunto de apartamentos, que ficavam os gabinetes de justiça? Não era uma instituição capaz de incutir muito respeito e era tranquilizador para um réu imaginar o quão baixo era o orçamento disponível para esse fórum, de modo que seus gabinetes ficassem ali, onde os locatários, que já pertenciam às classes mais pobres, jogavam suas tralhas inúteis. Entretanto, não se podia descartar a possibilidade de que poderia, sim, haver dinheiro suficiente, mas o funcionalismo público lançava mão dele antes de poder utilizá-lo para fins judiciais. Pelas experiências atuais de K., era uma hipótese até bastante considerável. Um aviltamento desses para com a justiça certamente era degradante para um réu, mas, no fundo, era mais tranquilizador do que seria se a justiça estivesse na pobreza. Agora, era compreensível para K. que eles se envergonhassem de intimar o réu para ir ao sótão no primeiro interrogatório e preferiam importuná-lo em sua residência. Qual era a posição de K. em relação ao juiz sentado no sótão enquanto ele mesmo tinha, no banco, uma sala grande com antessala e uma janela enorme pela qual podia olhar para a praça agitada? Contudo, ele não contava com rendas extras provenientes de subornos nem de desvios, nem recebia no escritório mulheres levadas no colo por serviçais. Mas disso K. estava disposto a abrir mão, pelo menos nesta vida.

Ainda estava na frente do cartaz quando um homem surgiu escada acima, olhou para a sala de estar pela porta aberta, através da qual também era possível ver a sala de audiência e, por fim, perguntou a K. se ele não tinha visto uma mulher ali há pouco tempo.

– O senhor é o meirinho, não é? – K. perguntou.

– Sou – falou o homem. – Ah, sim, o senhor é o réu K., agora o reconheci, seja bem-vindo – e estendeu a mão para K., que não estava nem um pouco esperando por isso. – Hoje não há nenhuma audiência marcada – disse o meirinho em seguida enquanto K. silenciava.

– Eu sei – K. respondeu e contemplou o casaco militar do meirinho, cujo único indício oficial eram dois botões de ouro ao lado dos botões normais, que pareciam ter sido retirados de um casaco oficial antigo.

– Conversei um pouquinho com a sua esposa. Ela não está mais aqui, porque o estudante a levou até o juiz de instrução.

– Veja só... – falou o meirinho. – Sempre a levam para longe de mim. Hoje é domingo, não sou obrigado a trabalhar, mas, só para me tirarem daqui, mandam-me embora com uma mensagem inútil. E nem me mandam para muito longe para que eu tenha a esperança de talvez chegar a tempo se me apressar. Por isso, saio correndo o mais rápido que posso, grito a mensagem de forma tão esbaforida pela fresta da porta da repartição para a qual fui enviado que ela mal é compreendida, corro de volta, e o estudante foi ainda mais rápido que eu, mas, também, o caminho dele é mais curto que o meu, ele só tem que descer as escadas do sótão. Se eu não fosse tão dependente, já teria prensado o estudante na parede há tempos, bem aqui ao lado do cartaz e sempre sonho com isso. Eu o prenderia aqui um pouco acima do chão, os braços estendidos, as mãos espalmadas, as pernas tortas em círculo e respingos de sangue ao redor. Mas, até hoje, isso não passou de um sonho...

– Não há outro remédio? – perguntou K. rindo.

– Não conheço nenhum – respondeu o meirinho. – E, agora, está ficando ainda mais desagradável, pois até o momento ele a levava apenas para si, mas agora a leva também para o juiz de instrução, o que eu já esperava que aconteceria faz tempo.

– E a sua mulher não tem culpa de nada? – questionou K., querendo reprimir com a pergunta o enorme ciúme que também estava sentindo.

– Ah, com certeza – falou o meirinho. – Ela é a maior culpada inclusive. Apegou-se a ele. No que diz respeito a ele, o homem vai atrás de todas as fêmeas. Somente neste prédio, já foi expulso de cinco casas nas quais entrou escondido. Minha mulher, todavia, é a mais bela de todo o lugar e eu nem posso me defender.

– Se o negócio é assim, então realmente não há remédio – K. falou.

– E por que não? – perguntou o meirinho. – Eu precisava que alguém batesse tanto nesse estudante covarde quando ele quisesse encostar na minha mulher que ele nunca mais ousaria fazê-lo, mas eu não posso fazer isso e os outros não me fazem esse favor por temerem seu poder. Apenas um homem como o senhor poderia executar tal feito.

– E por que eu? – perguntou K. surpreso.

– Porque o senhor é um réu – disse o meirinho.

– Sim – disse K. – Mas é por isso que eu deveria temer ainda mais, pois ele pode influenciar a investigação preliminar, quando não o resultado do processo.

– Sim, com certeza – afirmou o meirinho, como se a opinião de K. estivesse tão certa quanto a sua própria. – Mas, no geral, aqui não são executados processos desacreditados.

– Eu discordo – falou K. – No entanto, isso não vai me impedir de dar um jeito no estudante no momento adequado.

– Eu ficaria muito grato – respondeu o meirinho um pouco formalmente, ele não parecia acreditar que o seu maior desejo seria atendido.

– Quem sabe outros dos seus funcionários, se não todos eles, não mereçam o mesmo – continuou K.

– Sim, sim – disse o meirinho, como se fosse algo óbvio.

Então, virou-se para K. com um olhar confiante, que ainda não tinha expressado apesar de toda a gentileza e acrescentou:

– As pessoas estão sempre se rebelando.

Pareceu, no entanto, que a conversa ficara um pouco incômoda para ele, pois interrompeu-a e disse:

– Agora preciso apresentar-me no gabinete. Quer vir junto?

– Não tenho nada para fazer lá – respondeu K.

– Se quiser, pode conhecer os gabinetes. Ninguém se importaria com o senhor lá.

– Vale a pena conhecê-los? – perguntou K. hesitante, mas com muita vontade de ir junto.

– Bem... – disse o meirinho – Eu só pensei que o senhor se interessaria.

– Está bem – respondeu K. em seguida. – Vou com o senhor – e subiu a escada mais rapidamente que o meirinho.

Quase caiu ao entrar nos gabinetes, pois havia ainda mais um degrau atrás da porta.

– Não se preocupam muito com o público – disse.

– Não se preocupam com nada – falou o meirinho. – Olhe só para essa sala de espera.

Era um corredor comprido que levava aos departamentos isolados do sótão através de portas de madeira crua. Embora o local não contasse com uma fonte de luz direta, não era totalmente escuro, pois, em vez de paredes de madeira maciça, alguns departamentos eram separados do corredor por grades de madeira simples alongadas até o teto, pelas quais emanava um pouco de luz e através das quais era possível ver alguns funcionários escrevendo em mesinhas ou encostados na grade a fim de observar as pessoas no corredor pelas frestas. Não havia muita gente ali, talvez por ser um domingo. Todos os presentes passavam a impressão de uma enorme modéstia. Em distâncias quase regulares entre si, as pessoas estavam sentadas nas duas fileiras de longos bancos de madeira colocados nos dois lados do corredor. Vestiam-se com desleixo, apesar de a maioria ali pertencer às classes sociais mais altas, o que era perceptível pela sua expressão facial, pela sua postura, pelo corte das barbas e por várias outras pequenas singularidades. Como não havia ganchos para as roupas, os chapéus tinham sido colocados embaixo do banco, talvez um seguindo o exemplo do outro. Ao verem K. e o meirinho, aqueles que estavam sentados ao lado da porta levantaram-se para dar os cumprimentos, os seguintes julgaram que também deveriam cumprimentar, de modo que todos se levantaram com a passagem dos dois. As pessoas nunca ficavam completamente eretas, suas costas continuavam curvadas, os joelhos, dobrados, portavam-se como pedintes de rua. K. esperou pelo meirinho, que estava um pouco atrás dele, e disse:

– Como eles têm que se humilhar...

– É – disse o meirinho. – Eles são réus, todos esses que o senhor está vendo aqui são réus.

– É mesmo? – falou K. – Então eles são meus colegas.

Virando-se para o homem alto e magro já quase grisalho ao seu lado, perguntou:

– O que o senhor está esperando aqui?

A conversa inesperada, no entanto, deixou o homem transtornado, o que era bastante vergonhoso, porque era nítido que se tratava de uma pessoa sábia e vivida, certamente influente em outros lugares e que não renunciava com facilidade à superioridade conquistada perante os outros. Aqui, contudo, não soube como responder a uma pergunta tão simples e olhou para os outros como se fossem obrigados a ajudá-lo e como se ninguém pudesse exigir dele uma resposta, se não obtivesse ajuda. Então, o meirinho apareceu e, para acalmar e encorajar o homem, falou:

– O senhor aqui está só perguntando o que você está esperando. Pode responder.

A voz do meirinho, talvez já conhecida, teve um efeito melhor:

– Estou esperando… – começou e emudeceu.

Era evidente que ele tinha escolhido um começo de frase para responder à pergunta com precisão, no entanto, agora não conseguia encontrar sua continuação. Algumas pessoas que estavam esperando aproximaram-se e circundaram o grupo, mas o meirinho dirigiu-se a elas:

– Saiam, saiam, liberem o corredor.

Elas se afastaram um pouco, mas não voltaram aos seus antigos lugares. Nesse meio-tempo, o interrogado recompôs-se e conseguiu responder com um pequeno sorriso:

– Há um mês dei entrada em algumas solicitações de provas para a minha ação e estou esperando a expedição.

– Parece que o senhor está se esforçando bastante – falou K.

– Bem… – respondeu o homem. – É a minha ação, não é?

– Nem todos pensam como o senhor – falou K. – Eu, por exemplo, também sou réu e, por mais que queira ser abençoado, não fiz nenhuma solicitação de prova nem nada do tipo. O senhor acha que é necessário?

– Não sei muito bem… – disse o homem mais uma vez muito inseguro.

Era nítido que achava que K. estava brincando com a cara dele e talvez por isso teria sido melhor se tivesse repetido a resposta anterior pelo medo de errar de novo, mas, diante do olhar impaciente de K., falou apenas:

– No que me diz respeito, dei entrada nas solicitações de provas.

– O senhor não acredita que sou um réu, não é mesmo? – perguntou K., um pouco irritado.

– Ah, é claro que acredito – respondeu o homem indo um pouco para o lado, mas sua resposta não trazia convicção, apenas medo.

– Então o senhor não acredita em mim? – perguntou K. segurando-o pelo braço, inconscientemente incitado pelo jeito modesto do homem, como se quisesse forçá-lo a acreditar. Ele não queria machucá-lo, apertou-o apenas de leve, mas, mesmo assim, o homem gritou como se K. o tivesse apertado não com dois dedos, mas com uma pinça em brasa. Essa gritaria ridícula finalmente deixou K. saturado; tanto melhor que não acreditavam que ele era um réu; talvez até o tomassem por juiz. E, para se despedir, segurou-o realmente com força, empurrou-o de volta para o banco e seguiu em frente.

– A maioria dos réus é muito sensível – falou o meirinho.

Agora, quase todos que estavam esperando ali se reuniram em volta do homem que já tinha parado de gritar e pareciam perguntar intensivamente sobre o ocorrido. K. cruzou com um guarda que podia ser reconhecido principalmente por um sabre cuja bainha, pelo menos a julgar pela cor, era de alumínio. K. admirou-se com ela e chegou até a tocá-la com a mão. O guarda, que viera por causa da gritaria, perguntou o que havia acontecido. O meirinho tentou acalmá-lo com algumas palavras, mas o guarda explicou que precisava verificar ele mesmo, bateu continência e seguiu em frente com pressa em passos curtinhos e calculados, talvez por sofrer de gota.

K. não ligou para ele nem para o grupo por muito tempo, sobretudo porque viu que era possível virar à direita e passar por uma abertura sem porta mais ou menos na metade do corredor. Ele perguntou ao meirinho se aquele era o caminho certo, o meirinho assentiu com a cabeça e K. virou lá. O fato de ter que andar sempre um ou dois passos à frente do meirinho o incomodava, pois dava a impressão de estar sendo levado preso, sobretudo nesse lugar. Por isso, várias vezes teve que esperar o meirinho que não parava de ficar para trás. Por fim, para acabar com seu desconforto, K. falou:

– Bem, já vi como são as coisas por aqui. Agora quero ir embora.

– Mas o senhor ainda não viu tudo – respondeu o meirinho completamente inofensivo.

– Não quero ver tudo – K. disse, sentindo-se realmente cansado. – Quero ir embora. Como vou até a saída?

– Não vai me dizer que o senhor já se perdeu? – perguntou o meirinho surpreso. – Siga aqui até o fim, depois vire à direita no corredor e desça em frente até a porta.

– Venha comigo – K. pediu. – Mostre-me o caminho. Eu não vou acertar, há tantos caminhos por aqui.

– Mas esse é único caminho – respondeu o meirinho agora de forma bastante reprovadora. – Não posso voltar com o senhor agora, tenho que dar meu recado e já perdi muito tempo por sua causa.

– Venha comigo – K. repetiu agora mais rispidamente, como se tivesse pego o meirinho no flagra contando uma inverdade.

– Não precisa gritar desse jeito – sussurrou o meirinho. – Aqui está cheio de escritórios. Se o senhor não quiser ir embora sozinho, continue mais um pouco comigo ou espere aqui até eu ter dado o meu recado, então poderei voltar com você sem problemas.

– Não, não – K. disse. – Não vou esperar e o senhor tem que vir comigo agora.

K. nem tinha reparado no lugar em que estava e apenas olhou ao redor agora que uma das muitas portas de madeira que o circundavam se abriu. Uma moça, que certamente havia sido invocada ao ouvir K. falando alto, apareceu e perguntou:

– O que esse senhor deseja?

Atrás dela, a distância, via-se um homem aproximar-se na penumbra. K. olhou para o meirinho. Ele tinha falado que ninguém se preocuparia com K. e lá vinham duas pessoas. Nem era preciso muito para que os funcionários o notassem e exigissem explicações sobre a sua presença. A única explicação compreensível e aceitável era o fato de ele ser um réu querendo saber a data do próximo interrogatório, mas ele não quis dizer isso, sobretudo porque não era verdade, uma vez que tinha ido apenas por curiosidade com o intuito de constatar que o interior desse sistema jurídico era tão sórdido quanto seu exterior, e isso não era lá uma explicação muito plausível. E parecia que tinha mesmo razão com tal suposição, ele não queria adentrar mais, o que tinha visto até agora já o havia acanhado o suficiente, no momento, não tinha a menor condição de encontrar um funcionário da Suprema Corte, o que poderia acontecer atrás de qualquer porta. Queria ir embora com o meirinho ou sozinho, se preciso fosse.

Mas ficar parado ali em silêncio deve ter chamado a atenção e a moça e o meirinho o observavam como se alguma grande transformação, que eles não queriam perder, certamente fosse acontecer com ele no minuto seguinte. Na abertura da porta, lá estava o homem que K. já havia notado a distância, estava apoiado nas vigas da porta baixa e balançava-se um pouco na ponta dos pés como um espectador impaciente. A moça, no entanto, percebendo primeiro que a postura de K. devia-se a um leve mal-estar, trouxe-lhe uma cadeira e, em seguida, perguntou:

– O senhor não quer se sentar?

K. sentou-se de imediato e apoiou os cotovelos no encosto para ficar mais firme.

– O senhor está com um pouco de vertigem, não está? – ela perguntou.

Seu rosto, com aquela expressão dura, que algumas mulheres trazem na sua mais bela juventude, estava perto do dele agora.

– Não se preocupe com isso – ela disse. – Não é incomum de acontecer por aqui, quase todo mundo tem um ataque desses quando vem pela primeira vez. É a sua primeira vez aqui? Pois é, não é incomum. O sol bate na treliça do telhado e a madeira quente torna o ar muito abafado e pesado. É por isso que esse lugar não é muito adequado para receber escritórios, apesar dos ótimos benefícios. Mas, no que diz respeito ao ar, quase não é respirável nos dias em que há grande trânsito de contraentes, e isso acontece quase todos os dias. E, se o senhor ainda parar para pensar no monte de roupas estendidas aqui para secar (não podemos impedir totalmente os inquilinos de fazer isso), não seria de se estranhar que o senhor se sinta um pouco mal. Mas, no fim, a gente se acostuma bem com o ar. Quando o senhor vier pela segunda ou terceira vez, quase nem sentirá mais a opressão. Já está se sentindo melhor?

K. não respondeu. Era muito vergonhoso estar à mercê dessas pessoas por causa dessa fraqueza repentina; além disso, agora que havia sido informado sobre as causas do seu mal-estar, não se sentia melhor, pelo contrário, estava era um pouco pior.

Ao perceber isso, a moça pegou um cabo com um gancho que estava encostado na parede e, para proporcionar a K. certo alívio, abriu uma pequena claraboia que dava ao ar livre e estava exatamente em cima dele. Ao fazê-lo, porém, caiu tanta cinza que a moça rapidamente fechou a claraboia de novo e teve que limpar a fuligem das mãos de K. com seu lenço, pois ele estava cansado demais para cuidar disso sozinho. Ele queria ficar sentado lá em silêncio até reunir forças o suficiente para ir embora e isso aconteceria tão logo as pessoas parassem de se preocupar com ele. No entanto, a moça falou:

– O senhor não pode ficar aqui, estamos atrapalhando o trânsito.

K. perguntou com o olhar qual trânsito ele estava atrapalhando ali.

– Se o senhor quiser, posso levá-lo à enfermaria. Ajude-me, por favor – falou para o homem na porta que rapidamente se aproximou.

Todavia, K. não queria ir para a enfermaria; era justamente isto que queria evitar: continuar sendo levado, pois, quanto mais avançava, maior era o aborrecimento.

– Já consigo ir – disse, e levantou-se trêmulo por estar acostumado com o conforto de ficar sentado. No entanto, não conseguiu ficar em pé. – Não dá, não... – falou balançando a cabeça e, suspirando, voltou a se sentar. Lembrou-se do meirinho que, apesar de tudo, seria capaz de levá-lo embora com facilidade, mas parecia que já tinha desaparecido há tempos. K. olhou para o espaço entre a moça e o homem em pé diante dele e não conseguiu encontrar o meirinho.

– Acredito – disse o homem que estava vestido de forma muito elegante, fazendo-se notar principalmente por um colete cinza que terminava em duas pontas bem alongadas – que o mal-estar desse senhor deva-se ao clima daqui. Por isso, seria melhor não o levar até a enfermaria, mas acompanhá-lo para fora dos gabinetes.

– É isso! – gritou K. que, de tanta alegria, quase cortou a fala do homem. – Acabei de melhorar, nem estou tão fraco assim, só preciso de um apoio nas axilas, não darei muito trabalho, nem é um caminho tão longo assim, então levem-me somente até a porta, eu ficarei sentado nos degraus por um tempo e logo estarei recuperado, não costumo ser acometido por ataques como este, eu mesmo estou surpreso. Já estou acostumado com funcionários e com ares de escritório, mas aqui eles parecem ruim demais mesmo, vocês mesmos disseram. Fariam então a gentileza de me acompanhar um pouco, estou com vertigem e não me sentirei bem se me levantar sozinho – e levantou os ombros para facilitar que ambos o segurassem embaixo dos braços.

O homem, no entanto, não acatou à solicitação, manteve as mãos nos bolsos da calça sem se mexer e riu alto.

– Você viu – disse para a moça. – Acertei em cheio. O homem sente-se mal apenas aqui, não em geral.

A moça riu também, bateu de leve as pontas dos dedos no braço do homem, como se ele tivesse feito uma piada pesada demais sobre K.

– Mas o que foi? – falou o homem ainda rindo. – Eu o levarei mesmo para fora.

– Então está bem – respondeu a moça, balançando negativamente a delicada cabecinha por um instante.

– Não ligue tanto para a risada dele – ela falou para K., que olhava para a frente tristemente e não parecia carecer de explicações. – Esse senhor (posso apresentá-lo? – o homem a autorizou acenando com a mão), esse senhor aqui é o oficial de informações. Ele informa tudo o que é necessário aos contraentes que ficam aguardando e, como nosso sistema jurídico não é muito conhecido pela população, muitas informações são solicitadas. Ele tem uma resposta para todas as perguntas, se você tiver vontade, pode testá-lo. Mas essa não é sua única virtude, a outra virtude são suas vestimentas elegantes. Nós, os funcionários públicos, achamos que o oficial de informações, que é o primeiro a entrar em contato com os contraentes e está sempre negociando com eles, deveria deixar uma primeira impressão digna e elegante.

Os outros, como o senhor pode perceber por mim, infelizmente nos vestimos muito mal e de forma antiquada, mas não faz muito sentido gastar com roupas, pois estamos quase que ininterruptamente nos gabinetes, até dormimos aqui. Enfim, como eu disse, achamos indispensável que o oficial de informações tenha belas roupas. Como não foi possível adquiri-las pela nossa administração, que é um pouco peculiar nesse sentido, fizemos uma arrecadação (os contraentes também participaram) e compramos para ele essa e algumas outras roupas bonitas. Assim, tudo estaria pronto para causar uma boa impressão, mas ele arruína tudo com essa risada e assusta as pessoas.

– Pois é... – falou o homem desdenhosamente. – Mas não estou entendendo, senhorita, porque você está contado, ou melhor, impondo a esse senhor todas as nossas intimidades, já que ele não parece querer saber de nada disso. Olhe só para ele sentado aí, nitidamente preocupado apenas com seus próprios assuntos.

K. não tinha nem vontade de discordar. Era possível que a intenção dela até fosse boa, talvez ela estivesse tentando distraí-lo ou dando-lhe a oportunidade de se recuperar, mas os meios foram inadequados.

– Eu tinha que explicar sua risada para ele – a moça disse. – Foi ofensiva.

– Acho que ele perdoaria insultos ainda piores se eu finalmente o levasse para fora.

K. não disse nada nem olhou para cima. Ele aceitava ser tratado pelos dois como se fosse uma coisa, e até preferia que fosse assim. Mas, de repente, sentiu a mão do oficial de informações em um braço e a mão da moça no outro.

– Vamos, de pé, seu fracote – falou o oficial de informações.

– Agradeço-lhes demais – K. disse em feliz surpresa, ergueu-se lentamente e direcionou as mãos desconhecidas para os locais nos quais mais precisava de apoio.

– Parece – sussurrou a moça no ouvido de K. enquanto se aproximavam do corredor – que estou particularmente interessada em fazer com que o oficial de informações deixe uma boa impressão, mas pode ser que alguém acredite, e quero contar a verdade. O coração dele não é de pedra. Ele não é obrigado a levar os contraentes doentes, mas o faz mesmo assim, como o senhor está vendo. Talvez nenhum de nós tenha o coração duro, talvez desejemos ajudar a todos, mas, como funcionários da justiça, facilmente as pessoas têm a impressão de que temos coração de pedra e não queremos ajudar ninguém. Eu mesma estou sofrendo com isso agora.

– O senhor não quer se sentar um pouco aqui? – perguntou o oficial de informações.

Eles já estavam no corredor, exatamente na frente do réu com quem K. tinha falado antes. K. quase ficou com vergonha, antes esteve diante dele tão altivamente, agora tinha que ser escoltado por dois, seu chapéu equilibrado nos dedos espalmados do oficial de informações, seu penteado bagunçado, os cabelos pendendo na testa coberta de suor. Mas o réu pareceu não notar nada, estava parado humildemente na frente do oficial de informações, que olhava através dele, tentando se desculpar por sua presença.

– Eu sei – dizia – que a expedição das minhas solicitações não poderá ser realizada ainda hoje, mas vim mesmo assim porque achei que podia esperar por aqui mesmo; é domingo, estou com tempo e aqui não atrapalho ninguém.

– O senhor não precisa se desculpar tanto – falou o oficial de informações. – Sua solicitude é bastante louvável e, embora o senhor esteja ocupando um espaço desnecessário aqui, não quero impedi-lo de acompanhar de perto a evolução da sua situação, desde que isso não me atrapalhe. Ao vermos pessoas negligenciando suas obrigações vergonhosamente, podemos aprender a ter paciência com gente como o senhor. Sente-se.

– Viu como ele sabe conversar com os contraentes? – murmurou a moça.

K. concordou, mas logo colidiu com o oficial de informações ao perguntar de novo:

– O senhor não quer se sentar aqui?

– Não – disse K. – Não quero descansar.

Ele falou isso com a maior firmeza possível, mas, na verdade, gostaria muito de se sentar. Parecia que estava mareado. Sentia-se como em um navio, passando por uma maré muito agitada. Era como se houvesse água batendo contra as paredes de madeira, como se, das profundezas do corredor, respingos de águas revoltas chegassem até ele, como se o corredor balançasse na diagonal, fazendo os contraentes em espera subirem e descerem de ambos os lados. O mais incompreensível, no entanto, era a tranquilidade da moça e do homem que o acompanhavam. Ele estava à sua mercê, se eles o soltassem, cairia como uma tábua. Olhares penetrantes partiam dos seus olhos pequenos para todas as direções. K. sentia suas passadas ritmadas sem acompanhá-los, estava quase sendo carregado a cada passo. Por fim, notou que estavam falando com eles, mas não conseguia compreendê-los; ouvia apenas o barulho que preenchia tudo e parecia soar como uma sirene alta e contínua.

– Mais alto – sussurrou cabisbaixo e envergonhou-se, pois sabia que estavam falando alto o suficiente, embora fosse incompreensível para ele.

Então, como se a parede diante deles tivesse sido despedaçada, finalmente uma rajada de ar fresco o arrebatou e ele ouviu dizerem ao seu lado:

– Primeiro quer ir embora e, depois, não se mexe mesmo depois de falarmos pela centésima vez que a saída é aqui.

K. percebeu que estava diante da porta de saída mantida aberta pela moça. Como se todas as suas forças tivessem voltado de uma vez, sentiu o gostinho de estar em liberdade, pisou rapidamente no degrau da escada para se despedir de seus acompanhantes que se inclinavam para ele.

– Muito obrigado – repetiu, apertando as mãos dos dois várias vezes e soltou-as apenas ao julgar perceber que eles, acostumados com o ar dos gabinetes, mal conseguiam suportar o ar relativamente mais fresco que vinha da escada. Eles quase não estavam conseguindo responder, e a moça poderia ter caído se K. não tivesse fechado a porta extremamente rápido.

Permaneceu parado por mais um instante, penteou o cabelo com a ajuda de um espelho de bolso, pegou seu chapéu que estava no lance de escada seguinte (o oficial de informações certamente o tinha jogado) e desceu as escadas tão revigorado e a passos tão largos que quase ficou com medo dessa reviravolta. Seu estado de saúde, normalmente bastante estável, nunca tinha lhe pregado tais surpresas. Será que seu corpo queria revoltar-se e infringir a ele um novo processo, uma vez que suportara o antigo com tanta facilidade? Ele não recusou por completo a ideia de ir a um médico assim que fosse possível, mas, em todo caso (e isso ele mesmo era capaz de se receitar), queria aproveitar as próximas manhãs de domingo melhor do que aproveitara aquela.

A amiga da senhorita Bürstner

Nos dias que se seguiram, K. não conseguiu trocar nem algumas poucas palavras com a senhorita Bürstner. Tentara falar com ela das mais diversas formas possíveis, mas ela sempre sabia como evitá-lo. Ele voltava para casa logo após sair do escritório, ficava sentado no sofá do quarto escuro e não se ocupava com nada que não fosse observar a antessala. Se a empregada passasse e fechasse a porta do quarto aparentemente vazio, ele se levantava depois de algum tempo e a abria novamente. Pela manhã, levantava-se da cama uma hora mais cedo que o normal para, quem sabe, conseguir encontrar a senhorita Bürstner sozinha indo para o escritório, mas nenhuma dessas tentativas funcionou. Então, escreveu cartas e enviou-as tanto para o escritório quanto para a sua casa, tentando justificar seu comportamento mais uma vez, ofereceu-se para dar satisfações, prometeu nunca ultrapassar os limites que ela lhe impusesse e pediu apenas uma chance para conversar com ela, sobretudo porque ele não podia fazer nada com a senhora Grubach antes de consultá-la, por fim, informou que, no domingo seguinte, ficaria o dia inteiro no quarto esperando por algum sinal dela, pediu que levasse em consideração o atendimento do seu pedido ou, no mínimo, lhe explicasse porque não era possível atendê-lo, apesar de ele ter prometido aceitar fazer tudo o que ela quisesse. As cartas não voltaram, mas também não houve nenhuma resposta. Por outro lado, no domingo, ele recebeu um sinal bastante claro. Logo cedo, pelo buraco da fechadura, K. notou uma movimentação diferente na antessala que rapidamente foi esclarecida. Uma professora de francês, uma alemã com nome de Montag, uma moça fraca, pálida e um pouco manca que, até o momento, tinha morado em um quarto próprio, estava se mudando para o quarto da senhorita Bürstner. Ela foi vista gorgolejando pela antessala por horas. Estava sempre se esquecendo de uma peça de roupa, de uma cobertinha ou de um livro que precisava ser apanhado e levado para o quarto novo.

Quando a senhora Grubach trouxe o café da manhã para ele (a contar do dia em que K. ficara furioso, ele não deixava a empregada fazer nem o menor dos serviços), K. não conseguiu se conter e falou com ela pela primeira vez desde então.

– O que é todo esse barulho aí na antessala hoje? – perguntou enquanto servia o café. – Será que dá para parar? Tem que fazer faxina justo no domingo?

Apesar de K. não estar prestando atenção na senhora Grubach, notou que ela respirou aliviada. Mesmo com essas perguntas duras, ela considerava que K. a estava perdoando ou começando a perdoá-la.

– Não estamos fazendo faxina, senhor K. – ela disse. – A senhorita Montag está se mudando para o quarto da senhorita Bürstner e, por isso, precisa levar as coisas dela para lá.

Ela não disse mais nada, mas esperou para ver como K. receberia a informação e se ele a autorizaria a continuar falando. K., no entanto, testou-a, mexeu o café pensativamente com a colher e ficou em silêncio. Em seguida, encarou-a e perguntou:

– A senhora já parou de suspeitar da senhorita Bürstner?

– Senhor K.! – gritou a senhora Grubach, que estava esperando justamente por essa pergunta e estendeu para K. suas mãos enrugadas. – Como o senhor tem levado a sério eventuais observações ultimamente... Eu nunca pensei em magoar o senhor nem qualquer outra pessoa. O senhor já me conhece há bastante tempo, senhor K., para ter certeza disso. O senhor não faz ideia de como sofri nos últimos dias! Como se eu estivesse difamando meus inquilinos! E você, senhor K., acreditou nisso! E falou que eu deveria rescindir seu contrato! Rescindir seu contrato! – a última afirmação já foi proferida abafada pelas lágrimas, ela levantou o avental até o rosto e soluçou alto.

– Não chore, senhora Grubach – K. disse olhando para fora pela janela.

Ele só conseguia pensar na senhorita Bürstner e no fato de ela ter aceitado uma moça desconhecida para morar no seu quarto.

– Não chore... – repetiu como se tivesse voltado para o quarto e encontrado a senhora Grubach chorando ainda. – Eu também não pretendia ser tão ruim. Nós dois nos desentendemos e isso pode acontecer até entre amigos de longa data.

A senhora Grubach levou o avental abaixo dos olhos a fim de ver se K. estava mesmo querendo fazer as pazes.

– Pois é, está tudo bem – K. falou.

E, concluindo pelo comportamento da senhora Grubach que o capitão não tinha lhe contado nada, ousou ainda acrescentar:

– A senhora acredita mesmo que eu me indisporia contigo por causa de uma moça desconhecida?

– É exatamente isso, senhor K. – respondeu a senhora Grubach.

Para seu infortúnio, assim que se sentiu um pouco mais leve, disse algo esquisito:

– Eu não parava de me perguntar: por que o senhor K. se preocupa tanto com a senhorita Bürstner? Por que ele briga comigo por causa dela, mesmo sabendo que qualquer palavra negativa dele me tira o sono? Sobre a senhorita, não falei nada além do que vi com meus próprios olhos.

K. não respondeu nada, pois, se o fizesse, teria escorraçado-a para fora do quarto logo na primeira palavra e não queria fazer isso. Ele contentou-se em beber o café e sentir a superficialidade da senhora Grubach. Lá fora, ouvia-se novamente o passo arrastado da senhorita Montag cruzando a antessala.

– A senhora está ouvindo? – perguntou K. indicando a porta com a mão firme.

– Estou – falou a senhora Grubach suspirando. – Eu queria ajudá-la e também pedir para a empregada auxiliá-la, mas ela é teimosa e quer fazer tudo sozinha. Fico surpresa com a senhorita Bürstner. Com frequência, já é difícil receber o aluguel da senhorita Montag, e agora a senhorita Bürstner até a acolhe em seu quarto.

– Mas a senhora não deve se preocupar com isso... – K. disse apertando o que sobrou do açúcar na xícara. – Ou será prejudicada de alguma forma?

– Não – respondeu a senhora Grubach. – Para mim, é até muito bem-vindo, pois terei um quarto livre e poderei abrigar lá o meu sobrinho, o capitão. Há bastante tempo eu temia que ele pudesse estar incomodando o senhor, quando precisei deixar que morasse na sala de estar. Ele não é muito cuidadoso.

– Ora, mas que ideia! – falou K e levantou-se. – Não há nada com que se preocupar. Parece que a senhora me considera sensível demais só porque não suporto esse vaivém da senhorita Montag (olha só, lá vai ela de novo).

A senhora Grubach mostrou-se completamente impotente.

– Senhor K., quer que eu diga a ela para deixar o que falta da mudança para depois? Se o senhor quiser, farei isso imediatamente.

– Mas ela está se mudando para o quarto da senhorita Bürstner, não está? – K. questionou.

– Está – respondeu a senhora Grubach sem entender direito o que K. queria dizer.

– Então – K. falou – ela precisa mesmo levar as coisas.

A senhora Grubach apenas fez que sim com a cabeça. Esse desamparo mudo que, no fundo, não parecia ser nada além de uma provocação, deixou K. ainda mais irritado. Ele começou a andar no quarto, da janela para a porta e da porta para a janela, dando à senhora Grubach a possibilidade de se afastar, o que ela provavelmente deveria ter feito.

K. havia acabado de chegar na porta de novo quando alguém bateu. Era a empregada avisando que a senhorita Montag gostaria de conversar um pouco com o senhor K., por isso, pediu-lhe para ir até a sala de jantar, onde ela o aguardava. K. ouviu a empregada com atenção e, em seguida, virou-se para a assustada senhora Grubach com um olhar quase sarcástico. Esse olhar parecia dizer que K. já previra há muito tempo esse convite da senhorita Montag e combinava muito bem com o suplício ao qual ele estava sendo submetido pelos inquilinos da senhora Grubach naquela manhã de domingo. Ele mandou a empregada de volta com a resposta de que estava indo imediatamente, foi até o guarda-roupa para trocar de casaco e disse para a senhora Grubach (que estava se lamuriando baixinho sobre aquela pessoa incômoda) que ela já poderia levar a louça do café da manhã embora.

– O senhor quase nem tocou em nada – falou a senhora Grubach.

– Ah, leve embora mesmo assim – bradou K. Parecia que tudo tinha sido contaminado pela senhorita Montag e isso lhe causava repulsa.

Quando passou pela antessala, olhou para a porta fechada do quarto da senhorita Bürstner. No entanto, ele não tinha sido convidado para ir até lá, mas para a sala de jantar, cuja porta abriu sem bater.

Era um cômodo de uma janela, bastante comprido, porém estreito. O pouco espaço disponível permitia colocar apenas dois armários inclinados nos cantos ao lado da porta, enquanto o restante do cômodo era completamente ocupado pela mesa de jantar comprida começando junto à porta e se estendendo quase até a grande janela que, assim, ficava praticamente inacessível. A mesa já estava posta para várias pessoas, pois, aos domingos, quase todos os inquilinos almoçavam em casa.

Quando K. entrou, a senhorita Montag veio da janela em direção ao lado oposto da mesa em que ele estava. Cumprimentaram-se em silêncio. Então, com a cabeça erguida de forma inusitada, como era seu costume, a senhorita Montag falou:

– Não sei se o senhor me conhece.

K. olhou para ela com os olhos contraídos.

– Claro que conheço – ele disse. – A senhorita mora com a senhora Grubach há bastante tempo.

– Mesmo assim, acredito que o senhor não presta muita atenção na pensão – falou a senhorita Montag.

– Não – K. respondeu.

– O senhor não quer se sentar? – perguntou a senhorita Montag.

Ambos puxaram em silêncio duas cadeiras na extremidade da mesa e sentaram-se um de frente para o outro, porém a senhorita Montag logo se levantou de novo, pois foi buscar sua bolsinha de mão que deixara no parapeito da janela, ela arrastava-se pelo cômodo inteiro. Quando voltou com a bolsinha balançando levemente, disse:

– Gostaria de conversar com o senhor em nome da minha amiga. Ela gostaria de vir pessoalmente, mas não está se sentindo muito bem hoje. Queria pedir para desculpá-la e ouvir o que tenho a dizer em seu lugar. Ela também não falaria nada diferente do que direi agora. Pelo contrário, acredito que posso até falar mais coisas, pois não estou envolvida como ela. O senhor não acha?

– O que há para falar? – respondeu K., que estava cansado de ver os olhos da senhorita Montag recaírem o tempo inteiro em seus lábios. Ela tinha assumido o controle sobre o que ele gostaria de ter falado primeiro. – A senhorita Bürstner claramente não quer me conceder a conversa particular que pedi.

– É isso mesmo – falou a senhorita Montag – ou, mais exatamente, não é nada disso, o senhor está se expressando muito agressivamente. No geral, as conversas não são concedidas nem acontece o oposto. Mas pode ser que as conversas sejam consideradas desnecessárias, que é o caso aqui. Agora, após a sua observação, posso falar abertamente. O senhor pediu, por escrito ou verbalmente, uma conversa com a minha amiga. No entanto, minha amiga sabe o possível assunto dessa conversa, pelo menos é o que suponho, e, por motivos que desconheço, está certa de que a realização dessa conversa não traria benefícios a ninguém. Além disso, ela me contou tudo bastante por cima ontem, dizendo que o senhor não daria tanta importância à conversa, uma vez que provavelmente teve essa ideia por acaso e, muito em breve, entenderia sozinho, sem grandes explicações, a falta de sentido nisso tudo, caso ainda não tivesse percebido. Eu respondi que ela até poderia estar certa, mas considerava benéfico se houvesse um esclarecimento geral e defendi que o senhor precisava receber uma resposta explícita.

Ofereci-me para assumir tal tarefa e, após alguma hesitação, minha amiga me autorizou. Portanto, espero estar agindo também a favor do senhor, pois as incertezas sempre atormentam, até a menor delas no mais vão dos assuntos, e, se é possível resolvê-las com facilidade, como é o caso agora, tudo deve melhorar imediatamente.

– Obrigado – K. disse de pronto, levantou-se com lentidão e olhou para a senhorita Montag, depois para além da mesa e depois para fora da janela, o sol batia na casa defronte, e dirigiu-se até a porta.

A senhorita Montag o seguiu por alguns passos, como se não confiasse totalmente nele. Quando chegaram na frente da porta, contudo, ambos precisaram voltar um pouco, pois ela fora aberta para o capitão Lanz entrar. Era a primeira vez que K. via-o de perto. Era um homem grande, na casa dos 40 e tinha o rosto carnudo e bronzeado. Fez uma breve reverência igualmente direcionada a K., foi até a senhorita Montag e beijou sua mão com deferência. Era muito seguro de seus movimentos. Sua cortesia para com a senhorita Montag diferia consideravelmente do tratamento que ela recebera de K. Apesar disso, a senhorita Montag não parecia brava com K., pois, como ele percebeu, ela até quis apresentá-lo ao capitão. Mas K. não queria ser apresentado, não estava em condições de ser agradável nem com o capitão, nem com a senhorita Montag. Para ele, aquele beijo na mão a colocara em um grupo que queria separá-lo da senhorita Bürstner sob uma inocência e um altruísmo aparentes. K. acreditou não compreender apenas esse fato, mas notou também que a senhorita Montag tinha escolhido um bom meio para fazê-lo, embora trouxesse vantagens e desvantagens. Ela superestimava a importância da relação entre a senhorita Bürstner e K., ela superestimava, principalmente, a importância da conversa solicitada enquanto, ao mesmo tempo, tentava fazer K. sentir que estava superestimando tudo. Ela iria se decepcionar, pois K. não queria superestimar nada, ele sabia que a senhorita Bürstner não passava de uma datilografazinha e que não deveria resistir a ele por muito tempo. Nesse contexto, ele conscientemente não considerou o que havia descoberto sobre a senhorita Bürstner por meio da senhora Grubach. Estava pensando nisso quando deixou o cômodo sem quase nem se despedir. Queria ir logo para seu quarto, mas, ao ouvir a risadinha da senhorita Montag na sala de jantar, começou a pensar que poderia planejar uma surpresa para os dois, tanto para o capitão quanto para a senhorita Montag. Olhou ao redor e ouviu com bastante atenção, como se estivesse esperando alguma perturbação vinda de algum dos quartos ao redor, mas apenas conseguia ouvir a conversa na sala de jantar e a voz da senhora Grubach no corredor que levava até a cozinha. A oportunidade parecia perfeita, K. foi até a porta do quarto da senhorita Bürstner e bateu de leve. Como nada se mexeu, bateu de novo, mas, novamente, não obteve resposta. Será que ela estava dormindo? Ou será que realmente não estava se sentindo bem? Ou estava renegando-o porque imaginava que só poderia ser K. a bater assim tão de leve? K. pressupôs que ela estava renegando-o e bateu com mais força, logo depois, como não obteve sucesso com as batidas, abriu a porta com cuidado sem deixar de sentir que estava fazendo algo errado e, acima de tudo, inútil. Não havia ninguém no quarto. Nem se parecia mais com o quarto que K. conheceu. Agora, duas camas estavam colocadas uma atrás da outra ao lado da parede, as três poltronas próximas à porta estavam cheias de vestidos e roupas, o armário estava aberto. Talvez a senhorita Bürstner tivesse saído enquanto a senhorita Montag conversava com K. na sala de jantar. K. nem ficou muito chateado, nem esperava mais encontrar a senhorita Bürstner com tanta facilidade e tinha feito essa tentativa quase que unicamente por birra contra a senhorita Montag. Mais vergonhoso ainda, no entanto, foi ver a senhorita Montag e o capitão conversando na porta aberta da sala de jantar ao fechar a porta do quarto da senhorita Bürstner. Talvez eles estivessem lá desde que K. abrira a porta, mas evitaram demonstrar que estavam observando-o, conversavam baixinho e acompanhavam os movimentos de K. com os olhos, como fazemos quando olhamos ao redor distraidamente durante uma conversa. K., no entanto, considerava tais olhares difíceis de suportar e apressou-se para chegar ao seu quarto andando encostado na parede.

O açoitador

Em uma das noites seguintes, ao passar pelo corredor que separava seu escritório da escada principal (K. era quase o último a ir para casa, somente dois empregados ainda trabalhavam no pequeno campo luminoso de uma lâmpada na expedição), ouviu alguém gemer alto detrás de uma porta que ele acreditava dar apenas para um quartinho de bagunça, apesar de nunca o ter visto. Parou espantado para escutar mais uma vez com atenção, para se certificar de que não havia se enganado. Houve silêncio por um breve momento e, então, lá estavam os gemidos novamente. Primeiro ele quis chamar um dos empregados, talvez fosse preciso ter uma testemunha, mas uma curiosidade irrefreável o dominou e ele abriu a porta cerimoniosamente. De fato, era, como imaginava, um quartinho de bagunça. Atrás da soleira, havia formulários antigos e inúteis, além de tinteiros de argila vazios descartados. Contudo, ali no quartinho, encurvados na sala baixa, estavam três homens. Uma vela presa em uma prateleira os iluminava.

– O que vocês estão aprontando aqui? – perguntou K. de supetão pelo nervosismo, mas sem erguer a voz.

O homem que nitidamente controlava os outros dois e chamava a atenção para si primeiro estava enfiado em um tipo de roupa de couro escura, que o deixava desnudo do pescoço até o peito, em um decote profundo, além dos braços inteiros. Ele não respondeu, mas os outros dois gritaram:

– Senhor! Fomos condenados ao açoitamento porque você se queixou de nós para o juiz de instrução.

Agora K. identificava que eram mesmo os guardas Franz e Willem, e que o terceiro homem tinha na mão uma vara para açoitá-los.

– Bem – K. respondeu encarando-os –, eu não me queixei, apenas contei o que foi feito na minha casa. E o comportamento de vocês também não foi lá muito exemplar.

– Senhor – disse Willem, enquanto Franz claramente tentava se proteger do terceiro atrás dele –, se vocês soubessem quão baixos são os nossos salários, certamente nos avaliariam melhor. Tenho uma família para alimentar e o Franz aqui quer se casar. Tentamos nos dar bem do jeito que der, e não conseguimos juntar dinheiro pura e simplesmente pelo trabalho, nem por meio dos mais exaustivos. Fiquei tentado com as suas roupas refinadas. É claro que os guardas não estão autorizados a agir dessa maneira, não foi certo, mas, pela tradição, as roupas ficam com os guardas, sempre foi assim, acredite em mim. E isso é compreensível também, afinal, o que elas significariam para aqueles infelizes que estão sendo detidos? Ainda assim, se a pessoa der com a língua nos dentes, então é preciso que se aplique uma punição.

– Eu não sabia de nada disso que vocês estão me falando agora e nunca exigi que vocês fossem punidos. É uma questão de princípios.

– Franz – Willem virou para o outro guarda –, eu falei para você que o homem não tinha exigido nossa punição. Você acabou de ouvir, ele nem sabia que seríamos punidos.

– Não se deixe enganar por essa ladainha – disse o terceiro homem para K. – A punição é tão justa quanto inevitável.

– Não dê ouvidos a ele – disse Willem interrompendo-se para levar rapidamente à boca a mão que recebia um golpe de vara. – Nós estamos sendo punidos apenas porque você nos delatou. Caso contrário, nada teria acontecido, mesmo se soubessem o que fizemos. Podemos chamar isso de justiça? Nós dois, principalmente eu, nos demos muito bem como guardas por bastante tempo (você mesmo deve admitir que, do ponto de vista da autoridade, nós fizemos uma boa guarda), tínhamos a intenção de avançar e certamente também iríamos nos tornar açoitadores em breve, como este aqui, que teve a sorte de não ser delatado por ninguém. Se bem que uma delação como essa só acontece muito raramente mesmo. Agora, meu senhor, tudo está perdido, é o fim da nossa linha, precisaremos fazer trabalhos muito mais baixos que a guarda e, além de tudo, recebemos ainda essa terrível e dolorosa punição.

– Mas a vara dói tanto assim? – K. perguntou verificando a vara que o açoitador brandiu diante dele.

– Nós temos de ficar totalmente desnudos – Willem falou.

– Pois bem... – disse K. olhando bem para o açoitador, que era bronzeado como um marujo e tinha um rosto novo e selvagem. – Não há nenhuma possibilidade de poupar os dois do açoitamento? – perguntou-lhe.

– Não – respondeu o açoitador balançando a cabeça com um sorriso. – Tirem a roupa – ordenou aos guardas.

E, para K., ele disse:

– Você não tem que acreditar em tudo o que eles dizem. Os dois já estão um pouco abobados por causa do medo do açoitamento. O que esse aqui, por exemplo – disse apontando para Willem –, falou sobre o fim da linha é realmente cômico. Olha só como ele é gordo, os primeiros golpes de vara vão até se perder nessa banha. Você sabe como ele ficou tão gordo? Porque ele tem o hábito de tomar o café da manhã de todos os detidos. Ele não tomou o seu café da manhã também? Viu, eu disse. Mas um homem com uma barriga dessas nunca poderá se tornar um açoitador, está totalmente fora de cogitação.

– Tem açoitadores assim, sim – retorquiu Willem enquanto desafivelava o cinto.

– Não – falou o açoitador acariciando seu pescoço com a vara e fazendo-o estremecer –, não é para você prestar atenção, é para tirar a roupa.

– Vou recompensá-lo bem, se deixá-los ir embora – disse K. sem olhar de volta para o açoitador (negócios desse tipo são mais bem fechados quando ambos os lados mantêm os olhos baixos) e pegou sua carteira.

– Você vai é querer me delatar também – falou o açoitador –, e eu vou acabar sendo açoitado. Não, não!

– Seja sensato – K. falou. – Se eu quisesse que os dois fossem punidos, não ia pagar para soltá-los agora. Era só eu fechar essa porta, não querer saber de ver nem de ouvir mais nada e ir embora para casa, mas não estou fazendo isso. Acho que é mais importante libertá-los. Se eu imaginasse que os dois seriam ou poderiam ser punidos, jamais teria citado seus nomes. Eu nem os considero culpados, acho que a culpa é da organização, a culpa é dos funcionários da Suprema Corte.

– É isso mesmo! – gritaram os guardas para receberem imediatamente um golpe de vara nas costas já desnudas.

– Se você tivesse um juiz da Suprema Corte aqui sob a sua vara – disse K., abaixando a vara que já estava querendo erguer-se de novo enquanto ele falava –, eu certamente não iria impedi-lo de começar o açoitamento, pelo contrário, eu até lhe daria dinheiro para que você ficasse ainda mais forte para a boa causa.

– Isso que você está dizendo faz sentido – respondeu o açoitador –, mas eu não sou subornável. Sou contratado para açoitar, sendo assim, eu açoito.

O guarda Franz, que estava bastante reservado até o momento, talvez pela expectativa da intervenção de K. gerar um bom resultado, dirigiu-se à porta apenas de calças, ajoelhou-se, segurou o braço de K. e sussurrou:

– Se você não conseguir clemência para nós dois, tente ao menos obter a minha liberdade. Willem é mais velho que eu e menos sensível em todos os sentidos, inclusive, há alguns anos ele já recebeu uma punição de açoitamento leve, mas eu ainda não fui desonrado e apenas agi daquela forma por causa de Willem, que é meu professor para o bem e para o mal. Minha pobre noiva está esperando lá embaixo, na saída em frente ao banco e já estou muitíssimo envergonhado – falou limpando o rosto banhado em lágrimas com o casaco de K.

– Não vou esperar mais – falou o açoitador, pegou a vara com as duas mãos e levantou-a na direção de Franz, enquanto Willem encolhia-se em um canto e assistia a tudo em silêncio sem arriscar um movimento de cabeça sequer. Então, Franz começou a urrar gritos ininterruptos e constantes que nem pareciam produzidos por uma pessoa, mas por um instrumento flagelado, o corredor inteirou soou com eles, o prédio inteiro deve ter ouvido.

– Não grite! – berrou K., sem conseguir se conter e, enquanto olhava tenso para a direção de onde os empregados deveriam vir, bateu em Franz, não com força, mas forte o bastante para abater o homem impotente e fazê-lo procurar o chão espasmodicamente com as mãos. Contudo, ele não se safou dos golpes, pois a vara também o encontrara ali embaixo. Enquanto valseava sob a vara, via-se a ponta da vara subir e descer com regularidade. Um empregado já estava aparecendo ao longe com outro alguns passos atrás dele. K. fechou a porta rapidamente, foi até a janela do pátio mais próxima e a abriu. A gritaria parou totalmente. Para impedir os empregados de se aproximarem, ele gritou:

– Sou eu!

– Boa noite, senhor procurador! – gritaram de volta. – Aconteceu alguma coisa?

– Não, não – K. respondeu. – É só um cachorro que está gritando no pátio.

Como os empregados ainda não pararam, ele acrescentou:

– Podem continuar trabalhando.

Para não ter de continuar a conversa com os empregados, afastou-se da janela. Após um tempinho, ao olhar de novo para o corredor, os dois já tinham ido embora. K., no entanto, ficou ao lado da janela, ele não ousava voltar ao quartinho de bagunça, mas também não queria ir para casa. Ficou olhando para baixo, para um pequeno pátio quadrado com escritórios ao redor, todas as janelas já estavam escuras e apenas as mais altas captavam algum reflexo da lua. Concentrado, K. tentou penetrar com o olhar em um canto escuro do pátio no qual alguns carrinhos de mão estavam estacionados encaixados uns nos outros. Atormentava-o o fato de não ter conseguido evitar o açoitamento, mas isso não era culpa dele, se Franz não tivesse gritado (era óbvio que devia ter doído muito mesmo, mas era preciso se controlar em momentos decisivos como aquele), se ele não tivesse gritado, K. muito provavelmente teria encontrado um meio de convencer o açoitador. Se todos os funcionários públicos das instâncias inferiores eram uma ralé, por que o açoitador, cuja repartição é a mais desumana, seria uma exceção? K. tinha observado bem como seus olhos se iluminaram ao olhar para as notas, era evidente que ele só estava falando sério sobre o açoitamento para aumentar um pouco mais o valor da propina. E K. não teria economizado, ele realmente estava disposto a libertar os guardas. Agora que tinha começado a combater a depravação desse sistema jurídico, era natural também intervir por esse lado. Mas, no momento em que Franz começou a gritar, era óbvio que tudo estava acabado. K. não podia permitir que os empregados e, quiçá, todas as outras pessoas possíveis viessem e o surpreendessem em negociações baixas com aquela gente no quartinho de bagunça. K. não se sacrificaria assim por ninguém. Se quisesse fazer isso, seria mais fácil ele mesmo tirar a roupa e se oferecer ao açoitador no lugar dos guardas. Com certeza, o açoitador não estaria de acordo com essa substituição, pois violaria severamente seu dever sem receber qualquer benefício em troca, inclusive, talvez o estivesse violando duplamente porque, enquanto estivesse sendo processado, K. não podia ser atingido por nenhum funcionário da justiça. Decerto era possível que algumas determinações especiais fossem aplicadas nesse caso. De todo modo, K. não tinha mais o que fazer além de fechar a porta, apesar de isso não extinguir todo o risco que corria. O fato de ele próprio ter batido em Franz era lamentável, mas foi consequência do seu próprio nervosismo.

Ouviu os passos dos empregados ao longe. Para não ser notado, fechou a janela e seguiu na direção da escada principal. Parou um pouco na frente da porta do quartinho de bagunça e ouviu com atenção. O silêncio era absoluto. Era possível que o homem tivesse açoitado os guardas até a morte, eles estavam totalmente em suas mãos. K. já tinha estendido a mão para a maçaneta, mas puxou-a de volta. Ele não estava apto a ajudar mais ninguém e os empregados deveriam chegar em breve; no entanto, prometeu trazer o assunto à tona e, na medida de suas forças, punir adequadamente os verdadeiros culpados: os funcionários da Suprema Corte que ainda não ousaram aparecer. Enquanto descia a escada do lado de fora do banco, observou com cuidado todos os transeuntes, mas, mesmo ao longe, não se via nenhuma moça esperando por alguém. Assim, comprovou que a observação de Franz sobre a sua noiva o estar esperando era uma mentira admissível cujo único objetivo era despertar mais compaixão.

No dia seguinte, K. não conseguia tirar os guardas da cabeça. Não parava de se distrair no trabalho e, para dar conta de fazê-lo, precisou ficar no escritório por mais tempo que no dia anterior. Ao ir embora para casa, passou pelo quartinho de bagunça e abriu-o como de costume. Não sabia como se recompor do que acabara de ver no lugar da esperada escuridão. Tudo estava inalterado, exatamente como encontrara ao abrir a porta na noite anterior. Os formulários e os tinteiros bem atrás da soleira, o açoitador com a vara, os guardas ainda completamente vestidos, a vela na prateleira e os guardas, começando a se lamuriar, gritaram:

– Senhor!

K. bateu a porta instantaneamente e ainda a apertou com os dedões, como se, assim, a tivesse trancado melhor. Correu quase aos prantos até os funcionários que estavam trabalhando silenciosamente nas copiadoras e interrompeu o trabalho deles em choque:

– Arrumem logo aquele quartinho de bagunça! – gritou. – Estamos afundando na sujeira.

Os empregados prontificaram-se a fazê-lo no dia seguinte. K. assentiu; agora, tarde da noite, não podia mais forçá-los a trabalhar como tinha pretendido. Sentou-se um pouco para manter os empregados por perto por um tempo, mexeu em algumas cópias esperando dar a impressão de as estar verificando e, então, percebendo que os empregados não pretendiam ir embora com ele, foi para casa cansado e sem pensar em nada.

O tio. Leni

Uma tarde em que K. estava bastante ocupado com o fechamento da correspondência, Karl, tio de K. e pequeno proprietário de terras, enfiou-se na sua sala passando por dois empregados que estavam entrando com documentos. A ideia da vinda do tio, ocorrida muito tempo atrás, tinha lhe horrorizado mais do que aquela aparição de agora. Ele sabia que o tio viria, isso já estava definido há cerca de quase um mês. K. já tinha até imaginado o tio chegando um pouco corcunda com o chapéu-panamá apertado na mão esquerda, estendendo a mão direita já ao longe, aproximando-se da escrivaninha com uma pressa imprudente que o fazia bater em tudo que estivesse no caminho. Ele estava sempre com pressa, pois vivia com a infeliz ideia de que tinha que resolver tudo o que precisava na cidade durante a sua estadia de um dia e, por isso, não podia deixar passar nenhuma oportunidade para ter eventuais conversas, fechar possíveis negócios ou desfrutar algum prazer. Para conseguir isso, K. precisava ajudá-lo em tudo o que era possível, além de recebê-lo para pernoitar em sua casa, o que era sua obrigação, considerando que o tio havia sido seu tutor. “O fantasma do campo” era como ele costumava chamá-lo.

Logo após os cumprimentos (K. convidou-o para se sentar na poltrona, mas ele não tinha tempo), o tio pediu para conversar rapidamente com K. em particular.

– É urgente – disse, engolindo em seco. – Em prol da minha tranquilidade, é urgente. K. mandou os empregados saírem da sala imediatamente com a orientação de não deixar ninguém entrar.

– Sabe do que eu fiquei sabendo, Josef? – gritou o tio quando ficaram sozinhos, sentando-se na mesa e, sem olhar, colocando vários papéis embaixo dele para se sentar melhor.

K. calou-se, ele sabia o que estava por vir, mas, repentinamente desviado do trabalho tenso que estava fazendo, entregou-se primeiro a uma lassidão agradável e olhou pela janela para o outro lado da rua. De sua cadeira conseguia somente avistar um pequeno triângulo, uma parte do muro vazio de uma casa entre duas vitrines de lojas.

– Por que você está aí olhando pela janela? – bradou o tio com os braços erguidos. – Pelo amor de Deus, Josef, me responda. É verdade, é possível que seja verdade?

– Querido tio – K. disse saindo da sua alienação –, não faço ideia do que você está querendo de mim.

– Josef – disse o tio em tom de advertência –, pelo que lhe conheço, você sempre disse a verdade. Será que devo considerar essas suas últimas palavras como um mau sinal?

– Eu imagino o que você está falando, sim – falou K. obedientemente. – Acho que você ficou sabendo do meu processo.

– É isso mesmo – respondeu o tio, assentindo lentamente. – Fiquei sabendo do seu processo.

– E quem falou? – K. perguntou.

– Erna me escreveu. Ela nem tem mais contato com você, infelizmente você não liga muito para ela, mas ela ficou sabendo mesmo assim. Recebi a carta hoje e vim imediatamente, é claro. Não tinha nenhum outro motivo para vir, mas esse já me pareceu o suficiente. Posso ler a parte da carta que fala sobre você.

Ele tirou a carta da carteira.

– Aqui está. Ela escreveu: "Faz tempo que não vejo Josef. Fui ao banco uma vez na semana passada, mas ele estava tão ocupado que não me deixaram entrar. Esperei por quase uma hora, aí depois precisei ir para casa porque tinha aula de piano. Eu gostaria de ter conversado com ele, talvez haja uma oportunidade uma próxima vez. Ele me enviou uma grande caixa de chocolate no meu onomástico, foi muito gentil e atencioso. Eu tinha me esquecido de lhe contar isso antes, lembrei agora que o senhor me perguntou. Como o senhor sabe, os chocolates sempre somem imediatamente na pensão. Quando ficamos sabendo que alguém ganhou chocolate, ele já acabou. Mas, ainda falando sobre Josef, queria lhe contar mais uma coisa. Como mencionei, não me deixaram entrar no banco porque, naquele momento, ele estava fazendo negócios com um senhor. Após esperar calmamente por um tempo, perguntei a um empregado se a negociação ainda demoraria muito. Ele disse que era certo que sim, pois provavelmente se tratava do processo que estava sendo movido contra o senhor procurador. Perguntei que processo era aquele e se o homem não estava ficando louco, mas ele me disse que não estava enganado, que havia um processo, aliás, era um processo grave, mas ele não sabia de nada além disso. Ele mesmo queria ajudar o senhor procurador, que era um homem bom e justo, mas não sabia como começar e desejava apenas que os senhores influentes tomassem conta dele. Segundo ele, isso com certeza aconteceria e traria um bom resultado. Atualmente, no entanto, as coisas não deveriam estar indo nada bem, a julgar pelo humor do senhor procurador. É claro que não dei muita importância a essa conversa, tentei acalmar o empregado simplório, lhe proibi de falar sobre isso com outras pessoas e considerei tudo uma grande bobagem. Apesar disso, querido pai, talvez seja bom perguntar a ele na sua próxima visita. Você conseguirá descobrir mais detalhes sobre o assunto facilmente e, se for mesmo necessário, poderá intervir por meio do seu grande e influente círculo de amizades. Contudo, se não for necessário, o que é mais provável, pelo menos será uma oportunidade da sua filha lhe dar um abraço, o que a deixaria muito feliz".

– Uma boa menina – falou o tio ao terminar de ler a carta e enxugou algumas lágrimas dos olhos.

K. confirmou com a cabeça, graças às diversas perturbações dos últimos tempos, ele se esquecera completamente de Erna, não se lembrou nem do seu aniversário. A história do chocolate certamente foi inventada apenas para o proteger do tio e da tia. Fora bastante comovente e os ingressos de teatro que ele gostaria de mandar para ela com regularidade a partir de agora certamente não seriam uma recompensa à altura, mas, no momento, ele não se sentia preparado para receber visitas na pensão nem para conversar com uma ginasial de 18 anos.

– O que você tem a dizer agora? – perguntou o tio, que se esquecera de toda a pressa e de todo o alvoroço com a carta, que parecia estar lendo mais uma vez.

– Sim, tio – K. falou –, é verdade.

– Verdade? – gritou o tio. – O que é verdade? Como pode ser verdade? Que processo é esse? Não é um processo penal, é?

– É um processo penal – respondeu K.

– E você fica sentado aí tranquilamente com um processo penal nas costas? – bradou o tio cada vez mais alto.

– Quanto mais calmo eu ficar, melhor será para o resultado – K. retrucou cansado. – Não se preocupe.

– Isso não me tranquiliza – berrou o tio. – Josef, meu querido Josef, pense em você, nos seus parentes, no nosso bom nome. Até hoje, você foi nossa glória, não vai se tornar nossa vergonha agora. Essa sua postura... – ele olhava para K. com a cabeça inclinada. – Essa sua postura não me agrada. Não é assim que se comporta um réu inocente que ainda está firme. Conte logo sobre o que se trata para que eu possa ajudá-lo. Com certeza, está relacionado ao banco, não está?

– Não – respondeu K. levantando-se. – Você está falando muito alto, querido tio. Talvez o empregado esteja ouvindo à porta. Fico desconfortável. É melhor irmos embora. Assim poderei responder a todas as suas perguntas da melhor forma possível. Sei muito bem que tenho que dar satisfações à família.

– Correto! – berrou o tio. – Corretíssimo! Agora acelere o passo, Josef, acelere.

– Eu só tenho que deixar algumas instruções – K. falou e chamou seu representante por telefone, que entrou um pouco depois.

Em meio à sua agitação, o tio fez um gesto para o homem para indicar que era K. quem o tinha chamado, apesar de não haver dúvidas a esse respeito. K., que estava parado na frente da escrivaninha, utilizou diversos documentos para, em voz baixa, explicar ao jovem, que ouvia com distanciamento e atenção, o que ainda precisava ser concluído naquele dia durante a sua ausência. O tio incomodava por ficar ao lado deles com olhos arregalados e mordendo o lábio de nervoso sem prestar atenção de verdade, mas seu semblante por si só já era incômodo o bastante. Em seguida, passou a andar para lá e para cá na sala, parando de vez em quando na frente da janela ou de um quadro, o tempo inteiro explodindo em interjeições diferentes como "é realmente inacreditável!" ou "agora eu quero ver o que vai acontecer!". O jovem moço agiu como se não estivesse percebendo nada, ouviu calmamente as instruções de K. até o fim, fez algumas anotações e saiu após inclinar-se para K. e para o tio, embora este estivesse virado de costas olhando pela janela e segurando as cortinas com mãos tensas. A porta mal havida sido fechada quando o tio bramiu:

– Até que enfim o fantoche foi embora. Agora nós podemos ir também. Até que enfim!

Infelizmente, não houve meios que impedissem o tio de fazer perguntas sobre o processo no átrio, onde estavam alguns funcionários e empregados, inclusive quando cruzaram com o diretor-adjunto.

– Então, Josef – começou o tio enquanto K. respondia aos cumprimentos das pessoas com ligeiras saudações –, agora me conte abertamente que processo é esse.

K. fez algumas observações vazias, sorriu um pouco e apenas na escada explicou ao tio que não queria falar sobre aquilo abertamente na frente dos outros.

– Está bem – o tio respondeu. – Mas agora fale.

Ele ouvia atentamente desaprovando com a cabeça e dando breves e apressadas baforadas no seu cigarro.

– Em primeiro lugar, tio – disse K. –, não se trata de um processo da justiça comum.

– Ah, isso é ruim – afirmou o tio.

– Como? – perguntou K. olhando para o tio.

– Quis dizer que isso é ruim – repetiu.

Eles estavam na escada externa que levava à rua. Como parecia que o porteiro estava ouvindo, K. levou o tio para baixo e o trânsito agitado da rua os engolfou. O tio, que estava se apoiando em K., não perguntou mais tão insistentemente sobre o processo, eles até seguiram em silêncio por um tempo.

– Mas como isso aconteceu? – o tio perguntou, parando tão subitamente que as pessoas que vinham atrás dele desviaram assustadas. – Essas coisas não acontecem assim de repente, elas são preparadas por bastante tempo, deve ter havido alguns sinais. Queria saber por que você não me escreveu. Você sabe que faço tudo por você, continuo sendo seu tutor e tive orgulho disso até hoje. É claro que continuarei lhe ajudando, mas é muito difícil agora que o processo já está em andamento. Em todo caso, a melhor coisa a se fazer nesse momento seria você tirar umas pequenas férias e ficar conosco na fazenda. Você também emagreceu um pouco, agora que estou percebendo. Será revigorante ficar na fazenda, vai ser bom para você porque, com certeza, terá que se esforçar bastante daqui para a frente. Além disso, também conseguirá se livrar um pouco da justiça. Aqui, eles têm todos os instrumentos de poder possíveis e podem utilizá-los automaticamente contra você quando necessário. Na fazenda, no entanto, primeiro eles devem delegar órgãos ou apenas tentar acioná-lo por carta, por telegrama ou por telefone. É claro que tais medidas somente enfraquecem o efeito em você e não o deixam em liberdade, mas isso permitirá que você respire um pouco.

– Mas eles também podem me proibir de ir embora – falou K., pois o discurso do tio ia um pouco ao encontro da sua linha de pensamento.

– Não creio que eles farão isso – disse o tio pensativamente. – A perda de poder deles nem é tão grande assim com a sua partida.

– Eu pensei – falou K. pegando embaixo do braço do tio para impedi-lo de parar – que você daria menos importância que eu a tudo isso, mas está levando tudo tão a sério.

– Josef! – gritou o tio querendo livrar-se dele para poder parar, mas K. não o soltou. – Você está mudado, sempre teve uma percepção tão boa das coisas e está se perdendo justo agora? Você quer perder o processo? Você sabe o que isso significa? Significa que você será simplesmente anulado. E que todos os seus parentes serão anulados junto ou, no mínimo, rebaixados até o chão. Josef, recomponha-se, por favor. Sua apatia está me deixando louco. Ao vê-lo assim, é quase possível acreditar naquele ditado: "ter um processo dessa natureza é o mesmo que ter um processo já perdido".

– Querido tio – falou K. –, esse nervosismo de sua parte é tão desnecessário quanto seria da minha. Não se ganham os processos com nervosismo. Dê um pouco de crédito às minhas experiências práticas assim como eu sempre respeitei e ainda respeito as suas, mesmo quando elas me surpreendem. Como você está dizendo que a família também será afetada pelo processo (o que, da minha parte, não consigo entender, mas isso é secundário), então gostaria de obedecer a tudo o que propuser. Na minha opinião, somente a estadia na fazenda não considero vantajosa, pois ela poderia dar a entender que estou fugindo e ciente da minha culpa. Além disso, ficando por aqui, apesar de me seguirem mais, consigo cuidar melhor da ação sozinho.

– Certo – disse o tio em um tom que parecia indicar que eles finalmente haviam se aproximado. – Apenas sugeri isso porque vi a ação ameaçada pela sua indiferença se você ficasse por aqui e achei que seria melhor se eu trabalhasse para você no lugar dos seus. No entanto, se você quiser cuidar dela com todas as suas forças, é claro que será muito melhor.

– Então concordamos com isso – K. falou. – E tem alguma sugestão sobre o que devo fazer em seguida?

– Ainda preciso pensar no assunto – respondeu o tio. – Você precisa se lembrar de que já estou na fazenda há quase vinte anos seguidos e o faro para essas coisas diminui. Várias das ligações importantes que eu tinha com personalidades que talvez conheçam mais sobre o assunto se afrouxaram. Fico um pouco isolado na fazenda, você sabe bem, mas só percebemos isso em situações como essa. Em todo caso, sua ação me pegou de surpresa, mesmo eu já supondo que havia algo de errado nesse sentido pela carta de Erna e quase confirmando tudo ao vê-lo hoje. Porém isso é irrelevante, o importante agora é não perder tempo.

Nas pontas dos pés, ainda enquanto falava, acenou para um carro que parara e, agora, ao mesmo tempo em que gritava um endereço para o cocheiro, empurrava K. atrás de si para dentro do veículo.

– Vamos ver o advogado Huld agora – disse. – Um colega meu da escola. Você já ouviu falar desse nome, não ouviu? Não? Que curioso. Ele tem uma reputação considerável como defensor e advogado dos pobres. Eu, no entanto, confio muito nele como pessoa.

– Está tudo bem, estou de acordo com o que você está fazendo – falou K., apesar do modo apressado e urgente de o tio lidar com a situação ter lhe causado mal-estar. Não era muito animador visitar um advogado de pobres como réu. – Eu não sabia – disse – que era possível acionar um advogado para uma ação como essa também.

– Mas é claro – respondeu o tio. – Isso é óbvio. Por que não? Agora, para eu ficar bem informado sobre a ação, conte-me tudo o que aconteceu até agora.

K. começou a contar tudo imediatamente sem esconder nada, sua total franqueza foi o único protesto que ele pôde permitir contra a opinião do tio de que o processo era uma enorme vergonha. Ele citou o nome da senhorita Bürstner apenas uma vez e por cima, mas isso não afetou a sinceridade, já que a senhorita Bürstner não tinha nenhuma ligação com o processo. Enquanto contava, olhou pela janela e percebeu que estavam se aproximando daquele subúrbio onde ficavam os gabinetes de justiça, informou isso ao tio, que não achou que a coincidência tinha algo de especial. O veículo parou diante de uma casa escura. O tio bateu na primeira porta do andar térreo, enquanto esperavam, mostrou os dentes grandes em meio a um sorriso e sussurrou:

– Oito horas, que horário incomum para receber um contraente. Mas Huld não me levará a mal.

No postigo da porta, um par de grandes olhos negros apareceu, observou os dois visitantes por um momento e sumiu; a porta, no entanto, não se abriu. O tio e K. confirmaram entre si terem visto o par de olhos.

– Provavelmente é uma camareira nova que tem medo de estranhos – disse o tio batendo na porta de novo.

Os olhos apareceram de novo, era quase possível dizer que eram olhos tristes, mas talvez fosse apenas uma impressão causada pela chama de gás aberta que, apesar de queimar com força acima de suas cabeças, emitia pouca luz.

– Abra! – gritou o tio levantando o dedão na frente da porta. – Somos amigos do senhor advogado.

– O senhor advogado está doente – sussurraram atrás deles. Em uma porta na outra extremidade do pequeno corredor, um homem de camisola trazia essa informação falando o mais baixo possível.

O tio, que já estava irritadíssimo pela longa espera, virou de um salto e bradou:

– Doente? Você está dizendo que ele está doente? – e aproximou-se dele ameaçadoramente, como se o próprio homem fosse a doença.

– Já abriram – falou o homem apontando para a porta do advogado, levantando sua camisola e desaparecendo. A porta realmente havia sido aberta, e uma mocinha, K. reconhecera os olhos escuros e um pouco esbugalhados, estava parada na antessala vestindo um longo avental branco e segurando uma vela na mão.

– Da próxima vez, abra mais rápido – falou o tio no lugar de um cumprimento, enquanto a moça assentia brevemente com a cabeça. – Venha, Josef! – disse em seguida para K., que passou lentamente pela moça.

– O senhor advogado está doente – a moça falou ao ver o tio aproximando-se de uma porta sem parar.

K. olhou admirado para a moça mais uma vez quando ela se virou para trancar a porta da casa. Tinha um rosto redondo de boneca, não apenas as bochechas pálidas e o queixo eram arredondados, mas também as têmporas e a testa.

– Josef! – gritou o tio novamente.

Em seguida, perguntou para a moça:

– É a cardiopatia?

– Acho que sim – respondeu a moça, que tinha tido tempo de se aproximar com a vela para abrir a porta do quarto. Em um canto do quarto, onde a luz da vela não chegava, levantou-se da cama um rosto de barbas longas.

– Leni, quem está aí? – perguntou o advogado que, cego pela vela, não reconhecera os visitantes.

– É Albert, seu velho amigo – falou o tio.

– Ah, Albert – o advogado respondeu deixando-se cair no travesseiro de volta, como se não precisasse dissimular nada para essa visita.

– Você está tão mal assim? – perguntou o tio sentando-se na beira da cama. – Eu acho que não, hein. É só um ataque da sua cardiopatia e vai passar como todos os outros.

– Pode ser – disse o advogado baixinho. – Mas está mais incômodo do que nunca. Respiro com dificuldade, não consigo dormir e estou ficando cada dia mais fraco.

– Sei... – falou o tio apertando o chapéu-panamá nos joelhos com firmeza com aquelas mãos grandes. – Que péssimas notícias. Você está recebendo os cuidados certos? Está tão deprimente aqui, tão escuro. Já faz bastante tempo desde a última vez em que estive aqui. Antes o ambiente me parecia mais alegre. E sua pequena donzela aqui não me parece muito divertida, a menos que ela esteja fingindo.

A moça ainda estava com a vela ao lado da porta. Até onde era possível perceber de seu olhar incerto, não estava olhando nem para K. nem para o tio, mesmo quando este falou dela. K. apoiou-se em uma cadeira que tinha empurrado ao lado da moça.

– Quando se está tão doente quanto eu – afirmou o advogado –, é preciso descansar. Para mim, não há nada de deprimente.

Após uma pequena pausa, acrescentou:

– E Leni cuida bem de mim; ela é disciplinada.

Porém o tio não se convenceu, era visível que estava inclinado a ir contra a cuidadora e, apesar de não se opor ao doente, seguiu-a com um olhar hostil quando ela se aproximou da cama, deixou a vela em cima da mesinha de cabeceira e curvou-se sobre o doente para cochicharem alguma coisa enquanto ela arrumava o seu travesseiro. Ele quase se esqueceu de pensar no doente, levantou-se, andou para lá e para cá atrás da cuidadora e K. não teria se surpreendido se ele a tivesse agarrado por trás pela saia e tirado-a de perto da cama. K. observava tudo em silêncio, ele nem considerava a doença do advogado tão malquista assim. Como não havia conseguido se opor à dedicação do tio para lidar com a sua ação, aceitou a distração que surgiu sem que ele precisasse fazer nada. Então, talvez com a intenção apenas de afrontar a cuidadora, o tio falou:

– Mocinha, por favor, deixe-nos um pouquinho a sós. Tenho que tratar de um assunto pessoal com o meu amigo aqui.

A cuidadora, que ainda estava inclinada sobre o doente alisando o lençol de linho na parede, apenas virou a cabeça e disse muito tranquilamente, diferenciando-se notavelmente daquele discurso cheio de raiva, hesitante e mais uma vez exagerado do tio:

– O senhor não está vendo que o homem está muito doente? Ele não pode tratar de assunto nenhum. – É possível que ela tenha repetido as palavras do tio apenas por comodismo, mas, de qualquer forma, sua fala poderia ser considerada irônica até por alguém que não estivesse participando da conversa, e o tio com certeza sentira-se alfinetado.

– Sua maldita – foi sua resposta imediata proferida ainda incompreensivelmente graças ao seu nervosismo.

K. assustou-se, apesar de estar mesmo esperando por algo semelhante, e correu até o tio com a intenção específica de lhe tapar a boca com as duas mãos. Por sorte, o doente levantou-se atrás da moça, o tio fechou a cara como se estivesse engolindo algo repugnante e, em seguida, disse mais calmo:

– É claro que ainda não perdemos a razão, se o que proponho não fosse possível, eu não o proporia. Agora saia, por favor.

A cuidadora ficou em pé na beira da cama e virou-se totalmente para o tio, K. acreditou ter percebido quando ela acariciou a mão do advogado com uma das suas próprias mãos.

– Você pode falar o que quiser na frente de Leni – afirmou o doente, sem dúvida soando como uma pretensão impreterível.

– Não diz respeito a mim – disse o tio –, não é um segredo meu.

E virou-se como se não quisesse negociar mais nada, mas, ainda assim, dando-lhe um tempinho para pensar.

– Diz respeito a quem então? – perguntou o advogado com uma voz vacilante, deitando-se novamente.

– Ao meu sobrinho. Eu o trouxe comigo.

E apresentou:

– O procurador Josef K.

– Ó... – falou o doente bem mais animado estendendo a mão para K. – Desculpe-me, eu sequer o tinha notado. Pode ir, Leni – disse em seguida para a cuidadora, que não se opusera mais e deu-lhe a mão como se precisassem se despedir para ficarem afastados por um longo tempo.

– Então – falou finalmente para o tio, que já se aproximara de forma reconciliadora – não veio me fazer uma visita de convalescença, veio a negócios. Era como se a ideia de uma visita de convalescença tivesse incapacitado o advogado até aquele momento, agora ele se mostrava bastante revigorado, mantinha-se apoiado em um dos cotovelos, o que exigia bastante esforço, puxando sem parar uma mecha do meio da sua barba.

– Você já parece muito mais saudável – disse o tio – desde que aquela bruxa saiu. – Ele calou-se por um momento e sussurrou: – Aposto que ela está ouvindo escondida – e pulou para a porta.

Mas não havia ninguém atrás da porta, o tio voltou sem se decepcionar, pois o fato de ela não estar ouvindo lhe parecia uma maldade ainda maior, o que o deixou amargurado.

– Você a subestima – disse o advogado sem continuar a proteger a cuidadora; desse modo, talvez quisesse mostrar que ela não precisava de proteção.

Acrescentou em tom muito mais participativo:

– No que diz respeito aos assuntos do senhor seu sobrinho, de fato os avaliarei com prazer, se for o caso das minhas forças serem satisfatórias para tal tarefa extremamente difícil. Temo demasiadamente que elas não sejam satisfatórias, de toda forma, pretendo não deixar de tentar. Se eu não for adequado para tal função, é claro que podemos apelar para outra pessoa. Para ser bastante sincero, o assunto interessa-me em demasia e eu não poderia me obrigar a renunciar da participação. Caso meu coração não aguente, pelo menos aqui ele encontrará uma ocasião digna para fracassar completamente.

K. acreditou não ter entendido uma palavra desse discurso todo, olhou para o tio, a fim de obter alguma explicação, mas este agora estava sentado com a vela na mão na mesinha de cabeceira, de onde acabara de rolar para o tapete um frasco de remédio, e assentia para tudo o que o advogado falava, concordava com tudo e, vez ou outra, olhava para K. a fim de lhe pedir a mesma anuência. Será que o tio já havia falado sobre o processo para o advogado antes? Mas era impossível, tudo o que acontecera antes indicava o contrário. Portanto, falou:

– Não estou entendendo.

– Bem, será que eu o compreendi mal? – perguntou o advogado tão surpreso e perdido quanto K. – Talvez eu tenha me antecipado. O que o senhor gostaria de falar comigo? Eu achei que era sobre o seu processo.

– Mas é claro que é – falou o tio.

E, em seguida, perguntou para K.:

– O que você está querendo?

– Tudo bem, mas como o senhor ficou sabendo sobre mim e o meu processo? – K. perguntou. – Ah... – respondeu o advogado sorrindo. – Eu sou advogado, me envolvo com as pessoas da justiça, nós conversamos sobre vários processos e ficamos com alguns em mente, principalmente se um deles se referir ao sobrinho de um amigo. Não é nada fora do normal.

– O você está querendo? – o tio perguntou novamente a K. – Está tão inquieto.

– O senhor se envolve com pessoas da justiça? – K. indagou.

– Sim – respondeu o advogado.

– Você está parecendo uma criança com todas essas perguntas – observou o tio.

– Com quem eu deveria me envolver, se não com gente da minha laia? – acrescentou o advogado.

A pergunta soou tão irrefutável que K. nem respondeu. "Mas o senhor trabalha no Fórum do Palácio da Justiça, não naquele do sótão, não é?" era o que ele gostaria de ter perguntado, mas não conseguiu dominar-se para dizê-lo de fato.

– O senhor também tem que levar em conta – continuou o advogado, na entonação de quem estava explicando algo óbvio de forma supérflua e secundária – que, com esse envolvimento, eu consigo grandes vantagens para a minha clientela em vários sentidos, inclusive, mas não podemos ficar falando sobre isso o tempo inteiro. É claro que estou um pouco incapacitado em decorrência da minha doença, mas recebo visitas de alguns bons amigos do fórum e fico sabendo de algumas coisas. Talvez eu até saiba de mais do que aqueles que estão saudáveis e passam o dia inteiro por lá. É por isso que estou recebendo uma visita querida agora, por exemplo – disse apontando para um canto escuro do quarto.

– Onde? – perguntou K. quase grosseiramente por causa da surpresa.

Incerto, olhou ao redor. A luz da pequena vela estava muito longe de chegar até a parede oposta. E, de fato, alguma coisa começou a se mexer lá no canto. À luz da vela agora levantada pelo tio, via-se um velho senhor sentado ao lado de uma mesinha. Ele mal tinha respirado para conseguir se manter imperceptível por tanto tempo. Agora, começava a se levantar fastidiosamente, era nítido que estava insatisfeito com aquela atenção voltada para si. Agitava as mãos como asinhas, como se quisesse evitar todas as apresentações e todos os cumprimentos, como se não quisesse, de forma alguma, atrapalhar os outros com sua presença e como se implorasse para voltar ao escuro e ao esquecimento da sua presença, o que, no entanto, não era mais possível concedê-lo.

– Vocês nos surpreenderam de fato – esclareceu o advogado e acenou encorajando o homem a se aproximar, o que ele fez hesitante e lentamente, olhando ao redor com certa dignidade. – O senhor diretor do gabinete... Ah, desculpem-me, não os apresentei: este é meu amigo Albert K., este é seu sobrinho, o procurador Josef K., e este é o senhor diretor do gabinete. O senhor diretor do gabinete foi muito gentil em vir me visitar. Na realidade, somente aqueles privilegiados sabem o quão sobrecarregado é o querido diretor do gabinete e conseguem apreciar o valor de uma visita como esta. Ainda assim, ele veio, nós conversamos livremente, na medida em que minha fraqueza permitia, e nem proibimos Leni de receber as visitas. Como não estávamos esperando por nenhuma, nossa intenção era mesmo ficar a sós. Assim que você bateu à porta, Albert, o senhor diretor do gabinete virou-se com a cadeira e a mesa ali no cantinho; agora, se houver vontade para tal, parece que temos eventuais assuntos em comum para tratar e podemos nos aproximar bastante novamente. Por favor, senhor diretor do gabinete... – disse com uma inclinação de cabeça e um sorriso submisso, indicando a cadeira ao lado da cama.

– Infelizmente, só posso ficar por mais alguns minutos – disse o diretor do gabinete amigavelmente, esparramou-se na cadeira e olhou para o relógio. – Os negócios me esperam. De todo modo, não vou desperdiçar a oportunidade de conhecer um amigo do meu amigo.

Ele inclinou a cabeça levemente para o tio, que parecia bastante satisfeito com o novo contato, mas que, dada a sua natureza, não era capaz de exprimir sentimentos de devoção e acompanhava as palavras do diretor do gabinete com uma risada constrangida, porém alta.

Que visão horrível! K. conseguia observar tudo em silêncio porque ninguém se preocupava com ele. O diretor do gabinete mantinha para si a audiência da conversa (parecia ser um hábito seu, acabara de fazer isso de novo). O advogado, cuja fraqueza inicial talvez servisse apenas para afastar as novas visitas, ouvia atentamente com a mão na orelha. O tio fazia as vezes de castiçal (estava equilibrando a vela no colo, para onde o advogado frequentemente olhava com preocupação) e, livrando-se rapidamente do constrangimento, agora se deliciava tanto com o tipo de discurso do diretor do gabinete quanto com o movimento das suas mãos, suaves e ondulantes, que acompanhava. Apoiado na coluna do dossel da cama, K. estava sendo completamente ignorado pelo diretor do gabinete, talvez até de propósito, e servia para os velhos senhores apenas como ouvinte. Além disso, não conseguia entender direito o assunto da conversa e logo começou a pensar na cuidadora e no péssimo tratamento que ela recebera do tio, depois, na possibilidade de já ter visto o diretor do gabinete alguma vez, quem sabe até na assembleia da sua primeira investigação. Mesmo se estivesse equivocado, o diretor do gabinete poderia muito bem estar entre os participantes da assembleia na primeira fileira, entre aqueles velhos senhores de barba rala.

Então, um barulho na antessala chamou a atenção de todos eles, que parecia uma porcelana quebrando.

– Vou lá ver o que aconteceu – K. disse e saiu lentamente, como se estivesse dando aos outros a oportunidade de impedi-lo.

Ele mal tinha entrado na antessala e ainda tentava se localizar no escuro quando sentiu sua mão que segurava a porta com firmeza ser tocada por outra muito pequena, bem menor que a dele, e fechar a porta discretamente. A cuidadora estava esperando-o ali.

– Não aconteceu nada – ela murmurou. – Só joguei um prato contra o muro para tirar o senhor de lá.

Em seu acanhamento, K. falou:

– Eu também estava pensando na senhora.

– Melhor ainda – disse a cuidadora. – Venha.

Após alguns passos, chegaram a uma porta de vidro fosco que a cuidadora abriu para K.

– Entre – ela falou.

Certamente, era o escritório do advogado. Até onde se podia ver ao luar que iluminava fortemente apenas um pequeno quadrado do piso na frente de cada uma das duas grandes janelas, o cômodo era equipado com uma pesada mobília antiga.

– Por aqui – falou a cuidadora indicando um baú escuro com a lateral esculpida em madeira. Ao sentar-se, K. olhou ao redor do cômodo: era um aposento grande e a clientela pobre do advogado devia se sentir perdida ali. K. imaginou ver os pequenos passos com os quais os visitantes se aproximavam da imponente escrivaninha. Em seguida, porém, esqueceu-se disso e passou a ter olhos apenas para a cuidadora, que se sentou bem ao seu lado e quase o apertava contra o encosto lateral.

– Eu pensei – ela disse – que o senhor viria até mim sozinho sem que eu precisasse chamá-lo. Foi estranho. Primeiro o senhor não parou de olhar para mim quando entrou e, depois, me deixou esperando. Aliás, pode me chamar de Leni – acrescentou rápida e abruptamente, como se nenhum segundo desse diálogo pudesse ser desperdiçado.

– Está bem – respondeu K. – Mas a estranheza é facilmente explicável, Leni. Em primeiro lugar, eu tinha mesmo que ouvir a tagarelice dos velhos senhores e não podia sair assim sem motivo nenhum; em segundo, não sou insolente, mas um pouco tímido e você, Leni, sinceramente não dá a impressão de ser alguém que se ganha assim em um pulo.

– Isso não é verdade – Leni disse colocando o braço no encosto e olhando para K. – Mas eu não o agradei e, provavelmente, continuo não agradando.

– Agradar talvez não seja a palavra... – K. respondeu evasivo.

– Ó! – exclamou sorrindo.

A observação de K. e essa pequena interjeição por parte dela, deram-lhe ares de superioridade. Isso fez K. se silenciar por um tempo. Como já havia se acostumado com a escuridão do cômodo, agora conseguia distinguir diversos elementos da decoração. Um grande quadro pendurado à direita da porta chamou sua atenção, então, inclinou-se para a frente a fim de vê-lo melhor. Retratava um homem trajando uma toga de juiz. Estava sentado em um trono alto cujo dourado destacava-se bastante. O incomum era que esse juiz não estava sentado ali mostrando sua tranquilidade e seu valor, em vez disso, empurrava os apoios laterais e traseiro com firmeza com o braço esquerdo. O braço direito totalmente livre segurava o apoio lateral apenas com a mão, como se, no segundo seguinte, quisesse dar um pulo em uma virada indignada, possivelmente para decretar algo decisivo ou até proferir uma sentença. O réu certamente deveria estar aos pés da escada, cujos degraus mais altos, cobertos com um tapete amarelo, ainda podiam ser vistos no quadro.

– Quem sabe esse não é o meu juiz? – K. falou apontando para a imagem.

– Eu o conheço – disse Leni olhando para o quadro também. – Ele vem aqui com frequência. Esse quadro foi pintado quando ainda era jovem, mas ele nunca deve ter sido assim, nem de longe, pois o homem é quase risivelmente baixo. Além disso, foi retratado no quadro de forma muito mais pomposa por conta da sua enorme vaidade, assim como todos aqui. Mas eu também sou vaidosa e estou muito insatisfeita com o fato de você não gostar nada de mim.

Essa última observação K. respondeu apenas abraçando Leni e puxando-a para si, calada, ela apoiou a cabeça no ombro dele. Como resposta ao restante, no entanto, ele falou:

– Qual é o nível dele?

– Ele é juiz de instrução – respondeu, segurando a mão de K. que a abraçava e brincando com seus dedos.

– Outro juiz de instrução... – disse K. decepcionado. – Os funcionários da Suprema Corte se escondem, mas ele está sentado em um trono.

– É tudo de mentira – respondeu Leni com o rosto inclinado na mão de K. – Na verdade, ele está sentado em uma cadeira de cozinha coberta com uma manta de cavalo velha. Será que você tem que pensar no seu processo o tempo inteiro? – acrescentou lentamente.

– Não, na verdade, não – respondeu K. – Talvez eu até pense muito pouco sobre ele.

– Mas não é aí que o senhor erra – Leni falou. – O senhor é inflexível demais, foi isso que ouvi dizerem por aí.

– Quem disse isso? – K. perguntou.

Ele sentia o corpo dela em seu peito e, de cima, olhava para seu cabelo escuro, volumoso e bem torcido.

– Eu revelaria coisa demais se contasse – respondeu Leni. – Por favor, não me peça nomes, mas deixe seus erros de lado e não seja mais tão inflexível. Não é possível se defender dessa justiça, é preciso confessar. Confesse na próxima oportunidade que tiver. Só depois que fizer isso, o senhor terá a possibilidade de escapar, só depois. E nem isso é possível sem uma ajuda externa, mas o senhor não precisa temer em relação a essa ajuda, pois eu mesma a prestarei.

– A senhora conhece bem essa justiça e sua mentirada – K. disse e a colocou em seu colo, pois ela já estava bem encostada nele.

– Que gostoso assim – ela disse ajeitando-se, alisando a saia e arrumando a blusa. Em seguida, agarrou seu pescoço com as duas mãos, inclinou-se para trás e o olhou por bastante tempo.

– E se eu não confessar, a senhorita não poderá me ajudar? – K. perguntou em um tom experimental.

"Eu atraio ajudantes", pensou quase maravilhado. "Primeiro a senhorita Bürstner, depois, a esposa do meirinho e, por fim, esta pequena cuidadora que parece ter um anseio incompreensível por mim. Olha como ela está sentada no meu colo, como se esse fosse seu único lugar!".

– Não – respondeu Leni balançando lentamente a cabeça. – Então eu não poderei ajudá-lo, mas o senhor nem quer a minha ajuda, você não se importa, é teimoso e não se deixa convencer. – Após um tempinho, ela perguntou: – Você tem uma amante?

– Não – K. respondeu.

– Tem, sim – ela disse.

– É, eu tenho – K. falou. – Imagine só, acabei de renegá-la, mas até levo uma fotografia dela comigo. – Para atender ao seu pedido, ele lhe mostrou uma fotografia de Elsa a qual Leni estudou encolhida em seu colo. Era uma fotografia instantânea, Elsa fora registrada após um giro de dança, era assim que gostava de dançar para ele na adega; a saia de pregas ainda rodopiava ao seu redor, as mãos estavam postas na cintura redonda e olhava sorrindo para o lado com o pescoço esticado; pela imagem, no entanto, não era possível saber para quem ela sorria.

– O corpete dela está bem apertado – Leni falou apontado para o lugar onde ela acreditava ser possível ver isso. – Não gosto dela, é desajeitada e grosseira, mas talvez seja meiga e simpática contigo, é o que se pode pressupor pela imagem. Moças assim tão grandes e fortes frequentemente não querem saber de nada que não seja serem meigas e simpáticas. Porém ela seria capaz de se sacrificar por você?

– Não – K. respondeu. – Ela não é nem meiga, nem simpática, tampouco seria capaz de se sacrificar por mim. Mas, até agora, eu também não exigi nada disso dela. Nunca analisei a imagem tão detalhadamente quanto você.

– Então o senhor nem se importa tanto assim com ela – falou Leni. – Ela não é sua amante.

– É, sim – K. disse. – Não volto atrás com a minha palavra.

– Mesmo se ela fosse sua amante, o senhor nem sentiria tanta falta dela assim caso a perdesse ou a trocasse por outra pessoa, por mim, por exemplo.

– Com certeza – falou K. rindo. – Seria algo a se pensar, mas ela tem uma grande vantagem em relação à senhorita: não sabe nada sobre o meu processo e, mesmo se soubesse, não ficaria pensando nele. Ela não tentaria me convencer a ser transigente.

– Isso não é vantagem nenhuma – afirmou Leni. – Se ela não tiver outras vantagens, não vou dar o braço a torcer. Ela tem algum defeito físico?

– Defeito físico? – K. indagou.

– É – respondeu Leni. – Eu mesma tenho um pequeno defeito, veja...

E separou os dedos médio e anelar da mão direita para mostrar que a pele entre os dois estendia-se quase até a última falange do dedo mais curto. No escuro, K. não entendeu de imediato o que ela estava querendo lhe mostrar, por isso, ela pegou sua mão para que ele sentisse.

– Que joguinho da natureza! – K. falou e acrescentou, depois de ter observado a mão inteira: – Que patinha mais bonita!

Leni assistia com certo orgulho à forma como K. separava e juntava seus dois dedos, até que, por fim, ele a beijou fugazmente e a soltou.

– Ó! – ela gritou imediatamente. – O senhor me beijou!

Depressa, com a boca aberta, ela escalou o colo dele com os joelhos, K. a contemplava quase em choque. Agora que estava tão perto ele conseguia sentir o odor amargo e quente que ela exalava, como pimenta, e ela segurou a cabeça dele, inclinou-se para morder e beijar seu pescoço, mordendo até os seus cabelos.

– O senhor me trocou! – bradava de tempos em tempos. – Veja só, o senhor acabou de me trocar! – Foi então que seu joelho escorregou e ela quase caiu no tapete com um gritinho, K. abraçou-a para tentar segurá-la e ela o puxou para baixo. – Agora você é meu – ela disse. – Aqui está a chave da casa, venha quando quiser – foram suas últimas palavras e um beijo errante ainda o pegou nas costas enquanto K. se afastava.

Caía uma chuva leve quando ele passou pelo portão da casa. Tinha vontade de andar no meio da rua para, quem sabe, ainda conseguir ver Leni na janela, mas o tio surgiu de um automóvel que estava parado na frente da casa (K. nem o tinha notado em meio à sua distração), agarrou-o pelos braços e empurrou-o de encontro ao portão, como se quisesse pregá-lo ali.

– Moleque! – gritou. – Como pôde fazer isso? Você prejudicou terrivelmente a sua ação, as coisas estavam bem encaminhadas. Ficou se escondendo com aquela coisinha suja que claramente é a amante do advogado, ficou ausente por horas. Nem procurou dar uma desculpa, nem escondeu nada, não, fez tudo bem abertamente, correu para ela e ficou por lá. E, nesse meio-tempo, ficamos todos lá sentados lado a lado: o tio que está se empenhando por você, o advogado que você precisa ganhar e, principalmente, o diretor do gabinete, aquele grande homem que conhece muito bem a sua ação no estágio em que está agora. Queríamos discutir como podemos ajudá-lo, preciso tratar o advogado com cuidado, e ele tem que lidar com o diretor do gabinete, e você teria todos os motivos para, no mínimo, me apoiar. Em vez disso, fica de fora. Depois de um tempo, não dava mais para esconder, mas eles são homens educados e versados, não falaram sobre o assunto a fim de me poupar; por fim, eles também não conseguiram mais suportar e, como não podiam falar sobre o assunto, calaram-se. Ficamos sentados ali em silêncio por vários minutos esperando você finalmente aparecer. Tudo em vão. Por fim, o diretor do gabinete, que já ficara muito além do que gostaria a princípio, levantou-se e despediu-se, olhou para mim com pesar sem poder me ajudar, em sua inconcebível bondade esperou ainda um pouco na porta e, depois, partiu. É claro que fiquei feliz por ele ter ido embora, já me faltava o ar para respirar. Tudo atingiu o doente advogado com ainda mais força, aquele bom homem nem conseguiu falar quando me despedi dele. É provável que você tenha contribuído para o colapso total dele, acelerando a morte de um homem do qual você é dependente. E eu, seu tio, deixa-me aqui, esperando na chuva por horas, veja só como estou completamente molhado.

Advogado. Fabricante. Pintor

Em uma manhã de inverno (lá fora, a neve caía sob a luz opaca), apesar de ainda ser bem cedo, K. já estava muito cansado sentado em seu escritório. Para conseguir se proteger pelo menos dos funcionários mais subalternos, mandou o empregado não deixar ninguém entrar, pois estava ocupado com um grande trabalho. Mas, em vez de trabalhar, girou na cadeira, mexeu lentamente em alguns objetos que estavam em cima da mesa, estendeu os braços diante de si sem nem perceber e ficou sentado imóvel e cabisbaixo.

Ele não conseguia mais deixar de ruminar o processo. Com frequência, pensava se não seria bom elaborar uma alegação de defesa e submetê-la ao fórum. Ele queria apresentar uma breve biografia e esclarecer os motivos que o levaram a agir da forma que agiu em toda e qualquer ocasião importante, questionar se seu comportamento seria rejeitado ou aprovado de acordo com o julgamento atual e quais motivos ele poderia apresentar para um caso ou o outro. Eram evidentes as vantagens que uma alegação de defesa dessa natureza traria se comparadas à alegação de defesa simples apresentada pelos advogados que, a propósito, estavam longe de ser perfeitos. K. não tinha a menor ideia do que o advogado tinha feito. Em todo caso, não havia sido muita coisa, há um mês que não aparecia e, em nenhuma das conversas anteriores, K. teve a impressão de que aquele homem seria capaz de conseguir muita coisa para ele. O principal era que o advogado mal fazia perguntas. E havia tanto o que perguntar! Perguntar era essencial. K. tinha a sensação de que ele mesmo podia fazer todas as perguntas necessárias. No entanto, em vez de perguntar, era o advogado quem falava ou ficava sentado quieto diante dele, inclinava-se um pouco sobre a escrivaninha (talvez por conta da audição fraca), puxava uma mecha da barba e olhava para o tapete, possivelmente para o local onde K. estivera deitado com Leni. Vez ou outra, fazia a K. algumas advertências vazias, como as que fazemos para as crianças. Havia também os discursos inúteis e cansativos pelos quais K. não pretendia pagar um tostão furado na fatura final. Depois que o advogado acreditava já o ter humilhado bastante, normalmente começava a encorajá-lo de novo.

Contava que já havia ganhado total ou parcialmente muitos processos semelhantes. Processos que, talvez não fossem tão difíceis como aquele, certamente pareciam muito mais perdidos. Ele tinha uma lista desses processos ali na gaveta (nesse momento, batia em alguma gaveta da mesa), mas, infelizmente, não podia mostrar os documentos, pois eram segredos oficiais. Apesar disso, K. podia se beneficiar da enorme experiência adquirida com todos aqueles processos. Era claro que ele tinha começado a trabalhar no caso dele imediatamente e a primeira petição já estava quase pronta. Segundo ele, era uma petição muito importante, pois a primeira impressão causada pela defesa, com frequência, determinava o rumo de todo o processo. Era uma pena, e ele precisava informar K. que, às vezes, acontecia de a primeira petição nem ser lida pelo Fórum. Ela era incluída nos autos e informavam que, no presente momento, o interrogatório e a observação do réu eram mais importantes do que qualquer documento escrito. Mencionavam ainda, caso o requerente pressionasse, que essa primeira petição seria verificada antes da decisão em conjunto com todos os atos, naturalmente, assim que todo o material tivesse sido reunido. Era uma pena que, na maioria das vezes, tal informação também não estivesse correta, pois era comum a primeira petição ficar esquecida ou perder-se por completo e, mesmo quando preservada até o final, o advogado ouvira dizer que dificilmente era lida. Ele dizia que, apesar de lamentável, não era assim tão sem cabimento. Talvez K. não pudesse ter deixado de perceber que o processo não era público, mas era possível que viesse a ser, se a justiça julgasse necessário; a lei, no entanto, não prescrevia nenhuma divulgação. Por conseguinte, os ofícios de justiça, sobretudo o libelo do réu e sua defesa, também ficam inacessíveis; portanto, geralmente não se sabe ou, pelo menos, não se sabe exatamente, a quem a primeira petição deve ser dirigida; logo, apenas eventualmente ela conterá algo significativo para a ação. Somente será possível elaborar petições realmente efetivas e comprobatórias quando, no decorrer do interrogatório do réu, os motivos pelos quais ele está sendo acusado e a sua justificativa forem citados com mais clareza ou puderem ao menos ser inferidos. Sob essas circunstâncias, a defesa encontra-se, obviamente, em uma posição bastante desfavorável e difícil, mas isso também é proposital. A defesa em si não é garantida por lei, apenas tolerada, e há divergências inclusive sobre se os pontos da legislação em questão realmente dão margem para tal leitura de tolerância. A rigor, não há advogados reconhecidos pela justiça. Todos aqueles que atuam como advogados perante esta Justiça são, na realidade, apenas rábulas[1]. É claro que o efeito disso em toda a situação é bastante degradante e, se K. quisesse, poderia visitar a salinha dos advogados da próxima vez que fosse até os gabinetes de justiça. Segundo o advogado, é possível que ele realmente fique em choque com a quantidade de pessoas abarrotadas ali. A câmara estreita e baixa a eles destinada já denota o desdém que a justiça tem para com essa gente. A câmara é iluminada apenas por uma pequena claraboia, tão alta que, para olhar

1. Rábula, no Brasil, era o advogado que, não possuindo formação acadêmica em Direito, obtinha a autorização do órgão competente do Poder Judiciário ou do Instituto dos Advogados para exercer, em primeira instância, a postulação em juízo. (N.E.)

por ela (se é que alguém quer ter a fumaça da chaminé passando pelo nariz e esfumando o rosto), primeiro é preciso procurar um colega que o coloque nas costas. Apenas para citar mais um exemplo das suas condições, há mais de um ano, o chão dessa salinha tem um buraco que não é grande o suficiente para que uma pessoa possa cair, mas largo o bastante para se afundar uma perna inteira. A salinha dos advogados fica no segundo andar do sótão, então, se alguém cair ali, sua perna ficará pendurada no primeiro andar, que é, inclusive, o corredor onde os contraentes esperam. Não é exagero dizer que, nos grupos de advogados, consideramos essas condições vergonhosas. Reclamar para a administração não resulta em nada, além do mais, é estritamente proibido que os advogados alterem a salinha por conta própria. Mas esse tratamento para com os advogados também tem suas justificativas. Querem desarticular a defesa o máximo possível, tudo deve ser realizado pelos próprios réus. No fundo, não há pontos de vista ruins, mas nada seria mais inapropriado do que concluir que os advogados são desnecessários para os réus nessa justiça. Por outro lado, em nenhuma outra justiça, eles são mais necessários do que nesta. No geral, o processo não é apenas mantido em segredo para o público, mas também para os réus. É claro que isso é feito apenas na medida do possível; no entanto, a medida do possível é bastante ampla. O réu também não pode consultar os ofícios de justiça e é muito difícil fazer suposições a partir dos escritos que lhe são apresentados no interrogatório, sobretudo para o réu que está realmente detido e tem todos os motivos possíveis para se preocupar. É aqui que entra a defesa. Normalmente, a defesa não pode estar presente no interrogatório, ela precisa encontrar o réu após seu acontecimento, se possível, ainda na porta da sala de investigação, informar-se com ele sobre como foi interrogatório e, por meio desses relatórios já bastante incompreensíveis, retirar dali o necessário para elaborar a contestação. Mas isso não é o mais importante, pois não se pode descobrir muita coisa desse jeito, apesar de um homem competente descobrir mais do que outros nesse caso também, como é de se esperar.

No entanto, o mais importante são as relações pessoais dos advogados, pois é nelas que está o principal valor da defesa. É certo que K. já percebeu pela própria experiência que a organização mais ínfera da justiça não é lá muito primorosa, contando com funcionários negligentes e corruptíveis, o que confere, em certa medida, lacunas ao seu rigoroso desfecho. É aqui que a maioria dos advogados intervém, é nesse ponto que se suborna e se sonda e, sim, no passado tivemos até casos de roubos de atos. Não há de se negar que, dessa forma, por breves momentos até é possível conseguir alguns impressionantes resultados favoráveis aos réus, resultados dos quais esses pequenos advogados orgulham-se e com os quais atraem nova clientela, mas que nada, ou nada de bom, significam para a continuidade do processo. Apenas as relações pessoais sinceras têm real valor, sobretudo aquelas com os funcionários de instâncias mais altas, tendo em vista, obviamente, que nos referimos aos funcionários das instâncias mais altas dos níveis mais baixos. Somente assim é possível influenciar a continuidade do processo, a princípio de forma imperceptível, mas cada vez mais visível depois. É claro que apenas poucos advogados estão aptos a fazer isso, e a escolha de K., nesse caso, era muito certeira. Apenas mais um ou dois advogados podiam usufruir de relações semelhantes às do dr. Huld. Eles, no entanto, não ligavam para o abarrotamento da salinha dos advogados e também não tinham nada a ver com isso. Sua relação, todavia, era mais próxima dos funcionários da justiça. Segundo ele próprio, quando vai ao fórum, o dr. Huld nunca precisa esperar na antessala pelo eventual aparecimento do juiz de instrução para, dependendo do seu humor, conquistar um sucesso apenas aparente ou nem isso. Não, K. tinha visto por si só: os funcionários, entre eles, até os das instâncias superiores, vinham sozinhos, dispostos a dar informações explícitas ou, no mínimo, facilmente compreensíveis, conversavam sobre a próxima evolução dos processos, até se deixavam convencer em casos isolados e aceitavam bem as opiniões contrárias. No entanto, não se pode confiar totalmente neles, sobretudo nesse último quesito, pois é possível concordarem com a nova menção favorável à defesa e, logo depois, voltarem imediatamente ao gabinete para, no dia seguinte, publicarem uma determinação judicial de teor exatamente contrário ao que foi dito e possivelmente muito mais rigorosa para o réu do que era sua primeira intenção, da qual haviam afirmado terem se distanciado completamente. Era óbvio que não era possível se defender disso, pois o que é dito entre quatro paredes é dito somente entre quatro paredes; e não pode ter consequências públicas, mesmo que a defesa nem sempre tenha que se esforçar além do normal para conquistar a predileção dos senhores. Por outro lado, também era certo que os senhores não ficassem em contato com a defesa (com uma defesa experiente, obviamente) apenas por compaixão ou sentimentos de amizade, pois, de certo modo, eles precisam muito mais dela. E essa é a desvantagem de uma organização jurídica que mantém os relatórios secretos mesmo nas fases iniciais. Falta aos funcionários a ligação com a população. Eles estão bem preparados para os processos medianos habituais, um processo dessa natureza desenrola-se nos eixos quase sozinho e precisa apenas de alguns empurrões aqui e ali. Todavia, no que diz respeito aos casos bastante simples, assim como àqueles especialmente complicados, quase sempre ficam desnorteados por estarem o tempo todo restritos à sua lei, eles não veem o verdadeiro sentido das relações humanas e têm muita dificuldade nesses casos. Quando é assim, vão até os advogados com um empregado atrás de si segurando os arquivos sempre tão secretos para pedir conselhos. Não é de se esperar, mas, nessas janelas, é possível encontrar alguns senhores olhando desconsolados para a rua enquanto o advogado estuda os atos na sua mesa a fim de lhe dar um bom conselho. Aliás, é justamente nessas ocasiões que podemos ver como os senhores levam a profissão muitíssimo a sério e como caem em grande desespero por causa de obstáculos que não conseguem superar graças à sua natureza. Seu cargo também não é fácil e não devemos ser injustos com eles ao considerá-lo fácil. A hierarquia e a progressão da justiça são infindáveis e imprevisíveis até para os privilegiados. Normalmente, porém, o processo perante as cortes também é mantido em sigilo para os funcionários das instâncias inferiores e, por isso, eles quase nunca conseguem acompanhar por completo o distante progresso dos assuntos com os quais estão trabalhando. A questão judicial aparece no seu horizonte muitas vezes sem que eles saibam de onde vem e prossegue sem que descubram para onde vai. Assim, esses funcionários não contam com a edificação adquirida pelo estudo de cada um dos estágios do processo, da decisão subsequente e dos motivos para tal. Eles devem lidar somente com a parte do processo que lhes é restringida legalmente e quase sempre ficam sabendo ainda menos do que a defesa sobre o resto, ou seja, sobre os resultados do seu próprio trabalho, pois a defesa, via de regra, mantém contato com o réu quase até o término do processo. Nesse sentido, a defesa também pode passar a eles informações importantes. Mantendo tudo isso em mente, será que K. ainda se impressionaria com a agressividade dos funcionários que, por vezes, ofendem os contraentes? (Afinal, todo mundo já tinha passado por isso.) Todos os funcionários são agressivos, até os que aparentam certa tranquilidade. Os pequenos advogados, é claro, são os que mais sofrem com isso.

A seguinte história é bastante contada e parece ser verdadeira. Um velho funcionário, um senhor bom e calado, estudou ininterruptamente, por todo um dia e toda uma noite, uma ação judicial difícil que ficara ainda mais complicada principalmente graças às petições do advogado (esses funcionários são realmente esforçados, ultrapassam qualquer um). Então, pela manhã, após vinte e quatro horas de um trabalho provavelmente não muito profícuo, ele foi até a porta de entrada e ficou atrás dela jogando escada abaixo cada um dos advogados que queria entrar. Os advogados reuniram-se lá embaixo ao pé da escada para discutir o que deveriam fazer; por um lado, eles não tinham mesmo nenhuma alegação real para entrar legalmente, portanto, nada podiam fazer contra o funcionário e precisavam evitar, como já havia sido alertado, que o funcionalismo público se voltasse contra si mesmo. Por outro lado, consideravam perdido qualquer dia passado longe do fórum e, para eles, era mesmo muito importante entrar ali. Por fim, concordaram que queriam fatigar o velho senhor. Sem parar, mandavam um advogado subir as escadas correndo e, oferecendo a maior resistência passiva possível, ele era jogado para baixo para ser recebido pelos colegas. Isso durou cerca de uma hora até que o velho senhor, que já estava esgotado graças ao trabalho da madrugada, ficou realmente cansado e voltou para o seu gabinete. Aqueles que estavam lá embaixo não acreditaram a princípio e mandaram mais um advogado para verificar atrás da porta se o local estava realmente vazio. Entraram apenas após essa verificação e, provavelmente, nem se arriscaram a resmungar. E isso porque o desejo de implementar ou introduzir quaisquer melhorias na justiça está muito distante da classe advocatícia (e até o menor dos advogados é capaz de, ao menos em parte, ignorar essas condições) enquanto quase todos os réus (e isso é bastante característico), mesmo as pessoas mais simples, logo começam a pensar em sugestões de melhoria assim que entram no processo pela primeira vez, frequentemente gastando um tempo e uma força que poderiam ser muito mais bem empregados de outra forma. A única coisa certa a se fazer era aceitar as condições existentes. Mesmo se fosse possível melhorar alguns pormenores (apesar de ser uma crença sem sentido) e, no melhor dos cenários, se alcançar algo para os futuros casos, os danos pessoais seriam imensuráveis, pois chamaria a atenção do sempre vingativo funcionalismo público. Não se deve chamar a atenção! Aja tranquilamente, mesmo se isso não fizer o menor sentido! Tente entender que esse grande organismo judiciário está sempre em cima do muro e que, se você mexer em algo por conta própria, poderá puxar o próprio tapete e causar a própria queda, enquanto o grande organismo facilmente arranja um substituto em outro local (tudo está mesmo relacionado) para consertar essa pequena interferência e continuar imutável, isso se não se tornar ainda mais fechado, mais atento, mais forte e pior, se é que é possível. As pessoas deixam o trabalho para os advogados, em vez de interferir nele. Acusações não são de muito proveito, sobretudo se não é possível compreender totalmente as suas causas, mas é preciso dizer, no entanto, o quanto K. havia prejudicado sua ação graças ao seu comportamento com o diretor do gabinete. Aquele homem influente já quase poderia ser riscado da lista daqueles que podiam fazer alguma coisa por K. Ele estava ignorando propositalmente até as mais efêmeras referências ao processo. Para algumas coisas, os funcionários são mesmo como crianças. Com frequência, ficam tão ressentidos com coisas inofensivas (entre as quais, no entanto, o comportamento de K. infelizmente não se enquadrava) que até param de falar com bons amigos, desviam deles quando se encontram e discordam de tudo que podem. Então, surpreendentemente e sem qualquer motivo em especial, dão risada de qualquer piadinha feita apenas porque tudo parece irremediável e, então, reconciliam-se. Lidar com eles, portanto, é fácil e difícil ao mesmo tempo, e não há muitos preceitos sobre como fazê-lo. Por vezes, é de se admirar que uma única vida seja suficiente para assimilar o necessário para poder trabalhar aqui usufruindo apenas do próprio sucesso. Certamente, há momentos nebulosos, como todos temos, nos quais acreditamos não ter alcançado nem o mínimo, nos quais parece que apenas determinados processos estão fadados desde o início a ter um bom resultado e um bom fim, o que aconteceria também sem qualquer auxílio, enquanto todos os outros já estão perdidos apesar dos acompanhamentos paralelos, de todos os esforços, de todos os aparentes pequenos sucessos que tanto nos alegram. Nessas horas, a segurança some e não ousamos nem contestar determinados questionamentos sobre processos já bem encaminhados terem se corrompido justamente pela natureza do auxílio recebido. Também é uma forma de autoconfiança, mas é a única que resta. Os advogados estão especialmente suscetíveis a essas crises (e é claro que são apenas crises, nada além disso) quando um processo que acompanharam por bastante tempo e de maneira satisfatória lhes é repentinamente tirado das mãos. Isso, certamente, é o pior que pode acontecer com um advogado. Não que eles sejam afastados do processo pelos réus, isso nunca acontece, pois um réu que contratou determinado advogado tem que ficar com ele, não importa o que aconteça. Como conseguiria se manter sozinho depois de já ter pedido ajuda uma vez? Portanto, não é possível; mas, às vezes, o processo segue para uma direção na qual o advogado não pode mais acompanhar. O processo, o réu e todo o resto são simplesmente afastados do advogado. Nesses casos, nem a melhor das relações com os funcionários pode ajudar mais, pois eles mesmos ficam sem saber de nada. Quando é assim, o processo passou para um estágio no qual nenhuma outra ajuda pode ser prestada, no qual é acionado por cortes impenetráveis e no qual o réu deixa de ser acessível para os advogados. Um dia chegamos em casa e encontramos devolvidas em cima da mesa aquelas muitas petições da ação elaboradas com toda diligência e com a melhor das intenções, pois não podem mais ser encaminhadas para o novo estágio do processo e agora não passam de papéis sem valor. Isso não quer dizer que o processo está perdido, não, de forma alguma, pelo menos não há nenhum motivo decisivo para que seja feita tal suposição, a única coisa é que, a partir de então, nada mais se sabe nem se descobre sobre o processo. Por sorte, tais casos são exceções e, mesmo se o processo de K. for um deles, a princípio, ele ainda está bem distante desse estágio. Nesse caso, portanto, ainda haverá muitas oportunidades para aproveitar bem o trabalho do advogado, disso K. podia ter certeza. Como já informado, a petição ainda não fora apresentada, mas não era preciso ter pressa, pois as conversas introdutórias com os funcionários competentes eram muito mais importantes e estas já tinham acontecido; com êxitos diferentes, como era preciso admitir abertamente. Era muito melhor não revelar os detalhes por enquanto, pois eles poderiam influenciar K. negativamente e apenas despertar uma alegria esperançosa ou o medo; portanto, nada será dito além de informar que alguns discutiram de forma muito benéfica e mostraram-se bastante solícitos, enquanto outros revelaram-se menos favoráveis, mas de forma alguma negaram auxílio. O resultado, no geral, era bastante satisfatório, não se devia, porém, tirar conclusões especiais, pois as negociações preliminares sempre começavam de forma semelhante e somente o desenrolar posterior mostraria o valor de tais negociações preliminares. Em todo o caso, nada estava perdido e se, apesar de tudo, ainda fosse possível ganhar o diretor do gabinete (diferentes medidas já haviam sido tomadas nesse sentido), então tudo não passaria de uma ferida limpa, como dizem os cirurgiões, e poder-se-ia esperar confiante pelo que viria a seguir.

Neste e em discursos semelhantes, o advogado era inexaurível. Eles eram repetidos em todas as visitas. Sempre havia avanços, mas nunca era possível informar sobre a natureza desses avanços. Sempre havia sido trabalhado na primeira petição, mas ela ainda não estava concluída, o que, na visita seguinte, normalmente era considerado uma vantagem, pois os últimos tempos haviam sido muito inapropriados para a sua submissão, e isso era impossível de prever. Por vezes, K. dizia, totalmente exaurido pelo discurso, que, mesmo considerando todas as dificuldades, estavam avançando muito lentamente, então discordavam dele dizendo que não estavam avançando nada lentamente, mas que, com certeza, já teriam avançado muito mais se K. tivesse procurado o advogado mais cedo. Infelizmente, ele deixara isso passar, e esse descuido traria outras desvantagens não apenas temporais.

A única interrupção benéfica dessas visitas era Leni, que sempre sabia quando era oportuno trazer o chá para o advogado na presença de K. Então, ela ficava em pé atrás de K. fingindo observar como o advogado, tomado por uma espécie de ganância, inclinava-se exageradamente para a xícara, a fim de se servir e beber o chá e deixava que K. secretamente pegasse em sua mão. O silêncio era absoluto. O advogado bebia, K. apertava a mão de Leni, que, por sua vez, ousava acariciar ocasionalmente e com leveza os cabelos de K.

– Você ainda está aqui? – perguntava o advogado, após ter terminado.

– Eu queria levar a louça embora – afirmava Leni. Havia ainda um último aperto de mãos, o advogado limpava a boca e começava a discursar para K. com energia renovada.

O que o advogado gostaria de despertar nele: conforto ou desespero? K. não sabia; no entanto, logo teve certeza de que sua defesa não estava em boas mãos. Talvez tudo o que o advogado contara fosse mesmo verdade, embora fosse evidente que ele queria estar sempre em primeiro plano e quiçá nunca tenha assumido um processo de tão grandes proporções como K. considerava ser o seu. As ligações pessoais com os funcionários, incessantemente destacadas, permaneciam suspeitas. Elas precisavam ser exploradas exclusivamente em prol de K.? O advogado nunca se esquecia de informar que eram apenas funcionários das instâncias inferiores, ou seja, funcionários em posições muito dependentes para os quais a evolução de certas reviravoltas no processo possivelmente seria importante. Será que eles usavam o advogado para alcançar tais reviravoltas, sempre tão desfavoráveis aos réus? Talvez eles não fizessem isso com todos os processos, decerto, isso não era provável, mas certamente havia desenrolares de processos nos quais eles conferiam vantagens ao advogado pelos seus serviços e, portanto, o advogado haveria de ter um grande interesse em manter sua reputação intacta. Se eles agissem mesmo dessa forma, de que modo interfeririam no processo de K., que, como o advogado explicara, tratava-se de um processo muito difícil e, portanto, muito importante, que chamara bastante a atenção da justiça desde o início? O que eles fariam não poderia ser assim tão duvidoso. Poderia ser considerado um sinal o fato de a primeira petição ainda não ter sido submetida, apesar de o processo já durar meses e de tudo ainda estar no começo, segundo informações do advogado, o que, obviamente, era bastante apropriado. Manter o réu entorpecido e desamparado para, em seguida, atacá-lo com a decisão ou, no mínimo, com a notificação de que, para seu desfavor, a investigação havia sido concluída e encaminhada para as autoridades superiores.

Era imprescindível que K. agisse por si só. Essa convicção era impreterível, sobretudo nos momentos de grande cansaço, como nesta manhã de inverno, quando tudo parecia passar por sua cabeça sem que ele tivesse controle. O desdém que outrora sentia pelo processo não existia mais. Se estivesse sozinho no mundo, conseguiria ignorar o processo com facilidade se ao menos tivesse certeza de que este não havia sido iniciado. Agora, no entanto, o tio já o tinha arrastado para o advogado e implicações familiares estavam em jogo. Seu cargo não estava mais totalmente dissociado do desenrolar do processo, ele mesmo citara o processo inadvertidamente perante conhecidos com uma inexplicável satisfação, outros souberam por meios desconhecidos. Sua relação com a senhorita Bürstner parecia oscilar de acordo com o processo, em pouco tempo, ele não teria mais nem a opção de aceitar ou rejeitar o processo, estaria no epicentro da sua vida e teria que se defender. Estar cansado, não era bom sinal.

Por ora, no entanto, não havia motivos para preocupações exageradas. Ele sabia que tinha sido promovido para um cargo alto no banco em relativamente pouco tempo e era reconhecido por todos nesse cargo. Agora só precisava direcionar um pouco para o processo aquelas habilidades que tornaram isso possível e não havia dúvidas de que tudo deveria acabar bem. O principal, se fosse preciso atingir algo, era afastar todos os pensamentos sobre uma possível culpa desde o princípio. Não havia culpa. O processo não era nada mais do que um grande negócio, como aqueles que ele com frequência fechava vantajosamente para o banco, um negócio cuja regra era esconder diversos riscos que precisavam ser evitados. Por esse motivo, não se devia brincar com pensamentos sobre quaisquer culpas, mas manter os pensamentos fixos e voltados para seu próprio benefício. A partir desse ponto de vista, também era inevitável privar o advogado de representá-lo muito em breve, no melhor dos casos, ainda nesta noite. Segundo suas histórias, isso era algo inimaginável e provavelmente muito ultrajante, mas K. não podia permitir que seus esforços para com o processo fossem confrontados com obstáculos que pudessem ter sido causados pelo seu próprio advogado. Uma vez dispensado o advogado, a petição seria submetida imediatamente e, se possível, ele insistiria todos os dias para que fosse considerada. Para esses fins, era óbvio que não seria suficiente K. ficar sentado no corredor como os outros, com o chapéu embaixo do banco. Ele mesmo, as mulheres, ou outros portadores tinham que abordar os funcionários dia a dia e forçá-los a se sentarem à mesa, em vez de ficarem observando o corredor através das grades, e a estudar a petição de K. Não se podia desistir de tal empenho, tudo tinha que ser organizado e monitorado, a justiça tinha que se deparar, de uma vez por todas, com um réu disposto a defender os seus direitos.

No entanto, quando K. ousou executar tudo isso, a dificuldade de elaborar a petição foi avassaladora. Antes, há cerca de apenas uma semana, ele só conseguia pensar nisso sentindo uma certa vergonha por precisar elaborar sozinho uma petição como aquela, mas nem tinha passado pela sua cabeça que a tarefa também poderia ser difícil. Lembrou-se de uma manhã na qual, sobrecarregado de trabalho, empurrou tudo para o lado de repente e pegou seu bloco de notas para tentar projetar a linha de raciocínio de uma petição dessa natureza (para, quem sabe, disponibilizá-la ao obtuso advogado) quando, exatamente nesse momento, a porta da sala do diretor se abriu para que o diretor-adjunto entrasse dando uma enorme gargalhada. K. considerara a ocasião muito vergonhosa, apesar de o diretor-adjunto obviamente não ter rido da petição, assunto sobre o qual nada sabia, mas, sim, de uma piada que acabara de ouvir sobre a bolsa, a qual, para ser entendida, precisava de um desenho que o diretor-adjunto, agora inclinado sobre a mesa de K., realizara no bloco de notas que estava destinado à petição com a caneta que havia tomado da mão de K.

Hoje K. não sentia mais vergonha nenhuma, a petição tinha que ser escrita. Se não encontrasse tempo para isso no escritório, o que era muito provável, então a faria em casa durante as madrugadas. Se as madrugadas também não fossem suficientes, precisaria tirar férias. Só não dava para ficar parado no meio do caminho, isso não apenas estava fora de cogitação, mas era o máximo do absurdo. A petição certamente significava um trabalho quase sem-fim. Nem era preciso ter uma personalidade muito assustadiça para facilmente começar a crer que era impossível terminá-la algum dia. E não era por preguiça nem por dissimulação, coisas que somente os advogados poderiam evitar durante a elaboração, mas porque, pelo desconhecimento da presente acusação e de todas as suas possíveis implicações, precisava trazer à tona, relatar e verificar por todos os lados sua vida inteira nas menores ações e nos menores acontecimentos. E quão triste era um trabalho desses afinal. Talvez fosse algo apropriado para distraí-lo quando o espírito infantil lhe acometesse durante a aposentadoria e ajudaria a passar os longos dias. Mas agora, quando K. precisava da cabeça completamente voltada para o trabalho, quando as horas passavam com cada vez mais rapidez, pois ele ainda estava em ascensão e representava uma ameaça ao diretor-adjunto, quando queria aproveitar as breves noites e madrugadas como um jovem aproveitaria, agora ele teria que começar a elaborar essa petição. Seus pensamentos caíam de novo em lamentação. Quase involuntariamente, apenas para pôr um fim àquilo, procurou com o dedo o botão da sineta elétrica que tocava na antessala. Enquanto a apertava, olhou para o relógio. Eram onze horas, tinha viajado pelo longo e valioso período de duas horas e, obviamente, estava mais esgotado do que antes. Em todo caso, não havia sido um tempo perdido, pois tinha tomado decisões que poderiam ser úteis. Os empregados trouxeram, além de diversas correspondências, dois cartões de visita de homens que já estavam esperando por K. fazia tempo. Eram clientes muito importantes do banco que ele, na realidade, não poderia ter deixado esperando em hipótese alguma. Por que vinham em momento tão inapropriado? E por que, pareciam replicar os senhores atrás da porta fechada, o esforçado K. estava usando o melhor horário comercial para tratar de assuntos pessoais? Cansado com o que já havia acontecido e pela expectativa do que estava por vir, K. levantou-se com o intuito de receber o primeiro.

Era um homem pequeno e animado, um fabricante que K. conhecia bem. O fabricante se desculpou por interromper o importante trabalho dele e K., por sua vez, desculpou-se por tê-lo feito esperar por tanto tempo. No entanto, exprimiu tais desculpas de um jeito tão mecânico e em um tom quase falso que o fabricante, se não estivesse tão envolvido com os assuntos comerciais, certamente teria percebido. Ao invés disso, tirou rapidamente faturas e tabelas de todos os bolsos da pasta, espalhou-os diante de K., esclareceu diversos valores, corrigiu um pequeno erro de cálculo que acabara de perceber nessa ligeira observação, recordou K. de um negócio semelhante que havia fechado com ele cerca de um ano atrás, advertindo, aliás, que, dessa vez, outro banco havia se oferecido para fazer o negócio com grande sacrifício e calou-se, por fim, para ouvir a opinião de K. No início, K. realmente conseguira acompanhar bem o discurso do fabricante, a ideia do importante negócio também o conquistara, mas não durou tanto tempo; logo ele parou de prestar atenção. Por um tempo, ainda balançou a cabeça para os enunciados proferidos em voz alta pelo fabricante, porém, no fim, também parou de fazer isso e limitou-se apenas a observar os papéis com a cabeça baixa e a se perguntar quando o fabricante finalmente perceberia que todo aquele seu discurso era em vão. Quando o homem se calou, a princípio, K. realmente acreditou que havia feito isso apenas para dar-lhe a oportunidade de admitir que não estava em condições de prestar atenção. Foi somente com pesar que percebeu, pelo olhar ansioso do fabricante, que estava preparado para qualquer contestação, que o diálogo sobre os negócios tinha que continuar. Então, negou com a cabeça como se recebesse um comando e começou a passar a caneta lentamente sobre os papéis parando aqui e ali para fitar alguma cifra. O fabricante pressupôs as objeções, talvez as cifras ainda não fossem definitivas, talvez elas não fossem o crucial, de toda forma, o fabricante tampou os documentos com a mão e começou a fazer uma nova apresentação geral dos negócios, aproximando-se bastante de K.

– É complicado – K. falou, crispou os lábios e afundou na cadeira, apoiando-se sem compostura no encosto lateral, uma vez que os documentos, a única coisa concreta que lá havia, tinham sido cobertos.

Levantou os olhos apenas de leve quando a porta da sala do diretor se abriu e de lá surgiu, não muito claramente, como se estivesse detrás de um véu de gaze, o diretor-adjunto. K. não pensou em mais nada, apenas acompanhou o efeito imediato que tal aparição causara e que ele considerara bastante satisfatória. O fabricante pulou imediatamente da cadeira e voltou-se apressadamente para o diretor-adjunto. K., no entanto, teria feito isso dez vezes mais rápido, pois temia que o diretor-adjunto poderia sumir novamente. Foi um temor desnecessário, pois os homens se encontraram, apertaram as mãos e foram juntos até a mesa de K. O fabricante lamentava-se pelo negócio ter despertado tão pouco interesse em K. e apontou para ele, que estava curvado novamente sobre os papéis sob o olhar do diretor-adjunto. Quando os dois se apoiaram na mesa e o fabricante começou a tentar trazer o diretor-adjunto para o seu lado, K. teve a sensação de que ambos, que estavam negociando sobre a sua cabeça, eram exageradamente mais altos que ele. Erguendo os olhos cuidadosamente, tentou descobrir o que estava acontecendo ali em cima, pegou um dos papéis da mesa sem olhar, segurou-o na mão espalmada e ergueu-o gradualmente enquanto ele mesmo se levantava para se aproximar dos senhores. Não estava pensando em nada específico, agia apenas pela intuição de que era assim que deveria se comportar caso tivesse terminado a grande petição que deveria tranquilizá-lo por fim. O diretor-adjunto, que estava dando toda a atenção possível à conversa, olhou o documento apenas por cima, passando o olho sem prestar muita atenção, pois ele considerava desimportante aquilo que importava ao procurador, pegou o papel da mão de K. e disse:

– Obrigado, já estou sabendo de tudo – e colocou-o tranquilamente de volta na mesa.

De canto de olho, K. lançou-lhe um olhar amargurado. O diretor-adjunto, no entanto, nem percebeu ou, se percebeu, aquilo só serviu para entusiasmá-lo, ria alto com frequência, deixou o fabricante nitidamente envergonhado com uma resposta atravessada que consertou de imediato fazendo ele mesmo alguma objeção e, por fim, convidou o fabricante para entrar no seu escritório onde poderiam concluir os negócios.

– É um assunto muito importante – o diretor-adjunto falou ao fabricante. – Entendo perfeitamente. E o senhor procurador – mesmo nessa ocasião, ele na verdade estava falando apenas com o fabricante – certamente prefere que o deixemos de fora. O assunto requer uma reflexão cuidadosa, mas ele parece bastante sobrecarregado hoje. Algumas pessoas já estão esperando-o por horas na antessala.

K. conseguiu se controlar o suficiente para desviar o olhar do diretor-adjunto e direcionar seu sorriso amigável, porém imóvel, apenas ao fabricante, mas não foi capaz de intervir, apoiou-se com as duas mãos na mesa um pouco encurvado, como um caixeiro atrás do balcão, e observou os dois senhores pegarem os documentos da mesa no meio da conversa e sumirem na sala da direção. Na porta, o fabricante ainda se virou para dizer que não iria se despedir, pois viria relatar o sucesso da reunião para o senhor procurador, além de ter outro breve recado para dar.

K. finalmente estava sozinho. Ele nem pensou em deixar entrar algum outro contraente e apenas vagamente percebeu como era agradável o fato de as pessoas lá fora acreditarem que ele ainda estava negociando com o fabricante e, por esse motivo, ninguém, nem mesmo o empregado, poderia entrar. Foi até a janela, sentou-se no parapeito, segurou-se no puxador da janela com uma das mãos e olhou para a praça lá fora. A neve ainda caía, não tinha clareado nem um pouco.

Ficou bastante tempo sentado assim sem saber ao certo com o que o estava preocupado. De tempos em tempos, olhava assustado por cima do ombro para a porta da antessala de onde acreditava ter ouvido algum barulho por engano. Como ninguém aparecia, acalmava-se, ia até a pia, lavava-se com água fria e voltava ao seu lugar à janela, com a cabeça vazia. Nesse momento, a decisão de fazer a petição com as próprias mãos parecia bem mais difícil do que tinha imaginado outrora. No fundo, enquanto a defesa estava nas mãos do advogado, ele era pouco afetado pelo processo, conseguia observá-lo de longe e acompanhar o estado da ação quando quisesse, mas também era capaz de tirá-lo da cabeça quando bem entendesse. Por outro lado, agora que ele mesmo pleiteava sua defesa, tinha que se submeter por completo à justiça, pelo menos momentaneamente. Era evidente que seu sucesso significaria sua liberdade plena e definitiva, mas, para alcançá-la, era preciso arriscar-se muito mais do que havia feito até então. Se ele tinha alguma dúvida disso, o encontro de hoje com o diretor-adjunto e o fabricante poderia ser motivo suficiente para convencê-lo do contrário. O que tinha acontecido para ele ficar sentado daquele jeito sem reagir, sem nem conseguir se defender? Como seria mais para a frente? Que dias ele tinha diante de si! Será que encontraria o caminho que o levaria a uma boa conclusão? Será que uma defesa cuidadosa (e tudo além disso era inútil) não significava também a necessidade de se isolar de todo o resto? Conseguiria passar por isso? Como ficaria o seu desempenho no banco? Pois, no fim, não se tratava apenas da petição, para fazê-la talvez bastassem umas férias (apesar de que um pedido de férias justamente agora seria bastante arriscado), tratava-se de um processo inteiro cuja duração não podia ser prevista. Que obstáculo enorme havia sido jogado tão de repente no caminho de K.!

E agora ele ainda precisava trabalhar para o banco? Ele olhou para a mesa. Precisava deixar entrar os contraentes e negociar com eles? Tinha que cuidar dos negócios do banco enquanto seu processo continuava a se desenrolar, enquanto os funcionários de justiça ficavam sentados no sótão com os ofícios desse processo? Parecia que ele estava sendo perseguido por uma tortura autorizada pela justiça e vinculada ao processo, não parecia? E, no banco, levariam em consideração sua situação especial ao avaliar o seu desempenho? Nunca, nem ninguém. Seu processo já não era de todo desconhecido, apesar de não estar muito claro quem sabia sobre ele e em que medida. Esperava que os rumores ainda não tivessem chegado até o diretor-adjunto e possivelmente ainda não tinham mesmo, caso contrário, certamente ele já teria usado essa informação contra K. sem a menor cordialidade nem humanidade. E o diretor? O homem com certeza ia com a cara dele e, se já soubesse do processo, provavelmente desejaria providenciar para K. algumas facilitações no que estava a seu alcance. Certamente, ainda não tinha ouvido nada a respeito, pois agora que o contrapeso oferecido por K. começara a enfraquecer, estava cada vez mais sujeito às influências do diretor-adjunto que, por sua vez, aproveitava o lastimável estado de K. para fortalecer seu próprio poder. O que K. podia esperar? Talvez ele enfraquecesse sua resistência com tais reflexões, mas era necessário não se enganar e ver tudo da forma mais clara possível no momento.

Sem qualquer motivo especial, apenas para não precisar voltar para a mesa ainda, abriu a janela. Estava meio emperrada e foi preciso girar o puxador com as duas mãos para conseguir abri-la. Então, pela janela completamente aberta, uma névoa misturada com fumaça entrou, enchendo a sala com um leve cheiro de queimado. Alguns flocos de neve também foram soprados para dentro.

– Que outono terrível – falou atrás de K. o fabricante que tinha saído da sala do diretor-adjunto e aparecido sem ser notado.

K. assentiu e olhou inquieto para a pasta do fabricante, da qual ele certamente tiraria os documentos para informá-lo sobre o resultado das negociações com o diretor-adjunto. O fabricante, no entanto, seguiu o olhar de K., bateu na pasta e disse sem abri-la:

– O senhor quer saber como tudo acabou? Estou quase levando o fechamento dos negócios na pasta. É uma pessoa muito agradável, esse seu diretor-adjunto, mas certamente não é inofensivo.

Ele riu, apertou a mão de K. e quis que ele risse também. Mas K. de novo julgou suspeito o fato de o fabricante não querer lhe mostrar os documentos e também não achou nenhuma graça em sua observação.

– Senhor procurador – disse o fabricante –, o senhor está sofrendo com o tempo... Parece tão deprimido hoje.

– É... – K. respondeu colocando a mão nas têmporas. – Dor de cabeça, problemas familiares...

– Entendo bem – respondeu o fabricante, uma pessoa apressada que não podia ver ninguém em silêncio. – Cada um tem a cruz que merece.

Involuntariamente, K. deu um passo para a porta, como se quisesse acompanhar o fabricante até a saída, mas este disse:

– Senhor procurador, tenho mais um recado para dar para o senhor. Lamento muito por importuná-lo com isso justamente hoje, mas já estive com o senhor duas vezes nos últimos tempos e me esqueci. Se eu adiar mais uma vez, talvez a informação perca a finalidade. E seria uma pena, pois, no fundo, talvez o meu recado não seja de todo inútil. – K. mal havia tido tempo de responder quando o fabricante se aproximou dele, bateu levemente com os nós dos dedos em seu peito e falou em voz baixa:

– O senhor tem um processo, não tem?

K. afastou-se e bradou imediatamente:

– O diretor-adjunto que lhe contou.

– Ah, não – respondeu o fabricante. – Como o diretor-adjunto saberia?

– Pelo senhor? – K. perguntou já muito mais controlado.

– Eu sei algumas coisas sobre a justiça – revelou o fabricante. – O recado que quero lhe dar, inclusive, é sobre isso.

– Quanta gente está envolvida com a justiça! – K. falou cabisbaixo e acompanhou o fabricante até a sua mesa.

Eles voltaram a se sentar e o fabricante disse:

– Infelizmente, não tenho muita coisa para lhe falar. Mas não se deve desprezar nada nessas questões. Além de tudo, gostaria muito de conseguir ajudá-lo de alguma forma, mesmo que minha ajuda seja tão modesta. Até agora, sempre fomos bons parceiros de negócios, não fomos? Pois então.

K. quis se desculpar pelo seu comportamento na reunião mais cedo, mas o fabricante não aceitava interrupções, levantou a pasta acima das axilas para mostrar que estava com pressa e prosseguiu:

– Soube do seu processo por um tal de Titorelli. É um pintor, Titorelli é o nome artístico dele, não faço ideia do nome verdadeiro. Há anos, ele aparece de tempos em tempos no meu escritório e traz pequenos quadros pelos quais dou alguns trocados, ele é quase um pedinte. Os quadros até que são bonitos, charnecas e coisas do tipo. Essas vendas acontecem de forma bastante tranquila, nós dois já nos acostumamos com elas. Às vezes, no entanto, essas visitas repetem-se com muita frequência, eu faço acusações sobre ele, nós conversamos, interessa-me saber como ele consegue se sustentar apenas com sua pintura e fico sabendo, para minha surpresa, que sua principal fonte de renda são os retratos. Ele disse que trabalhava para a justiça. Para qual justiça, eu perguntei. E, então, ele me contou sobre a justiça. Sei que o senhor consegue imaginar bem quão surpreso fiquei com essas histórias. Desde então, a cada visita, ouço alguma novidade sobre a justiça e, aos poucos, consigo ter uma ideia geral sobre o todo. Contudo, Titorelli é tagarela e preciso afastá-lo com frequência não apenas porque é certo que ele mente, mas, principalmente, porque um homem de negócios como eu, que quase entra em colapso com as próprias preocupações comerciais, não tem muito tempo para ficar lidando com os assuntos dos outros. Mas isso não importa. Talvez, agora que me caiu a ficha, Titorelli possa lhe prestar alguma ajuda, ele conhece vários juízes e, mesmo se não conseguir exercer grande influência por si só, é possível que possa dar sugestões sobre como entrar em contato com diversas pessoas influentes. E, na minha opinião, mesmo se tais sugestões não forem lá muito decisivas, pode ser de grande importância contar com elas, mas o senhor é quase um advogado, não é mesmo. Eu sempre costumo dizer: "O procurador K. é quase um advogado". Eu não estou nem um pouco preocupado com o seu processo. Mas o senhor quer falar com Titorelli mesmo assim? Se eu o recomendasse, certamente ele faria tudo o que fosse possível. Eu realmente acho que o senhor deveria encontrá-lo. É claro que não precisa ser hoje, mas quando for possível. No entanto, apesar de eu estar lhe dando esse conselho agora, quero dizer que o senhor não tem a menor obrigação de ir encontrar Titorelli de verdade. Se o senhor acredita que consegue passar por isso sem Titorelli, então, com certeza, é melhor deixá-lo para lá. Talvez o senhor já tenha traçado um plano bem detalhado e Titorelli possa até lhe atrapalhar. Se for assim, então o senhor não deve encontrá-lo de forma alguma. Receber sugestões de um cara como aquele requer mesmo alguma superação. Faça como o senhor quiser. Aqui está a carta de recomendação e aqui está o endereço.

Decepcionado, K. pegou a carta e guardou-a no bolso. No melhor dos casos, o benefício que a recomendação poderia trazer era desproporcionalmente menor que o dano trazido pela informação do fabricante saber sobre o seu processo e do pintor difundir ainda mais a notícia. Ele mal conseguiu ter forças para agradecer o fabricante, que já estava a caminho da porta, com algumas palavras.

– Irei até lá – falou ao se despedir do fabricante na porta – ou escreverei uma carta, pois agora estou muito ocupado, e quem sabe ele não vem me visitar algum dia no escritório.

– Eu sabia – respondeu o fabricante – que o senhor encontraria a melhor saída. No entanto, pensei que o senhor gostaria de evitar convidar pessoas como esse Titorelli para vir até o banco para não ter que conversar com ele sobre o processo aqui. Além disso, nem sempre é bom deixar cartas nas mãos dessa gente. Mas tenho certeza de que o senhor já pensou em tudo e sabe o que deve fazer.

K. assentiu e acompanhou o fabricante ainda na antessala. Apesar da aparente tranquilidade, ele estava apavorado. Tinha falado que escreveria para Titorelli para demonstrar ao fabricante que apreciava a sugestão e que logo tinha pensado sobre a possibilidade de encontrar com o pintor, mas, se desse mesmo crédito ao apoio de Titorelli, não teria hesitado em realmente escrever para ele. Só percebeu o perigo das consequências disso, no entanto, graças à observação do fabricante. Será que ele realmente podia confiar tão pouco na sua própria razão? Se ele era capaz de convidar explicitamente, por meio de uma carta, uma pessoa duvidosa para ir ao banco e pedir conselhos sobre o seu processo ali, a uma porta de distância do diretor-adjunto, então também não era possível, e talvez até bastante provável, que ele estivesse deixando passar ou até correndo outros riscos? Nem sempre haveria alguém ao seu lado para adverti-lo. E justamente agora, quando queria juntar suas forças, era preciso lidar com dúvidas até então desconhecidas sobre sua própria vigilância! Será que as dificuldades que sentia para executar seu trabalho burocrático também começariam a aparecer no processo? Agora, porém, ele nem acreditava mais em como tinha sido possível querer escrever para Titorelli e convidá-lo para ir ao banco.

Ainda estava balançando a cabeça a esse respeito quando um empregado chegou do seu lado para avisar sobre três homens que estavam sentados ali no banco da antessala. Eles já estavam há bastante tempo esperando para falar com K. Agora, enquanto o empregado conversava com K., os três haviam se levantado e queriam aproveitar a boa oportunidade para se aproximar dele primeiro. Como o banco os havia desrespeitado ao fazê-los perder tempo esperando ali, agora eles também não queriam mais fingir escrúpulo algum.

– Senhor procurador... – já começou um deles.

Mas K. tinha pedido ao empregado para trazer seu casacão de inverno e, enquanto este o ajudava a se vestir, falou para os três:

– Perdoem-me, senhores. Infelizmente, no momento, não tenho tempo de recebê-los. Peço-lhes mil perdões, mas preciso resolver um assunto empresarial urgente e tenho que ir embora sem demora. Vocês acabaram de ver por quanto tempo fui segurado aqui. Seria possível vocês voltarem amanhã ou quando acharem melhor? Ou talvez prefiram conversar por telefone? Ou querem me dizer agora rapidamente sobre o que se trata e eu lhes respondo em detalhes por escrito? O melhor, no entanto, seria que viessem outro dia.

As sugestões de K. deixaram aqueles senhores, que tinham esperado inutilmente, tão aturdidos que a única coisa que conseguiram fazer foi se encararem em silêncio.

– Concordamos então? – perguntou K., virando-se para o empregado que estava lhe trazendo o chapéu.

Pela porta aberta da sala de K., via-se como a nevasca havia se intensificado lá fora. Em vista disso, K. levantou a gola do casaco e abotoou-a bem alto no pescoço.

Nesse momento, o diretor-adjunto saiu da sala adjacente, olhou com um sorriso para K. negociando com os senhores em seu casacão de inverno e perguntou:

– O senhor já está indo embora, senhor procurador?

– Estou – respondeu K. endireitando-se. – Tenho uma visita de negócios a fazer.

Mas o diretor-adjunto já havia se voltado aos senhores.

– E os senhores? – perguntou. – Acho que vocês estão esperando há bastante tempo.

– Nós já nos resolvemos – respondeu K.

Mas os senhores não puderam mais se conter, contornaram K. e explicaram ao diretor-adjunto que não tinham esperado por horas para que seus assuntos fossem tratados como desimportantes e eles exigiam conversar não apenas agora, mas nos mínimos detalhes e em particular. O diretor-adjunto ouviu-os por um tempo também observando K., que continuava com o chapéu nas mãos tirando dele uma sujeirinha aqui e outra ali, e, em seguida, disse:

– Senhores, há uma saída muito simples. Se vocês preferirem tratar comigo, eu assumo com prazer as negociações no lugar do senhor procurador. É óbvio que os seus assuntos precisam ser tratados imediatamente. Somos empresários como vocês e sabemos valorizar corretamente nosso tempo. Vocês gostariam de entrar? – e abriu a porta que levava à antessala do seu escritório.

Como o diretor-adjunto tinha se apropriado de tudo que K. precisava abrir mão por motivos de força maior! Será que K. não desistiria, como era imprescindível? Enquanto saía correndo (com expectativas muito baixas, era preciso admitir) para visitar um pintor desconhecido, sua reputação sofria um dano irreparável. Talvez tivesse sido muito melhor tirar o casacão de inverno de novo e ganhar de volta ao menos os dois senhores que precisariam esperar de qualquer jeito. K. talvez até tentasse fazer isso se não tivesse acabado de ver o diretor-adjunto em sua sala procurando alguma coisa na sua estante de livros como se fosse dele. Ao ver K. aproximando-se agitado da porta, gritou:

– Ah, o senhor ainda não foi embora.

Olhou para K. com aquele rosto cheio de rugas, que pareciam comprovar não a sua idade, mas a sua força e voltou a procurar imediatamente.

– Estou procurando uma cópia do contrato – disse. – O representante da empresa afirmou que ela deve estar com você. O senhor não quer me ajudar a procurar?

K. deu um passo à frente, mas o diretor-adjunto falou:

– Ah, obrigado, já encontrei – e voltou para a sala com um grande pacote de escritos que continha não somente a cópia do contrato, mas muitas outras coisas também.

– Não consigo dar conta dele agora – K. falou para si mesmo. – No entanto, quando eu superar minhas dificuldades pessoais, ele será o primeiro a sentir isso de verdade e, preferencialmente, de uma maneira bastante amarga.

Um pouco tranquilizado por esses pensamentos, K. deu ao empregado, que há tempos mantinha a porta do corredor aberta para ele, o trabalho de, assim que possível, avisar o diretor que ele estava fazendo uma visita de negócios e deixou o banco quase feliz por poder se dedicar exclusivamente às suas coisas por um tempo.

Foi direto até a casa do pintor, que morava em um subúrbio vizinho localizado do lado oposto daquele onde ficavam os gabinetes de justiça. Era uma região ainda mais pobre, os prédios eram ainda mais escuros, as vielas cheias de uma sujeira que lentamente estava sendo coberta pela neve derretida. No prédio em que o pintor morava, apenas uma das portas do grande portão estava aberta; a parte de baixo da outra estava quebrada junto à parede e, quando K. se aproximou, dali escorreu um líquido amarelo malcheiroso e nojento do qual uma ratazana fugiu correndo para o canal mais próximo. Ali embaixo, ao lado da escada, uma criança pequena chorava deitada de bruços no chão, mas mal era possível ouvi-la por causa do barulho ensurdecedor que vinha de uma funilaria do outro lado da passagem do portão. A porta da funilaria estava aberta e três funcionários em semicírculo golpeavam alguma peça de trabalho com martelos. Uma grande placa de folha de flandres pendurada na parede refletia uma luz difusa que passava por dois dos funcionários e iluminava seus rostos e seus aventais de trabalho. K. olhou para tudo aquilo de relance, pois queria terminar o mais rápido possível, desejava apenas sondar o pintor com algumas palavras e voltar para o banco rapidamente. Se ele conseguisse algum sucesso aqui, por menor que fosse, era provável que isso influenciasse positivamente o seu dia de trabalho no banco. Precisou reduzir o passo no terceiro andar porque já estava quase sem fôlego, tanto os degraus quanto os andares eram excessivamente altos e o pintor teoricamente morava lá em cima no sótão. O ar também era muito pesado, a escada não tinha patamares e era cercada por paredes dos dois lados com algumas pequenas janelas esparsas até bem lá no alto. Justamente quando K. parou um pouco, algumas meninas saíram correndo de um dos apartamentos e subiram as escadas correndo e rindo. K. seguiu-as lentamente, alcançou e parou uma delas, que tinha ficado para trás e perguntou enquanto as outras continuavam a subir uma ao lado da outra:

– Aqui mora um pintor chamado Titorelli?

A menina, que mal tinha 13 anos e era um pouco corcunda, deu-lhe uma cotovelada e olhou-o de lado. Nem sua juventude nem seu defeito físico puderam esconder o fato de que já era totalmente perversa. Ela não sorriu nem por um momento, mas lançou a K. um olhar sério, penetrante e inquisitivo. K. fingiu que não tinha notado seu comportamento e perguntou de novo:

– Você conhece o pintor Titorelli?

Ela assentiu e indagou:

– O que o senhor quer com ele?

Para K., pareceu uma boa oportunidade de conversar um pouco sobre Titorelli:

– Quero pedir para ele fazer um quadro meu – respondeu.

– Pintar você? – perguntou e abriu a boca exageradamente, deu um tapa de leve em K. como se ele tivesse falado alguma coisa extremamente surpreendente ou constrangedora, levantou com as duas mãos sua saia já bastante curta e correu o mais rápido possível atrás das outras meninas, cujos gritos já se perdiam indistintamente nas alturas. Na curva seguinte da escada, no entanto, K. tornou a encontrar todas elas, que já haviam sido informadas pela corcunda sobre a intenção de K. e estavam esperando por ele. Ficaram paradas dos dois lados da escada, apertadas contra a parede, para que K. pudesse passar por elas confortavelmente enquanto alisavam seus aventais com as mãos. Todos os rostos, bem como essa disposição em fila, revelavam uma mistura de infantilidade e abjeção. Lá em cima, no começo da fileira de meninas que agora se reuniam atrás de K. dando risadinhas, a corcunda assumia a liderança. K. tinha que agradecer a ela por logo ter encontrado o caminho correto. Ele certamente teria continuado a subir, mas ela lhe mostrou que precisava pegar um desvio na escada para chegar à casa de Titorelli. A escada de acesso era especialmente estreita, bastante longa e sem curvas, e era possível ver toda a sua extensão até o fim lá no alto, terminando diretamente na porta de Titorelli. Essa porta, que estava bem iluminada em comparação ao resto da escada graças a uma janela inclinada instalada ali no alto, era feita de madeira não caiada onde se lia o nome Titorelli escrito com largas pinceladas vermelhas. K. ainda estava chegando no meio da escada com a sua comitiva quando viu a porta lá de cima se abrir um pouco, decerto por causa do barulho causado por todos aqueles pés, e um homem aparentemente vestindo apenas uma camisola apareceu na fresta da porta.

– Ó! – gritou quando viu a multidão chegando, e desapareceu.

A corcunda aplaudiu de alegria e as outras meninas apressavam-se atrás de K. para fazê-lo avançar mais rápido.

Eles ainda nem tinham subido tudo quando o pintor abriu a porta por completo lá no alto e convidou K. a entrar fazendo uma profunda reverência. As meninas, por sua vez, foram enxotadas. Ele não queria deixar nenhuma delas entrar e, quanto mais pediam, mais tentavam transpassar, se não com sua autorização, contra sua vontade. Apenas a corcunda conseguiu esgueirar-se por debaixo dos seus braços estendidos, mas o pintor foi caçá-la lá dentro, pegou-a pela saia, deu a volta com ela em torno de si mesmo e colocou-a na frente da porta com as outras meninas que nem ousaram atravessar a soleira quando o pintor abandonou seu posto. K. não sabia nem como avaliar toda aquela situação, tinha a impressão de que tudo aquilo acontecia mediante um acordo tácito e amigável. As meninas paradas à porta esticavam o pescoço no ar alternadamente, gritaram para o pintor várias palavras jocosas que K. não entendeu, e até o pintor riu quando a corcunda quase escapou da sua mão. Então, fechou a porta, curvou-se novamente para K., estendeu-lhe a mão e apresentou-se:

– Pintor Titorelli.

K. apontou para a porta, atrás da qual as meninas cochichavam, e falou:

– Parece que o senhor é muito querido aqui no prédio.

– Ah, essas figuras! – disse o pintor tentando, sem sucesso, abotoar a camisola no pescoço. Estava descalço e, além da camisola, usava apenas uma larga calça amarelada de linho presa por um cinto de couro e cuja longa barra balançava livremente para cá e para lá. – Essas figuras me são um verdadeiro fardo – continuou enquanto desistia da camisola, cujo último botão acabara de cair, pegava uma cadeira e a oferecia para K. se sentar. – Fiz o quadro de uma delas uma vez (ela não estava aí hoje) e, desde então, todas elas não param de me seguir. Quando estou em casa, elas entram somente quando eu autorizo, mas, quando saio, sempre tem pelo menos uma por aqui. Fizeram uma cópia da minha chave e ficam emprestando-a entre si. O senhor nem imagina como é cansativo. Um exemplo: trago para casa uma dama de quem devo pintar um quadro, abro a porta com a minha chave e encontro a corcunda ali na mesinha pintando os lábios de vermelho com o pincel enquanto suas irmãs, das quais ela tem que tomar conta, ficam circulando por aí e sujam cada canto do quarto. Ou venho para casa tarde, como aconteceu ontem (aliás, peço minhas sinceras desculpas pelo meu estado e pela desordem desse quarto), enfim, ou venho para casa tarde e quero subir na cama e algo me belisca a perna, olho embaixo da cama e tenho que puxar uma dessas coisas para fora de novo. Não sei por que elas me pressionam tanto, pois não fico tentando atraí-las para cá, como o senhor mesmo deve ter percebido. E é claro que elas também atrapalham quando estou trabalhando. Se este ateliê não tivesse sido disponibilizado para mim de graça, eu já teria me mudado faz tempo.

Exatamente nesse momento, uma vozinha fina e temerosa gritou atrás da porta:

– Titorelli, já podemos entrar?

– Não! – respondeu o pintor.

– Nem eu sozinha? – perguntou de novo.

– Nem você sozinha! – replicou o pintor, que foi até a porta e a trancou.

Nesse meio tempo, K. observara o quarto. Ele jamais poderia imaginar que seria possível chamar de ateliê aquele mísero e pequeno cômodo. Não tinha como dar mais de dois passos largos de uma ponta a outra. Tudo (o chão, as paredes, o teto), tudo era de madeira e podiam-se ver finos arranhões entre as tábuas. A cama estava encostada na parede diante de K. e abarrotada com roupas de cama coloridas. No meio do quarto, em cima de um cavalete, um quadro estava coberto por uma camisa cujos braços pendiam até o chão. Atrás de K., ficava a janela pela qual, em meio à neblina, não se podia ver nada além do teto cheio de neve da casa ao lado.

O girar da chave na fechadura lembrou K. que ele queria ir embora logo. Por isso, tirou a carta do fabricante da pasta, entregou-a ao pintor e disse:

– Soube do senhor por esse homem, um conhecido seu, e vim até aqui para ouvir seus conselhos.

O pintor passou os olhos pela carta e jogou-a em cima da cama. Se o fabricante não tivesse citado algumas especificidades de Titorelli como fazemos ao falar de um conhecido, dizendo que era uma pessoa pobre para a qual prestava caridade, seria realmente possível acreditar que Titorelli não conhecesse o fabricante ou, pelo menos, que parecia não se lembrar dele. Apesar disso, o pintor apenas perguntou:

– O senhor quer comprar quadros ou quer que eu pinte um seu?

K. olhou para o pintor surpreso. O que havia de fato naquela carta? K. tinha tomado como óbvio que o fabricante escrevera a carta para informar ao pintor que ele não queria nada além de se informar sobre seu processo. Tinha corrido para lá tão sem pensar! Agora, no entanto, precisava responder alguma coisa ao pintor e disse, de olho no cavalete:

– O senhor está trabalhando em um quadro agora?

– Estou – respondeu o pintor e, assim como fez com a carta, jogou na cama a camisa que cobria o cavalete. – É um retrato. Um bom trabalho, mas ainda não está totalmente pronto.

O acaso foi favorável a K., a possibilidade de conversar sobre a justiça estava formalmente oferecida, pois era o retrato de um juiz, ele não tinha dúvidas. Era até bastante parecido com o quadro que ficava no escritório do advogado. Todavia, esse era um juiz bem diferente, um homem gordo com uma barba preta bem cheia e bochechas bastante pronunciadas. Além disso, aquele outro quadro era uma pintura a óleo e este era feito com giz pastel, o que tornava suas cores mais fracas e suas formas mais indefinidas. Todo o resto, no entanto, era similar: aqui o juiz também estava se levantando ameaçadoramente do seu trono, segurando o encosto lateral.

"É um juiz", era o que K. gostaria de ter dito logo de cara, mas primeiro conteve-se e aproximou-se do quadro, como se quisesse estudá-lo detalhadamente. Não conseguiu distinguir bem uma figura grande em pé ali no meio, acima do encosto traseiro do trono, e perguntou sobre ela para o pintor.

– É uma imagem que ainda precisa ser um pouco retocada– respondeu o pintor, pegando um giz pastel da mesinha e rabiscando as bordas da imagem, mas K. não achou que aquilo a deixou mais nítida.

– É a Justiça – disse o pintor por fim.

– Agora a reconheço – afirmou K. – Aqui está a venda nos olhos e aqui, a balança. Mas ela tem asas nos pés e está andando?

– Isso – respondeu o pintor. – Pelo contrato, tive que pintar assim. Na verdade, é a junção da Justiça com a deusa da vitória em uma só figura.

– Não é uma boa mistura – afirmou K. sorrindo. – A Justiça deve ficar parada, senão a balança oscila e não se pode tomar uma decisão justa.

– Só estou atendendo ao meu cliente – replicou o pintor.

– Ah, sim, com certeza – falou K., que não quis alfinetar ninguém com a sua observação. – O senhor pintou a figura como ela realmente fica no trono?

– Não – respondeu o pintor. – Eu não vi nem a imagem nem o trono, é tudo montagem, eles me passam o que devo pintar.

– Como assim? – K. perguntava de propósito, como se realmente não estivesse entendendo o pintor. – É um juiz de verdade sentado na sua cadeira de juiz?

– É… – falou o pintor – Mas ele não é um juiz da Suprema Corte nem nunca se sentou num trono desses.

– E, mesmo assim, ele exige ser pintado em uma postura tão solene? Parece o presidente da justiça sentado aí desse jeito.

– Pois é, os homens são vaidosos – afirmou o pintor. – Mas eles têm autorização da Suprema Corte para serem retratados assim. Cada um recebe a prescrição exata de como deve ser pintado. Nesse quadro, infelizmente, não dá para apreciar os detalhes das roupas e da cadeira, pois o giz pastel não é muito adequado para essas imagens.

– É mesmo – respondeu K. – É curioso o quadro ser pintado com giz pastel.

– O juiz quis assim. A tela é para uma dama.

Olhar para o quadro pareceu despertar sua vontade de trabalhar. Ele, então, arregaçou as mangas da camisa e pegou alguns lápis, e K. ficou observando como as tremelicantes pontas dos gizes fizeram começar a surgir uma sombra avermelhada na cabeça do juiz, que irradiava em direção à borda da imagem. Aos poucos, esse jogo de sombra passou a circundar sua cabeça como um adorno ou um grande prêmio. A tonalidade do entorno da imagem da justiça era clara e quase imperceptível e, naquela luminosidade, a figura parecia sobrepujar-se ainda mais. Ela mal lembrava a deusa da justiça, tampouco a deusa da vitória, agora parecia muito mais com a deusa da caça. O trabalho do pintor seduziu K. com mais intensidade do que ele gostaria, mas, por fim, acabou dando indiretas dizendo que já estava lá há bastante tempo e eles ainda não tinham conversado sobre o que ele queria.

– Como esse juiz se chama? – perguntou de repente.

– Não posso dizer – respondeu o pintor bastante curvado sobre o quadro, claramente negligenciando o convidado que, a princípio, recebera com tanta deferência.

K. considerou aquilo um capricho e ficou irritado por ter perdido seu tempo.

– O senhor é uma pessoa de confiança da justiça, não é? – perguntou.

O pintor colocou os gizes imediatamente de lado, endireitou-se, esfregou uma mão na outra e olhou para K. com um sorriso.

– Agora a verdade vem à tona – afirmou. – O senhor quer saber alguma coisa sobre a justiça, é o que diz sua carta de recomendação, e primeiro quis falar sobre os meus quadros para me ganhar. Mas não o levarei a mal, o senhor não tinha mesmo como saber que isso não tem cabimento aqui comigo. Ah, faça-me o favor! – replicou amargamente, como se K. o tivesse contrariado.

Em seguida, continuou:

– Na realidade, o senhor tem toda a razão na sua observação, eu sou um homem de confiança da justiça.

Fez uma pausa, como se quisesse conceder a K. um tempo para aceitar esse fato. Atrás da porta, ouviam-se as meninas de novo. Provavelmente, elas estavam se espremendo ao redor do buraco da fechadura, talvez até desse para ver dentro do quarto pelos arranhões das paredes. K. absteve-se de dar quaisquer desculpas porque não queria distrair o pintor e, principalmente, porque não queria que a prepotência lhe subisse à cabeça e ele se tornasse inacessível. Portanto, perguntou:

– É um cargo público oficial?

– Não – retrucou rispidamente o pintor, como se alguém o tivesse impedido de continuar falando.

Mas K. não queria que ele se calasse e falou:

– Bem, frequentemente esses cargos não oficiais são mais influentes do que os oficiais.

– É justamente esse o meu caso – afirmou o pintor, balançando a cabeça com a testa franzida. – Conversei sobre o seu caso com o fabricante ontem. Ele me perguntou se eu não queria ajudá-lo e eu respondi: “O homem pode vir falar comigo”. Fico feliz por vê-lo aqui tão cedo. Parece que o assunto está mexendo bastante com o senhor, e é claro que isso não me surpreende. Será que o senhor não gostaria de tirar o sobretudo primeiro?

Apesar de K. pretender ficar só um pouquinho, o convite do pintor foi muito bem-vindo. O ar do quarto foi ficando pesado aos poucos.

Com frequência, K. olhava impressionado para um pequeno aquecedor de ferro apagado ali no canto. Não dava para entender aquele mormaço dentro do quarto. Enquanto tirava o casacão de inverno e desabotoava aquele que vestia por baixo, ouviu o pintor dizer em tom de desculpas:

– Eu preciso de calor. Mas aqui é bastante aprazível, não é? Nesse sentido, o quarto é muito bem localizado.

K. não respondeu nada; na verdade, não era o calor que o deixava desconfortável, mas o ar úmido quase impossível de respirar, decerto o cômodo não era ventilado havia bastante tempo. Esse desconforto ficou ainda mais forte quando o pintor pediu a K. para ir para a cama para que ele mesmo pudesse se sentar de frente para o cavalete na única cadeira do quarto. Além disso, o pintor, parecendo não compreender por que K. estava sentado na beirada da cama, pediu para ele ficar à vontade e, ao ver sua hesitação, foi até lá para enfiá-lo bem fundo no meio dos lençóis e dos travesseiros. Então, voltou para a cadeira e, por fim, proclamou a primeira pergunta objetiva que fez K. se esquecer de todo o resto:

– O senhor é inocente?

– Sou – K. falou.

Responder a essa pergunta lhe trazia alegria, sobretudo pela resposta ter sido dada a um indivíduo em particular e, portanto, não ter nenhuma consequência de responsabilidade de qualquer natureza. Ninguém tinha perguntado isso a ele tão abertamente. Para aproveitar essa alegria, acrescentou:

– Sou completamente inocente.

– Bem… – o pintor falou, baixou a cabeça e pareceu refletir.

Voltou a erguê-la de repente e disse:

– Se o senhor é inocente, então a coisa é muito simples.

O olhar de K. anuviou-se, pois esse suposto homem de confiança da justiça falava como uma criança ignorante.

– Minha inocência não facilita as coisas – K. respondeu. Apesar de tudo, teve que rir e balançou a cabeça lentamente. – Tudo depende de muitas minúcias nas quais a justiça se perde. No fim, contudo, surge uma grande culpa em algum lugar onde antes não havia nada.

– Sim, sim, com certeza... – disse o pintor, como se K. estivesse atrapalhando desnecessariamente seu fluxo de pensamentos. – Mas o senhor é mesmo inocente?

– Sou, oras – K. falou.

– Isso é o principal – respondeu o pintor.

O artista não era influenciado por argumentos opostos, mas, agora, apesar da sua firmeza, não havia ficado claro se ele estava respondendo aquilo com convicção ou apenas por indiferença. K. quis entendê-lo primeiro e, para isso, afirmou:

– Com certeza, o senhor conhece a justiça muito melhor do que eu, as únicas coisas que sei foram as que ouvi de várias pessoas diferentes. No entanto, todas concordam que não são feitas acusações imprudentes e que, quando a justiça acusa, mantém-se convicta da culpa do acusado e só abre mão dessa convicção com muita dificuldade.

– Com dificuldade? – repetiu o pintor jogando a mão para o alto. – A justiça nunca é convencida do contrário! Se eu pintasse todos os juízes um ao lado do outro aqui em uma tela e você pleiteasse sua defesa para o quadro, teria muito mais sucesso do que diante de um fórum de verdade.

– É... – K. falou para si mesmo, esquecendo-se de que queria apenas sondar o pintor.

Uma menina começou a perguntar de novo atrás da porta:

– Titorelli, ele não vai embora logo, não?

– Calem-se – gritou o pintor para a porta. – Vocês não veem que estou conversando com o senhor aqui?

Mas a menina não se deu por satisfeita e perguntou:

– Você vai pintá-lo?

E, como o pintor não respondeu, completou ainda:

– Não o pinte, não; é uma pessoa tão horrorosa...

Em seguida, ouviu-se uma ininteligível algazarra de aprovação. O pintor deu um pulo até a porta, abriu-a um pouquinho (dava para ver as mãozinhas das meninas unidas em súplica) e disse:

– Se vocês não ficarem em silêncio, jogarei-as uma por uma escada abaixo. Sentem-se aqui nos degraus e comportem-se.

Provavelmente, elas não o obedeceram de imediato, pois ele precisou dar uma ordem:

– Aí embaixo nos degraus!

Somente então, fez-se silêncio.

– Desculpe – disse o pintor voltando-se novamente para K. que quase nem tinha se virado para a porta, ele largou sua própria proteção nas mãos do pintor, para que ele a fizesse se e como quisesse. Agora também quase não se mexeu quando o pintor se curvou sobre ele e cochichou no seu ouvido, para que elas não o escutassem lá fora:

– Essas meninas também fazem parte da justiça.

– Como? – K. perguntou virando a cabeça de lado para olhar para o pintor.

Ele, por sua vez, sentou-se de volta na cadeira e respondeu meio brincando, meio explicando:

– Tudo faz parte da justiça, não é?

– Nunca me dei conta disso – disse K. rispidamente. A observação geral do pintor em alusão às meninas tornou tudo meio alarmante. Apesar disso, K. ficou olhando um tempo para a porta atrás da qual agora as meninas estavam sentadas nos degraus em silêncio. Apenas uma delas enfiara um canudinho por uma das ranhuras entre as tábuas e movimentava-o lentamente para cima e para baixo.

– Parece que elas ainda não têm a menor noção sobre a justiça – afirmou o pintor, ele tinha esticado as pernas para a frente e batia com as pontas dos pés no chão. – Mas, como o senhor é inocente, também não precisará dela. Eu mesmo o tirarei de lá.

– Como quer fazer isso? – K. perguntou. – O senhor mesmo acabou de dizer que a justiça é totalmente fechada a argumentações.

– Fechada apenas para as argumentações feitas no fórum – afirmou o pintor levantando o dedo indicador, como se K. tivesse deixado passar uma diferença sutil. – Contudo, as coisas se comportam de um jeito diferente quando se tenta intervir nesse sentido por trás do foro público, ou seja, nos escritórios de aconselhamento, nos corredores ou aqui no ateliê, por exemplo. – K. não considerava mais tão inverossímil aquilo que o pintor estava dizendo, pelo contrário, tudo ia bem de acordo com o que já ouvira de outras pessoas e dava até bastante esperança. Se o juiz fosse mesmo tão facilmente inclinado às relações pessoais como o advogado já havia indicado, então as relações do pintor com os presunçosos juízes eram mesmo deveras importantes e não deveriam ser subestimadas de forma alguma. Sendo esse o caso, o pintor se encaixava muito bem no círculo de ajudantes que K. aos poucos estava reunindo. No banco, elogiavam bastante seu dom para a organização, mas aqui, totalmente sozinho e por si só, era uma boa oportunidade de testar isso ao máximo. O pintor observava o efeito que a sua explicação provocara em K. e, em seguida, falou com certo receio:

– O senhor não percebeu que eu quase falo como um jurista? O contato ininterrupto com os homens da Justiça me influencia. É claro que eu também ganho muito com isso, mas o ímpeto artístico se perde muito.

– Como o senhor entrou em contato com os juízes pela primeira vez? – K. perguntou, querendo primeiro ganhar a confiança do pintor antes de o incluir nos seus negócios.

– Foi muito fácil – respondeu o pintor. – Eu herdei esse vínculo. Meu pai também era pintor da justiça. É um cargo hereditário e não se pode ocupá-lo com pessoas novas. Há tantas regras diferentes, constantes e, acima de tudo, secretas para a arte de pintar os diversos níveis de funcionários, que elas não podem de forma alguma ser divulgadas para além de algumas famílias específicas. Ali na gaveta, por exemplo, estão as anotações do meu pai, que não mostro para ninguém. Mas apenas aqueles que as conhecem estão aptos a pintar os juízes. Mesmo se eu as perdesse, continuaria com inúmeras regras que só tenho de memória e, por isso, ninguém seria capaz de contestar o meu cargo. Todos os juízes querem ser retratados como os grandes juízes antigos o foram e só eu consigo fazer isso.

– Que invejável – comentou K. pensando no seu cargo no banco. – E esse cargo também é vitalício?

– É vitalício, sim – afirmou o pintor, levantando os ombros com orgulho. – É por isso que posso arriscar ajudar um pobre homem com um processo de vez em quando.

– E como o senhor faz isso? – K. perguntou como se não fosse ele o pobre homem ao qual o pintor acabara de se referir.

O pintor, no entanto, não se deixou enganar, mas disse:

– No seu caso, por exemplo, como o senhor é totalmente inocente, procederei da seguinte forma.

K. já estava ficando cansado com a repetida menção à sua inocência. Ao ouvir essas observações, às vezes, parecia que o pintor fazia do resultado favorável do processo um pré-requisito para a sua ajuda que, desse modo, mostrava-se obviamente mais fraca. Apesar dessa dúvida, K. conseguiu subjugar-se e não interromper o pintor. Ele não queria renunciar à ajuda dele, disso tinha certeza, ademais, essa ajuda não parecia mais questionável do que aquela oferecida pelo advogado. K. a considerava ainda mais preferível por ter sido oferecida inocente e abertamente.

O pintor aproximou sua cadeira da cama e continuou em voz baixa:

– Esqueci-me de perguntar primeiro que tipo de liberdade o senhor deseja. Há três possibilidades, a saber: a absolvição real, a absolvição aparente e a protelação. A absolvição real é a melhor, obviamente, mas eu não tenho a menor influência sobre esse tipo de resolução. Na minha opinião, não há uma só pessoa que exerça influência sobre a absolvição real. Nesse caso, provavelmente o que decide é apenas a inocência do réu. Como o senhor é inocente, talvez fosse realmente possível confiar apenas na sua inocência. Então, o senhor não precisaria da minha ajuda e de nenhuma outra.

A princípio, essa apresentação organizada deixou K. pasmo, em seguida, no entanto, ele disse tão em voz baixa quanto o pintor:

– Eu acho que o senhor está se contradizendo.

– É mesmo? Como? – perguntou o pintor encostando-se pacientemente com um sorriso.

Esse sorriso despertou em K. a sensação de que ele tinha descoberto contradições não nas palavras do pintor, mas no próprio processo judicial. Apesar disso, ele não recuou e falou:

– Mais cedo, o senhor disse que a justiça é fechada a argumentações, depois limitou esse fato ao foro público e, agora, está me falando que os inocentes nem precisam de ajuda diante da justiça. Aí já há uma contradição. Além disso, antes o senhor tinha dito que é possível influenciar o juiz pessoalmente, agora, no entanto, nega que essa absolvição real, como o senhor a chama, possa ser alcançada por uma influência pessoal. Aí está a segunda contradição.

– Essas contradições são facilmente explicáveis – respondeu o pintor. – Estamos falando sobre dois assuntos diferentes: aquilo que a lei prescreve e aquilo que vivenciei pessoalmente; o senhor não deve confundir as coisas. Por um lado, a lei (que eu não li, diga-se de passagem) prescreve que o inocente será absolvido; por outro, ela não prescreve que os juízes possam ser influenciados. No entanto, vivenciei exatamente o contrário. Não conheço nenhuma absolvição real, mas sei de muitas influências. É claro que é possível que não houvesse inocência em nenhum dos casos que conheci. Mas é improvável, não é? Em tantos casos, nem uma única inocência? Quando criança, já ouvia com atenção sobre os processos que meu pai narrava, os juízes que vinham ao seu ateliê contavam sobre a justiça, e as pessoas do nosso círculo não falavam de outra coisa. Desde que comecei a poder frequentar o fórum, sempre aproveito todas as oportunidades para ir até lá pessoalmente. Ouvi a respeito de inúmeros processos em diferentes estágios e os acompanhei enquanto estavam abertos e devo admitir que não presenciei nenhuma absolvição real.

– Nem uma única absolvição real – K. repetiu falando consigo mesmo e com suas esperanças. – Isso confirma a opinião que já tenho sobre a justiça. Por esse lado, ela também não tem finalidade alguma. Um único algoz poderia substituir a justiça inteira.

– O senhor não pode generalizar – replicou o pintor insatisfeito. – Eu só falei sobre as minhas próprias experiências.

– E elas já são o bastante – disse K. – Ou o senhor já ouviu falar de absolvições em tempos anteriores?

– É claro que tais absolvições já devem ter existido – respondeu o pintor. – Mas é muito difícil descobrir. As decisões finais da justiça não são divulgadas, nem os juízes têm acesso a elas; consequentemente, apenas chegam até nós as lendas sobre os casos jurídicos antigos. A maioria, inclusive, fala de absolvições reais, podemos até acreditar nelas, mas não conseguimos comprová-las. Apesar disso, não devemos desconsiderá-las totalmente, elas contêm alguma verdade e são muito bonitas, eu mesmo já pintei alguns quadros sobre essas lendas.

– Meras lendas não me fazem mudar de opinião – afirmou K. – Não dá para citar essas lendas perante o fórum, dá?

O pintor deu risada.

– Não, não dá – respondeu.

– Então é inútil falar sobre elas – afirmou K.

Ele queria aceitar provisoriamente todas as opiniões do pintor, mesmo quando as considerava improváveis e outros relatos depusessem contra elas. Agora, ele não tinha tempo de verificar se tudo o que o pintor dizia era verdade nem de contestá-lo, já havia chegado ao limite ao mobilizá-lo a ajudá-lo de alguma forma, mesmo que não fosse de modo decisivo. Portanto, disse:

– Vamos deixar a absolvição real de lado então. O senhor citou ainda outras duas possibilidades.

– A absolvição aparente e a protelação. É possível que seja o caso de uma delas – afirmou o pintor. – Mas, antes, não quer tirar o casaco? O senhor está muito quente.

– Quero – falou K., que até o momento não havia prestado atenção em nada além das explicações do pintor, mas agora que fora lembrando sobre o calor, percebera que tinha a testa encharcada de suor.

– Está quase insuportável.

O pintor assentiu como se entendesse muito bem o desconforto de K.

– Não dá para abrir a janela? – K. perguntou.

– Não – respondeu o pintor. – É uma vidraça fixa, não tem como abrir.

K. percebeu agora que ficou o tempo inteiro esperando que ele ou o pintor fosse até a janela e a escancarasse. Estava até disposto a respirar o nevoeiro com a boca aberta. A sensação de estar preso ali com aquele ar lhe deu tontura. Bateu de leve com a mão no cobertor de plumas ao seu lado e disse com a voz fraca:

– É incômodo e insalubre.

– Ah, não – disse o pintor defendendo a janela. – Apesar de ser de vidro único, como não dá para abri-la, fica mais fácil manter o calor aqui dentro do que seria com uma janela de vidro duplo. Quando quero ventilar (o que não é muito necessário, pois o ar entra por todos os lugares pelos arranhões das tábuas), posso abrir uma das minhas portas ou até as duas.

Um pouco confortado por essa explicação, K. olhou em volta para procurar a segunda porta. O pintor percebeu e esclareceu:

– Está aí atrás do senhor. Tive que bloqueá-la com a cama.

Só agora K. reparou na portinhola na parede.

– Aqui é tudo pequeno demais mesmo para um ateliê – afirmou o pintor, como se quisesse evitar as críticas de K. – Precisei mobiliar da melhor forma possível. É claro que a cama está em um péssimo lugar na frente da porta. O juiz que estou pintando agora, por exemplo, sempre vem pela porta da cama e dei a ele uma chave dessa porta para que possa me esperar aqui no ateliê quando não estou em casa. Ele normalmente vem de manhã cedo, enquanto ainda estou dormindo. É claro que sou sempre arrancado do sono mais profundo quando a porta ao lado da cama se abre. Você perderia todo o temor que tem em relação aos juízes se ouvisse as pragas que rogo ao recebê-lo subindo na minha cama logo cedo. Na verdade, eu poderia tirar a chave dele, mas isso só pioraria as coisas. Todas as portas desse lugar podem ser tiradas das dobradiças com o menor esforço possível.

Durante todo esse discurso, K. só pensava se deveria tirar o casaco ou não. Por fim, entendeu que, se não fizesse isso, seria impossível ficar ali por muito mais tempo, então despiu o casaco, mas deixou-o nos joelhos para poder vesti-lo novamente quando a conversa acabasse. Ele mal tinha tirado o casaco quando uma das meninas gritou:

– Ele já tirou o casaco! – e dava para ouvi-las se espremendo nas ranhuras para poder ver o espetáculo com seus próprios olhos.

– As meninas realmente acreditam que irei fazer um retrato seu – falou o pintor – e, por isso, o senhor está se despindo.

– Ah… – K. respondeu pouco entretido, pois não estava se sentindo muito melhor do que antes, apesar de agora estar sentado em mangas de camisa. Quase secamente, perguntou:

– Como o senhor chamou mesmo as outras duas possibilidades? – Ele havia esquecido os termos de novo.

– A absolvição aparente e a protelação – respondeu o pintor. – O senhor decide qual delas vai querer. As duas podem ser alcançadas com a minha ajuda, não sem nenhuma dedicação, obviamente. A diferença entre elas é que a absolvição aparente demanda um esforço concentrado e temporário e a protelação requer um esforço muito menor, mas contínuo. Primeiro, então, a absolvição aparente. Se o senhor quiser essa opção, escreverei em uma folha de papel uma ratificação da sua inocência. O texto dessa ratificação foi passado pelo meu pai e é completamente intocável. Com essa ratificação em mãos, faço uma ronda pelos juízes que conheço. Posso começar lendo-a para o juiz que estou pintando, quando ele vier posar para mim nesta noite. Leio a ratificação para ele, explico-lhe que o senhor é inocente e corroboro sua inocência. Não se trata de um aval meramente aparente, mas realmente vinculativo.

O olhar do pintor trazia certa acusação, como se K. quisesse lhe impor o peso de levar um aval como aquele.

– Seria muito gentil da sua parte – falou K. – E o juiz acreditará no senhor e, ainda assim, não me absolverá de verdade?

– Isso, como eu já disse antes – respondeu o pintor. – Além de tudo, não se pode ter plena certeza de que todos acreditarão em mim, pois é possível que algum juiz solicite que eu o leve até ele, por exemplo. Então, o senhor precisará vir junto. No entanto, nesses casos a coisa já está meio ganha, sobretudo porque é claro que lhe direi com antecedência exatamente como o senhor deve ser portar diante do juiz em questão. O mais complicado são os juízes que me rejeitam desde o início, e isso também acontece. A esses precisamos renunciar, apesar de eu não me deixar falhar em muitas tentativas, mas é necessário, mesmo porque um juiz isolado não consegue ser decisivo nesse caso. Quando eu tiver recolhido uma quantidade adequada de assinaturas dos juízes para essa ratificação, entrego-a ao juiz que está dirigindo o seu processo no momento. É possível que eu até já tenha recolhido a assinatura dele também, neste caso, tudo acontece um pouco mais rápido. Em geral, no entanto, não há mais muitos obstáculos; esse é o momento de maior otimismo para o réu. É curioso, mas não deixa de ser verdade: as pessoas ficam mais otimistas nesse período do que após a absolvição. Nessa fase, não se requer mais muito esforço. Como a ratificação tem o aval de uma porção de juízes, o juiz pode absolvê-lo despreocupada e certamente, após a execução de diversas formalidades, sem dúvida farão favores para agradar a mim e outros conhecidos. O senhor, todavia, sairá da mira da justiça e estará em liberdade.

– Então eu fico em liberdade? – questionou K. vacilante.

– Sim – respondeu o pintor. – Mas se trata apenas de uma liberdade aparente ou, melhor dizendo, de uma liberdade temporária. Os juízes inferiores, que são os meus conhecidos, não têm o direito de emitir uma absolvição definitiva, pois apenas a justiça da mais alta instância, inacessível para o senhor, para mim e para todos nós, é que tem esse direito. Não sabemos como ela é e, diga-se de passagem, nem queremos saber. Portanto, nossos juízes não têm o grande direito de libertá-lo da acusação, mas o senhor tem o direito de se desvincular da acusação. Isso significa que, se o senhor for absolvido desse modo, ficará momentaneamente desprovido da acusação, mas ela continuará pairando sobre a sua cabeça e pode entrar em ação de imediato assim que uma ordem superior for emitida. Como estou muito bem relacionado com a justiça, posso contar que a diferença entre a absolvição real e a aparente apresenta-se como puramente superficial no regimento dos gabinetes de justiça. No caso de uma absolvição real, os atos do processo são arquivados em definitivo e somem totalmente da ação. Não apenas a acusação é destruída, mas o processo e a absolvição também, tudo é destruído. Com a absolvição aparente, é diferente. Não há nenhuma outra mudança no ato além de o engrandecer com a ratificação da inocência, a absolvição e a fundamentação da absolvição. Exceto por isso, porém, o processo continua em andamento e é solicitado pelo trânsito ininterrupto dos gabinetes de justiça, encaminhado para a Suprema Corte, volta para as instâncias inferiores e fica tramitando assim, com oscilações maiores e menores, empacando mais ou menos aqui e ali. Esses percursos são incalculáveis. Vendo de fora, às vezes, tem-se a impressão de que tudo já foi há muito esquecido, o ato foi perdido e a absolvição é plena. Quem está lá dentro não acreditaria nisso. Nenhum ato é esquecido, não há esquecimento para a justiça. Um dia, quando menos se espera, o ato cai nas mãos de um juiz mais atencioso que percebe que, naquele caso, a acusação ainda está ativa e ordena a detenção imediata. Estou pressupondo que tenha passado um longo período entre a absolvição aparente e a nova detenção. Isso é possível e conheço casos assim, mas é igualmente possível que o absolvido saia do fórum, volte para casa e lá encontre os funcionários esperando para prendê-lo de novo. Então, a vida em liberdade chega ao fim, obviamente.

– E o processo começa de novo? – K. perguntou quase sem acreditar.

– Certamente – respondeu o pintor. – O processo começa de novo e há uma renovada possibilidade de conseguir uma absolvição aparente, assim como antes. É preciso reunir todas as forças de novo e não se pode desistir.

O pintor talvez tenha dito a última parte pela impressão que K., um pouco desanimado, despertara dele.

– Mas – perguntou K. como se quisesse antecipar quaisquer revelações do pintor – conseguir uma segunda absolvição não é mais difícil do que a primeira?

– Nesse sentido – respondeu o pintor – não há nada que possamos afirmar. O senhor quer dizer que a segunda detenção poderia influenciar negativamente o juiz ao julgar o réu? Isso não acontece. Os juízes já preveem essa detenção ao emitir a absolvição. Essa situação não influencia muita coisa, mas pode muito bem acontecer, por inúmeros outros motivos, de a disposição do juiz e sua avaliação legal sobre o caso serem diferentes desta vez, tornando necessário que os esforços para a segunda absolvição sejam adaptados às novas circunstâncias e, em geral, eles requerem um empenho tão grande quanto aquele realizado para a primeira absolvição.

– Mas essa segunda absolvição também não é definitiva... – lamentou-se K. balançando negativamente a cabeça.

– É claro que não – concordou o pintor. – A segunda absolvição é seguida pela terceira detenção, a terceira absolvição, pela quarta detenção e assim por diante. Isso já está dito nos termos da absolvição aparente.

K. ficou em silêncio.

– Parece que a absolvição aparente não é muito vantajosa para o senhor – concluiu o pintor. – Talvez a protelação seja melhor para o seu caso. Quer que eu explique como a protelação funciona? – K. assentiu. O pintor encostou-se confortavelmente na cadeira, a camisola estava bem aberta, ele enfiou uma das mãos ali dentro e começou a acariciar o peito e as laterais do corpo.

– A protelação... – começou o pintor e olhou para si mesmo por um momento, como se procurasse uma explicação bastante exata. – A protelação consiste em manter o processo eternamente no estágio mais inferior. Para isso, é necessário que o réu e sobretudo seu ajudante mantenham-se em permanente contato pessoal com os fóruns. Repito que, nesse caso, não é necessário nenhum esforço semelhante àquele da obtenção de uma absolvição aparente, mas ele requer uma atenção muito maior. Não se deve perder o processo de vista, é preciso visitar o juiz em questão em intervalos regulares, além de frequentar eventos especiais e tentar se portar com simpatia perante ele; se a pessoa não conhecer o juiz pessoalmente, então é preciso influenciá-lo por meio dos juízes conhecidos, sabendo que isso não dá ensejo para que se desista das reuniões diretas. Se a pessoa não deixar nada disso passar, é possível supor com satisfatória certeza que o processo não sairá do seu primeiro estágio. Posto que o processo não será concluído, o réu fica protegido de uma eventual condenação quase da mesma forma que ficaria se estivesse em liberdade. Em comparação à absolvição aparente, a protelação tem a vantagem de tornar o futuro do réu um pouco menos incerto, ele é poupado do susto dado pelas detenções repentinas e não precisa ficar com medo de lidar com o empenho e a comoção relacionados à obtenção da absolvição aparente, pelo menos enquanto as outras circunstâncias mostrarem-se minimamente favoráveis. Apesar disso, a protelação também traz ao réu certas desvantagens, que não devem ser subestimadas. Não estou me referindo ao fato de o réu nunca estar em liberdade, afinal, na verdade, isso também não acontece na absolvição aparente. Trata-se de outra desvantagem. O processo não pode ficar parado sem que haja motivos para tal, nem que sejam motivos fictícios. Portanto, pelo menos por fora, algo precisa estar acontecendo no processo. Por isso, de tempos em tempos, é necessário que diferentes mandados sejam emitidos, o réu tem que ser interrogado, investigações precisam acontecer e assim por diante. Dessa forma, o processo precisa ficar circulando sempre na pequena esfera na qual está supostamente restrito. É claro que isso traz inconveniências para o réu, mas o senhor não precisa considerá-las muito ruins. Não passam de dissimulações, os interrogatórios, por exemplo, são muito breves; se a pessoa não tiver tempo ou vontade de ir, é preciso se desculpar com alguns juízes, até é possível definir com antecedência os mandados por um longo período; no fundo, resume-se apenas ao fato de a pessoa que está sendo acusada aparecer de tempos em tempos para o juiz.

Durante as últimas palavras do pintor, K. pendurou o casaco em um braço e levantou-se.

– Ele já está se levantando! – gritaram imediatamente lá fora na porta.

– O senhor já quer ir embora? – perguntou o pintor também em pé. – Tenho certeza de que é o ar que o está tirando daqui. Fico muito constrangido. Ainda tinha mais algumas coisas para lhe falar. Precisei resumir bastante, mas espero que tenha conseguido me fazer entender.

– Ah, sim – respondeu K., cuja cabeça doída por conta do esforço que fizera para prestar atenção.

Apesar dessa confirmação, o pintor resumiu tudo mais uma vez, como se quisesse dar a K. algum consolo para o caminho de volta para casa:

– Os dois métodos têm em comum o fato de impedirem a condenação do réu.

– Mas eles também impedem a absolvição real – falou K. em voz baixa, como se tivesse vergonha de perceber isso.

– O senhor entendeu o cerne da questão – falou o pintor rapidamente.

K. colocou a mão no seu casacão de inverno, mas não conseguiu decidir se devia vesti-lo ou não. O melhor seria juntar tudo de uma vez e sair correndo para o ar livre. As meninas também não podiam obrigá-lo a se vestir, apesar de terem se antecipado e gritado que ele estava colocando a roupa. O pintor parecia interessado em interpretar o humor de K. de alguma forma e, por isso, falou:

– O senhor ainda não se decidiu a respeito das minhas soluções. Eu o endosso. Iria inclusive desaconselhá-lo a tomar uma decisão agora. As vantagens e desvantagens são muitíssimo sutis. É preciso avaliar tudo detalhadamente. No entanto, não se pode perder muito tempo.

– Voltarei em breve – falou K., vestindo o casaco em uma decisão repentina, jogou o sobretudo por cima dos ombros e apressou-se até a porta, onde as meninas agora já começavam a gritar. K. pensou conseguir vê-las berrando por trás da porta.

– O senhor deve manter a sua palavra – falou o pintor sem o seguir. – Senão, irei ao banco para perguntar pessoalmente.

– Destranque logo a porta – disse K. dando um tranco na maçaneta que estava sendo segurada pelas meninas do lado de fora, como ele percebeu pela pressão contrária.

– O senhor quer ser importunado pelas meninas? – perguntou o pintor. – É melhor usar essa saída – e apontou para a porta atrás da cama.

K. concordou e voltou para lá em um pulo, mas, em vez de abrir a porta, o pintor arrastou-se para debaixo da cama e, de lá, perguntou:

– Só mais um instante. O senhor não gostaria de ver um quadro que estou vendendo?

K. não quis ser desrespeitoso, o pintor realmente tinha cuidado dele e prometido continuar ajudando-o. Além disso, graças ao esquecimento de K. ainda nem haviam conversado sobre o pagamento da ajuda, portanto, K. não podia se recusar a atendê-lo agora e deixou que mostrasse o quadro, apesar de já estar tremendo de impaciência para sair do ateliê. O pintor puxou de debaixo da cama vários quadros sem moldura que estavam tão cobertos de pó que K. ficou sem ar com toda a poeira que subiu diante de seus olhos quando o pintor soprou o quadro de cima.

– Uma charneca – disse o pintor entregando o quadro a K.

Viam-se duas árvores finas bem distantes entre si em uma grama escura. Ao fundo, um pôr do sol colorido.

– Bonito – elogiou K. – Vou comprar.

K. tomou essa decisão tão rápida e impensadamente que ficou feliz ao perceber que o pintor não ficou ressentido, mas, em vez disso, pegou um segundo quadro do chão.

– Aqui está uma contraparte desse quadro – afirmou o pintor.

A intenção podia ser a de uma contraparte, mas não havia a menor diferença em relação ao primeiro quadro, lá estavam as árvores, lá estava a grama e lá estava o pôr do sol. Ainda assim, K. não quis saber.

– São paisagens bonitas – afirmou. – Vou comprar os dois para pendurar no meu escritório.

– Parece que o senhor gosta desse tema – falou o pintor e sacou um terceiro quadro. – Que ótimo que tenho mais um parecido aqui.

Mas não era parecido, era exatamente a mesmíssima velha charneca. O pintor aproveitou bem a oportunidade para vender quadros antigos.

– Vou levar esse também – decidiu K. – Quanto custam os três quadros?

– Vamos falar sobre isso da próxima vez – respondeu o pintor. – O senhor está com pressa e nós ficaremos em contato. O principal é que fiquei feliz pelo senhor ter gostado dos quadros. Darei todos os que tenho aqui embaixo. São charnecas de verdade, já pintei muitas delas. Algumas pessoas desaprovam quadros assim porque são muito sombrios, outras, no entanto, e o senhor inclui-se nesse grupo, preferem justamente o sombrio. Mas K. não dava a mínima para as experiências profissionais do pintor pedinte.

– Embrulhe todos os quadros – bradou ao pintor que se perdia no seu discurso. – Amanhã meu empregado virá buscá-los.

– Não precisa – afirmou o pintor. – Espero conseguir um carregador para ir com o senhor agora.

E, finalmente, inclinou-se sobre a cama para destrancar a porta.

– Não precisa ter vergonha, pode subir na cama – solicitou o pintor. – Todos os que vêm aqui fazem isso.

K. não tinha hesitado nem mesmo antes da solicitação, ele já estava até com um dos pés no meio do edredom de pluma quando olhou através da porta aberta e puxou o pé de volta.

– O que é isso? – perguntou ao pintor.

– Com o que o senhor está surpreso? – perguntou o pintor, estranhando também. – São gabinetes de justiça. O senhor não sabia que aqui havia gabinetes de justiça? Há gabinetes de justiça em quase todos os sótãos, por que aqui não haveria também? Na verdade, meu ateliê também pertence aos gabinetes de justiça, mas o fórum disponibilizou-o para mim.

K. não se assustou tanto por encontrar gabinetes de justiça ali, mas principalmente pelo seu desconhecimento sobre os assuntos jurídicos. Para ele, uma regra básica do comportamento de um réu era estar sempre preparado, nunca se deixar surpreender, não olhar desprevenido para a direita enquanto o juiz estivesse à sua esquerda... e eram justamente essas regras básicas que ele vivia descumprindo. Um longo corredor estendia-se diante dele, do qual soprava um ar refrescante em comparação ao ar do ateliê. Os dois lados do corredor eram ocupados por bancos, exatamente como na sala de espera do fórum responsável pelo caso dele. Parecia que a decoração dos gabinetes seguia prescrições exatas. No momento, o trânsito de contraentes não era muito grande por ali. Um homem meio deitado com o rosto afundado no braço em cima do banco parecia dormir; outro estava em pé na penumbra no fim do corredor. K. passou por cima da cama e o pintor seguiu-o com os quadros. Logo encontraram um meirinho (agora K. já sabia identificar todos os meirinhos pelo botão dourado que usavam na roupa embaixo dos botões convencionais) e o pintor lhe deu a tarefa de acompanhar K. com as telas. Quanto mais avançava, mais K. oscilava apertando o lenço contra a boca. Já estavam perto da saída quando as meninas atacaram o pintor, e K. não conseguiu se esquivar. Elas obviamente tinham visto que a outra porta do ateliê havia sido aberta e deram a volta para entrar por esse lado.

– Não consigo mais acompanhá-lo! – gritou o pintor sorrindo no meio da multidão de meninas. – Até breve. E não demore muito para pensar!

K. não virou para olhá-lo nenhuma vez. Na rua, pegou o primeiro veículo que encontrou no caminho. Queria livrar-se do meirinho, cujo botão de ouro lhe fazia doer os olhos sem parar, apesar de provavelmente não ser notado por mais ninguém. Em sua oficiosidade, o empregado quis até subir na boleia, mas K. ordenou que descesse. A tarde já estava bastante avançada quando chegou na frente do banco. Ele queria ter deixado os quadros na charrete, mas ficou com medo de ter que os mostrar ao pintor em alguma ocasião. Por isso, pediu que os deixassem no escritório e trancou-os na última gaveta da sua mesa para mantê-los protegidos dos olhares do diretor-adjunto, pelo menos durante os dias seguintes.

Comerciante Block. Demissão do advogado

Finalmente, K. decidiu tirar sua representação das mãos do advogado. As dúvidas sobre se isso era o correto a se fazer não haviam sido descartadas, mas a convicção sobre essa necessidade pesou mais. No dia em que tomou essa decisão, K. quis visitar o advogado, mas gastou bastante energia, pois estava trabalhando muito vagarosamente, precisou ficar no escritório até mais tarde e já eram mais de dez da noite quando finalmente se viu na frente da porta do advogado. Ainda antes de bater, pensou se não seria melhor demitir o advogado por telefone ou por carta, pois a conversa presencial certamente seria bastante constrangedora. Por fim, K. não quis abrir mão dela, pois as outras formas de demissão seriam recebidas com silêncio ou apenas algumas poucas palavras formais e K. nunca seria capaz de saber, a menos que Leni conseguisse descobrir algo, como o advogado tinha lidado com a demissão e quais poderiam ser as consequências desta para ele por conta da opinião do jurista, que não era sem importância. Todavia, se o advogado estivesse sentado diante dele e ficasse surpreso com a demissão, mesmo se não revelasse muita coisa, K. seria capaz de concluir o que quisesse apenas pela observação do seu rosto e do seu comportamento. Também não era possível descartar a possibilidade de K. convencer-se de que era mesmo melhor deixar a defesa nas mãos do advogado e, sendo assim, desistir da demissão.

A primeira batida na porta foi, como sempre, inútil. "Leni poderia ser mais eficiente", pensou K. Mas era uma vantagem quando a outra não interferia, como normalmente fazia, a menos que o homem já estivesse de roupão ou começasse a importunar alguém. Enquanto apertava a campainha pela segunda vez, K. olhou para a porta de trás que, desta vez, manteve-se fechada. Por fim, apareceram dois olhos no postigo da porta do advogado, mas não eram os olhos de Leni. Alguém destrancou a porta, mas continuou apoiando-se nela, e gritou para dentro da casa:

– É ele! – e, então, abriu-a completamente.

K. estava encostado na porta, pois ouvira alguém girar a chave com pressa na fechadura da casa ao lado. Quando a porta diante dele finalmente se abriu, apressou-se para dentro da antessala e, no corredor que levava para os cômodos, viu quando Leni, para quem o alerta do porteiro fora emitido, passou apressada apenas com camisa. Ele olhou para ela por um tempo e voltou-se para o porteiro. Um homem pequeno, magricela e barbado segurava uma vela na mão.

– O senhor está trabalhando aqui? – K. perguntou.

– Não – respondeu o homem. – Não trabalho aqui, o advogado é apenas meu representante. Estou aqui por causa de uma situação judicial.

– E sem casaco? – K. questionou, indicando com a mão as vestimentas rudimentares do homem.

– Ah, perdoe-me – falou o homem iluminando a si mesmo com a vela, como se estivesse olhando para o seu estado pela primeira vez.

– Leni é sua amante? – K. perguntou rispidamente.

Ele tinha as pernas um pouco afastadas, suas mãos estavam escondidas atrás do chapéu. Já se sentia muito superior ao pequeno magricela só por possuir um sobretudo pesado.

– Meu Deus! – respondeu, erguendo uma mão na frente do rosto em uma defesa assustada. – Não, não! O que o senhor está pensando?

– O senhor parece confiável – falou K. sorrindo. – Mesmo assim, venha comigo. Acenou com o chapéu e deixou que seguisse na sua frente.

– Como o senhor se chama? – K. perguntou no caminho.

– Block, comerciante Block – respondeu o franzino virando-se para K. ao se apresentar, mas K. não permitiu que ele parasse.

– É seu nome de verdade? – K. questionou.

– É claro – foi a resposta. – Por que a dúvida?

– Pensei que o senhor pudesse ter motivos para não revelar seu nome – K. replicou.

Ele se sentia tão livre, como só é possível se sentir quando conversamos em ambientes desconhecidos com pessoas inferiores, quando escondemos tudo o que se refere a nós mesmos e conversamos estoicamente apenas sobre os interesses alheios, exaltando-os por isso ou depreciando-lhes se assim desejarmos. K. ficou parado ao lado da porta do escritório do advogado, abriu-a e falou para o comerciante, que havia seguido em frente obedientemente:

– Não tão rápido, ilumine aqui.

K. achava que Leni poderia ter se escondido lá e fez o comerciante procurar em todos os cantos, mas o quarto estava vazio. Diante do quadro do juiz, K. puxou o comerciante de volta pela traseira do suspensório.

– Você o conhece? – perguntou apontando com o indicador para cima.

O comerciante levantou a vela, apertou os olhos e disse:

– É um juiz.

– Um juiz da Suprema Corte? – K. questionou e colocou-se ao lado do comerciante para observar sua impressão sobre o quadro. O comerciante olhava para a frente admirado.

– É um juiz da Suprema Corte – confirmou.

– O senhor não faz ideia – afirmou K. – Entre os juízes de investigação mais baixos, ele é o mais inferior.

– Agora estou lembrando... – falou o comerciante abaixando a vela. – Também já ouvi falar sobre isso.

– É claro! – bradou K. – Eu tinha me esquecido, mas é claro que o senhor já deve ter ouvido falar.

– Mas por quê? Por quê? – perguntou o comerciante enquanto continuava indo para a porta seguindo a ordem dada por K. com as mãos.

Lá fora, no corredor, K. disse:

– O senhor sabe onde Leni se escondeu?

– Se escondeu? – questionou o comerciante. – Não, ela deve estar na cozinha fazendo uma sopa para o advogado.

– E por que o senhor não disse isso logo? – perguntou K.

– Eu estava querendo levá-lo até lá, mas o senhor me chamou de volta – replicou o comerciante confuso pelos comandos contraditórios.

– O senhor se acha mesmo muito espertinho, não é? – falou K. – Leve-me até lá então!

K. nunca estivera na cozinha antes. Esta era surpreendentemente grande e bem equipada. O fogão era três vezes maior que um fogão convencional, mas não era possível ver grandes particularidades do resto, pois a cozinha estava sendo iluminada apenas por uma pequena lâmpada pendurada na entrada. Leni estava à beira do fogão com o seu avental branco de sempre, colocando ovos em uma panela no fogão a álcool.

– Boa noite, Josef – ela disse olhando-o de soslaio.

– Boa noite – K. respondeu e indicou com a mão uma cadeira ali do lado para o comerciante se sentar e ele assim o fez.

K., contudo, chegou bem perto das costas de Leni, inclinou-se sobre seus ombros e perguntou:

– Quem é esse homem?

Leni, abraçando K. com uma mão enquanto a outra mexia a sopa, trouxe-o para perto de si e falou:

– É uma pessoa digna de pena, um pobre comerciante, um tal de Block. Olha só para ele.

Os dois olharam para trás. O comerciante estava sentado na cadeira indicada por K., tinha soprado a vela, cuja luz agora não era mais necessária e apertava o pavio com os dedos para evitar a fumaça.

– Você estava apenas de camisa – K. falou e virou com a mão a cabeça dela de volta para o fogão.

Ela ficou em silêncio.

– Ele é seu amante? – K. perguntou.

Ela quis pegar a panela de sopa, mas K. segurou suas duas mãos e exigiu:

– Responda!

Ela disse:

– Vamos lá no escritório, vou explicar tudo.

– Não – retrucou K. – Quero que você me explique aqui.

Ela pendurou-se nele e quis beijá-lo. K. desviou-se dela e continuou:

– Não quero que você me beije agora.

– Josef – Leni pediu, olhando-o com olhos sinceros –, você não vai ficar com ciúmes do senhor Block, né?

– Rudi – ela disse em seguida voltando-se para o comerciante –, me ajude. Você não está vendo que ele está suspeitando de mim? Deixe a vela aí.

Até era possível pensar que o homem não estava prestando atenção, mas ele estava completamente envolvido.

– Também não entendo por que o senhor está com ciúme – declarou com pouca sagacidade.

– Eu tampouco sei, na verdade – respondeu K. olhando para o comerciante com um sorriso.

Leni riu alto, aproveitou a desatenção de K. para pendurar-se nos seus braços e sussurrou:

– Deixe-o, você não vê que tipo de pessoa ele é? Cuidei um pouco dele porque faz parte da grande clientela do advogado, só por isso. E você? Quer falar com o advogado ainda esta noite? Ele está bem doente hoje, mas, se você quiser, digo que está aqui. Eu sei bem que você vai passar a noite comigo. Faz tempo que você não aparecia, até o advogado perguntou por você. Não abandone o processo! Eu também tenho que contar algumas coisas que descobri. Mas, primeiro, tire esse sobretudo!

Ela o ajudou a se despir, pegou seu chapéu, saiu para pendurar as coisas na antessala e voltou para olhar a sopa.

– Quer que eu o anuncie antes ou leve a sopa primeiro?

– Anuncie-me primeiro – respondeu K.

Ele estava nervoso, pretendia conversar bastante com Leni sobre a sua situação antes, principalmente sobre a questionável demissão, mas a presença do comerciante o fez perder a vontade. Agora, no entanto, estava considerando seus assuntos importantes demais e aquele pequeno comerciante talvez pudesse intervir de forma decisiva, então chamou Leni de volta, que já estava no corredor.

– Leve a sopa primeiro – falou. – Ele precisa estar forte para conversar comigo, vai precisar.

– Então o senhor também é cliente do advogado... – afirmou baixinho o comerciante em seu canto.

Mas a declaração não foi bem aceita.

– E o que o senhor tem a ver com isso? – questionou K.

E Leni ordenou:

– Fique quieto.

– Então levarei a sopa primeiro – Leni disse para K., servindo a sopa no prato. – Eu só tenho medo que ele durma logo. Depois de comer, ele pega no sono rápido.

– O que tenho a dizer vai mantê-lo acordado – falou K. Ele continuava querendo dar a entender que pretendia tratar de um assunto importante com o advogado, queria que Leni perguntasse o que era para, só então, pedir seus conselhos. Mas ela só cumpriu com precisão as ordens dadas. Quando passou com a chávena[2], trombou levemente nele de propósito e sussurrou:

– Anunciarei que você está aqui assim que ele acabar a sopa, para tê-lo de volta o mais rápido possível.

– Vá logo – disse K. – Vá logo.

---

2 De acordo com o dicionário Michaelis, é uma xícara ou taça com alças para chá, café e outras bebidas quentes ou frias. (N. E.)

– Nossa, seja mais simpático – ela disse e virou-se de novo para a porta com a chávena na mão.

K. ficou olhando para ela; por ora, tinha decidido de uma vez por todas que o advogado seria dispensado. Era melhor mesmo ele não poder conversar com Leni sobre isso antes, pois ela nem tinha uma ideia geral sobre o todo, certamente o teria dissuadido e talvez até conseguisse impedir K. de seguir com a demissão. Ele então continuaria com dúvidas e inquietações até, por fim, executar sua decisão de qualquer forma depois de um tempo, pois tal decisão era inevitável. Quanto mais cedo ele a pusesse em prática, mais danos seriam evitados. Talvez o comerciante tivesse alguma coisa a dizer a esse respeito.

K. virou-se e, ao notar isso, o comerciante quis se levantar imediatamente.

– Fique sentado – K. pediu e puxou uma cadeira para ficar ao seu lado.

– O senhor é cliente do advogado faz tempo? – K. perguntou.

– Sim... – respondeu o comerciante. – Sou um cliente bastante antigo.

– Há quantos anos ele o representa? – K. questionou.

– Não sei a qual âmbito o senhor se refere – respondeu o comerciante. – Nos assuntos jurídicos-empresariais (tenho um comércio de cereais), o advogado me representa desde que assumi os negócios, ou seja, há mais ou menos 20 anos. No meu processo pessoal, talvez o senhor esteja se referindo a ele, o advogado me representa desde o início, ou seja, há mais de 5 anos. Na realidade, bem mais de 5 anos – acrescentou e sacou um envelope velho. – Tenho tudo anotado aqui. Se o senhor quiser, posso falar as datas exatas. É difícil guardar tudo. É possível que o meu processo seja muito mais antigo que isso, ele começou pouco depois da morte da minha esposa e isso já aconteceu há mais de 5 anos e meio.

K. aproximou-se dele.

– O advogado também assume casos comuns? – perguntou.

Essa relação entre os negócios e o conhecimento jurídico parecia extremamente tranquilizadora para K.

– Com certeza – respondeu o comerciante.

E cochichou:

– Dizem até que ele é mais empenhado nesses casos do que nos outros.

Mas ele pareceu se arrepender do que disse, colocou uma mão no ombro de K. e falou:

– Por favor, eu lhe peço, não me entregue.

K. bateu na coxa dele para acalmá-lo e respondeu:

– Não, não sou dedo-duro.

– Ele é vingativo – afirmou o comerciante.

– Tenho certeza de que ele não fará nada contra um cliente tão fiel – respondeu K.

– Ah, faz, sim. Quando ele fica nervoso, não diferencia mais nada. Além disso, eu não sou lá tão fiel a ele.

– Como não? – perguntou K.

– Posso confiar no senhor? – perguntou o comerciante duvidoso.

– Acho que deve – respondeu K.

– Então – continuou o comerciante – confiarei no senhor, mas também quero saber um segredo seu para que fiquemos na mesma situação perante o advogado.

– O senhor é bastante precavido – respondeu K. – Mas irei lhe contar um segredo que, sem dúvida, o acalmará. Como é essa infidelidade em relação ao advogado?

– Eu tenho... – começou o comerciante relutante em um tom que indicava estar diante de algo desonroso. – Tenho outros advogados além dele.

– Isso não é tão ruim – respondeu K. um pouco decepcionado.

– Aqui é, sim – replicou o comerciante ainda respirando com dificuldade desde a confissão, mas um pouco mais confiante após a observação de K. – Isso não é permitido. E é menos permitido ainda contratar rábulas além de um advogado. E foi justamente isso que fiz, além dele tenho ainda outros cinco rábulas.

– Cinco? – foi a quantidade que fez K. admirar-se. – Cinco advogados além desse?

O comerciante confirmou com a cabeça.

– E, atualmente, estou conversando com um sexto.

– Mas por que o senhor precisa de tantos advogados? – questionou K.

– Preciso de todos eles – falou o comerciante.

– O senhor pode me explicar? – pediu K.

– Claro, com prazer – respondeu o comerciante. – Em primeiro lugar, não quero perder meu processo, isso é óbvio. Por conta disso, não posso deixar passar nada que pode me ser útil, mesmo quando a esperança daquilo ser útil em um determinado caso for muito pequena, não posso descartá-la. Por isso, usei no processo tudo o que tenho. Foi assim que tirei todo o dinheiro do meu comércio, por exemplo. Antes, os escritórios do meu negócio enchiam quase um andar inteiro, hoje basta um pequeno quartinho nos fundos da casa onde trabalho com um aprendiz. Essa decadência não aconteceu somente graças à retirada do dinheiro, mas, principalmente, à retirada da minha força de trabalho. Quando se quer fazer algo pelo próprio processo, é difícil lidar com outras coisas.

– Então o senhor também trabalha sozinho com a justiça? – questionou K. – Era justamente sobre isso que eu queria saber.

– Não tenho muito a relatar sobre esse assunto – revelou o comerciante. – No começo, tentei fazer isso, mas logo desisti da ideia. É exaustivo demais e não traz muito resultado. Trabalhar e parlamentear por lá mostrou-se totalmente impossível, pelo menos para mim. Aquele senta e espera sem sentido já é um esforço enorme. O senhor mesmo já conhece o ar pesado dos gabinetes.

– Como o senhor sabe que estive lá? – K. perguntou.

– Eu estava na sala de espera quando o senhor passou.

– Mas que coincidência! – K. exclamou bastante convencido e se esquecendo completamente da anterior ridiculez do comerciante. – Então o senhor me viu! Estava na sala de espera quando eu passei. É verdade, eu passei por lá uma vez.

– Não é tanta coincidência assim – afirmou o comerciante. – Estou lá quase todos os dias.

– Talvez eu também precise frequentar aquele lugar com mais regularidade a partir de agora – disse K. – Mas não serei mais recebido com tanta honra como naquela ocasião. Todos se levantaram. Certamente pensaram que eu era um juiz.

– Não – disse o comerciante. – Estávamos cumprimentando o meirinho. Sabíamos que o senhor era um réu. Essas notícias se espalham bem rápido.

– Então vocês sabiam – repetiu K. – Mas a minha postura talvez parecesse altiva. Vocês não falaram sobre isso?

– Não – respondeu o comerciante. – Pelo contrário. Mas isso é bobagem.

– E que tipo de bobagem? – K. questionou.

– Por que o senhor quer saber? – replicou o comerciante com raiva. – Parece que o senhor ainda não conhece aquelas pessoas e talvez as julgue incorretamente. O senhor deve ter em mente que, no decorrer do processo, sempre falamos sobre muitas coisas para as quais a razão não é mais suficiente, as pessoas estão muito cansadas e alheias a muita coisa e, no lugar da razão, apelam para superstições. Estou falando dos outros, mas eu mesmo não sou lá muito melhor. Uma dessas superstições, por exemplo, é querer descobrir o resultado do processo apenas pela cara do réu, principalmente pelo formato dos lábios. Naquela ocasião, as pessoas afirmaram que, por causa dos seus lábios, o senhor certamente seria condenado logo. Repito que se trata de uma superstição ridícula e totalmente desmentida pelos fatos na maioria dos casos, mas, quando se vive em uma sociedade como essa, fica difícil fugir dessas ideias. Pense só na força que uma superstição como essa pode ter. O senhor mesmo falou com um homem lá dentro, não falou? Ele quase não conseguiu responder. É claro que há muitos motivos para ficar perturbado lá dentro, mas um deles foi a visão dos seus lábios. Mais tarde, ele contou que acreditou ter visto nos seus lábios o sinal da própria condenação.

– Nos meus lábios? – K. perguntou, sacou um espelho de bolso e começou a se olhar. – Não vejo nada de especial nos meus lábios. E o senhor?

– Eu também não – afirmou o comerciante. – Nadica de nada.

– Mas como essas pessoas são supersticiosas... – resmungou K. em voz alta.

– Eu não disse? – respondeu o comerciante.

– Então vocês se encontram bastante e ficam trocando impressões? – K. quis saber. – Até agora eu me mantive bastante distante.

– Em geral, as pessoas não se encontram muito – respondeu o comerciante. – Não é possível, é gente demais. E há poucos interesses em comum também. Quando parece que um grupo tem um interesse em comum, isso logo se mostra um erro. Não é possível fazer nada contra a justiça em conjunto. Todos os casos são analisados individualmente, essa é a justiça mais meticulosa. Então, em conjunto, não conseguimos fazer nada, só de vez em quando alguém consegue alguma coisa em segredo; os outros ficam sabendo que algo foi alcançado somente depois que aconteceu; ninguém sabe como aquilo se sucedeu. Também não há comunhão, as pessoas ficam juntas aqui ou ali nas salas de espera, mas não se fala muito por lá. As opiniões supersticiosas já são bastante antigas e proliferam-se oficialmente sozinhas.

– Eu vi os homens lá na sala de espera – falou K. – A espera me pareceu tão inútil.

– A espera não é inútil – afirmou o comerciante. – Apenas a intervenção independente é inútil. Já disse que agora, além desse, tenho mais cinco advogados. Querem que acreditemos (eu mesmo acreditei no início) que podemos deixar a ação totalmente em suas mãos. Mas isso seria um grande erro. Eu posso deixá-la menos nas mãos deles, se eu não tiver apenas um. O senhor não está entendendo?

– Não – respondeu K., segurando a mão do comerciante a fim de acalmá-lo e impedi-lo de continuar com aquele rápido discurso. – Gostaria de lhe pedir para falar um pouco mais devagar. São coisas muito importantes para mim e não estou conseguindo acompanhá-lo direito.

– Que bom que o senhor me lembrou – respondeu o comerciante. – O senhor é um novato, um jovem. Seu processo tem meio ano, não é verdade? Sim, ouvi falar dele. Um processo tão jovem! Eu, no entanto, já pensei nisso inúmeras vezes. São as coisas mais compreensíveis do mundo para mim.

– Com certeza, o senhor está feliz pelo processo já estar tão avançado, não é? – K. sondou. Ele não queria perguntar diretamente em que ponto estava a situação do comerciante. E também não recebeu nenhuma resposta clara.

– Sim, já arrasto meu processo há cinco anos – respondeu o comerciante abaixando a cabeça. – Não é pouca coisa.

Em seguida, ficou em silêncio por um tempo. K. aguçou o ouvido para ver se Leni não estava vindo. Por um lado, não queria que ela viesse, pois tinha ainda muito o que perguntar e não queria que Leni o encontrasse nessa conversa confidencial com o comerciante; por outro lado, irritava-o que ficasse tanto tempo com o advogado enquanto ele estava ali, muito mais tempo do que era necessário para levar a sopa.

– Lembro-me bem dessa época – recomeçou o comerciante e K. logo voltou toda a sua atenção a ele – quando o meu processo tinha a mesma idade do seu. Na ocasião, eu tinha apenas esse advogado, mas não estava muito satisfeito com ele.

"É agora que vou descobrir tudo", K. pensou e confirmou animadamente com a cabeça, como se, assim, pudesse estimular o comerciante a falar tudo o que valeria a pena saber.

– Meu processo – continuou o comerciante – não avançava. Aconteciam investigações, eu ia a algumas delas, recolhia materiais, paguei todos os meus registros contábeis no fórum (o que nem era necessário, como descobri mais tarde), vivia visitando o advogado e ele me trazia várias petições.

– Várias petições? – K. perguntou.

– Sim, com certeza – respondeu o comerciante.

– Isso é muito importante para mim – respondeu K. – No meu caso, ele ainda está trabalhando na primeira petição. Ele ainda não fez nada. Agora percebo que estou sendo vergonhosamente negligenciado.

– Pode haver vários motivos legais para a petição ainda não estar pronta – falou o comerciante. – Aliás, no caso das minhas petições, elas se mostraram totalmente inúteis mais tarde. Eu mesmo li uma delas em um encontro com um funcionário de justiça. Até que tinha bastante erudição, mas, no fundo, ela carecia de conteúdo. Acima de tudo, havia muitas coisas em latim, que não entendo; depois, páginas e mais páginas de apelos gerais para a justiça; em seguida, bajulações para funcionários específicos que nem eram citados de verdade, mas que precisavam ser inferidos pelos envolvidos. Depois, enaltecimento do próprio advogado, no qual ele se humilhava como um cão perante a justiça e, finalmente, estudos de casos jurídicos antigos semelhantes ao meu. Até onde pude acompanhar, tais estudos foram conduzidos com muito esmero. Não quero dar explicações sobre o trabalho do advogado com tudo isso, a petição que li era só uma entre várias; no entanto, e é disso que quero falar agora, naquela época eu nunca conseguia ver o meu processo avançar.

– E que tipo de avanço o senhor queria ver? – K. indagou.

– O senhor faz muitas perguntas, não é? – falou o comerciante sorrindo. – Nesse processo, só conseguimos ver avanços muito raramente. Mas, na época, eu não sabia disso. Sou comerciante e antes eu o era muito mais do que hoje. Queria ver avanços palpáveis, tudo tinha que se encaminhar para o fim ou, pelo menos, evoluir de fato. Ao invés disso, havia apenas inquéritos quase sempre com o mesmo teor; as respostas eu já tinha preparadas como uma ladainha; os portadores da justiça iam várias vezes por semana à minha loja, à minha casa ou a qualquer lugar onde pudessem me encontrar, o que era incômodo, obviamente (pelo menos isso está muito melhor hoje em dia, os apelos por telefone me incomodam menos), começaram a correr boatos sobre o meu processo entre os meus parceiros de negócios e, sobretudo, entre os meus familiares. Os danos começaram a surgir por todos os lados, mas ainda não havia o menor sinal de que a primeira audiência, pelo menos, fosse acontecer em breve. Por isso, eu ia até o advogado para reclamar. Ele me dava longas explicações, porém, negava-se terminantemente a fazer alguma coisa nesse sentido, afirmando que ninguém tinha influência sobre o agendamento da audiência, que era simplesmente um absurdo solicitar uma petição da maneira que eu exigia e que aquilo acabaria comigo e com ele. Então pensei: "O que esse advogado não quer ou não pode fazer, outro poderá e desejará". E aí fui atrás de outro advogado. Já vou logo adiantando: nenhum deles exigiu ou impôs o agendamento da audiência (exceto por uma ressalva que ainda quero citar, é realmente impossível fazer isso, nesse sentido, portanto, esse advogado não me decepcionou); no geral, contudo, não me arrependo de ter consultado outros advogados. Certamente, o senhor já ouviu o dr. Huld falar alguma coisa sobre os rábulas, provavelmente os apresentou como seres bastante abjetos, o que de fato são. No entanto, ele sempre deixa escapar um pequeno erro quando fala a respeito disso e os compara a seus colegas, e é para isso que quero chamar a sua atenção. Para diferenciar os advogados do seu círculo, ele sempre os chama de "grandes advogados". Isso está errado, é claro que qualquer um pode se chamar de "grande" se quiser, mas, nesse caso, é o uso jurídico que dá a palavra final. Segundo ele, além dos rábulas, há ainda os pequenos e os grandes advogados. Esse advogado e os seus colegas pertencem apenas à classe dos pequenos advogados. Os grandes advogados, sobre os quais apenas ouvi falar, mas nunca vi, estão em um nível incomparavelmente acima dos pequenos advogados, assim como estes estão em relação aos famigerados rábulas.

– Grandes advogados? – K. perguntou. – Quem são eles? Como podemos falar com eles?

– Então o senhor nunca ouviu falar deles? – questionou o comerciante. – Quase não há um réu que não sonhe com eles por um tempo depois de os descobrir, mas não caia nessa tentação. Não sei quem são os grandes advogados, e não há como falar com eles. Não conheço nenhum caso em que se possa afirmar com certeza que eles atuaram. Eles até defendem alguns, mas não é possível trazê-los por vontade própria, eles só defendem aqueles que querem defender. A ação que assumem, no entanto, precisa já ter passado pela primeira instância. No geral, o melhor a se fazer é não pensar neles, caso contrário, as conversas com os outros advogados, seus conselhos e sua assistência parecem tão infames e inúteis (eu mesmo passei por isso) que a vontade é de jogar tudo para o alto, ir para casa, deitar-se na cama e não querer saber de mais nada. E isso seria o mais idiota a se fazer, obviamente, pois nem na cama conseguimos ter muito sossego.

– Então, o senhor não ficou pensando nos grandes advogados na época? – perguntou K.

– Não por muito tempo – respondeu o comerciante sorrindo de novo. – Infelizmente, não é possível esquecê-los por completo, a madrugada parece ser o momento mais propício para tais pensamentos. Mas, na ocasião, eu queria sucessos imediatos e, por isso, fui falar com os rábulas.

– Olha só os dois aí juntinhos! – exclamou Leni, que voltou com a chávena e estava parada na porta.

Eles estavam mesmo sentados bem próximos um do outro, o menor dos movimentos faria com que batessem a cabeça; o comerciante, além de franzino, ainda mantinha as costas encolhidas, de modo que K. fora forçado a curvar-se bastante se quisesse ouvir tudo.

– Espere mais um pouquinho – K. repreendeu Leni, fazendo um movimento impaciente com a mão que ainda estava em cima da mão do comerciante.

– Ele quer que eu conte sobre o meu processo – o comerciante informou Leni.

– Conte então, conte – ela respondeu.

Ela falava com o comerciante com afeto, mas também com condescendência. K. não gostou disso; agora ele percebia que o homem tinha certo valor; para começar, acumulava experiências que não via problema em dividir. Era provável que Leni não o estivesse julgando corretamente. Com raiva, K. observou Leni pegar a vela das mãos do comerciante, que a segurara por todo esse tempo, limpar a mão dele com o avental e abaixar-se ao seu lado para tirar um pouco de cera que tinha pingado nas suas calças.

– O senhor queria me contar sobre os rábulas – falou K. empurrando a mão de Leni para longe sem mais explicações.

– O que você tem hoje? – perguntou Leni, estudando K. brevemente e seguindo com o trabalho.

– Certo, os rábulas – falou o comerciante e franziu a testa como se estivesse pensando.

K. quis ajudá-lo e disse:

– O senhor queria resultados imediatos e, por isso, procurou os rábulas.

– Exatamente – respondeu o comerciante, mas não continuou.

"Talvez ele não quisesse falar sobre isso na frente de Leni", K. pensou, conteve a impaciência, pois queria ouvir o resto agora e parou de pressioná-lo.

– Você me anunciou? – perguntou a Leni.

– É claro – ela disse. – Ele já está esperando você. Deixa o Block aí, pode falar com ele mais tarde também, ele vai ficar por aqui.

K. hesitou.

– O senhor ficará aqui? – perguntou ao comerciante.

Ele queria ouvir sua própria resposta, não que Leni falasse do comerciante como se ele não estivesse ali; sentia uma raiva incompreensível de Leni naquele dia. E, de novo, foi ela quem respondeu:

– Ele dorme aqui com frequência.

– Dorme aqui? – bradou K., pois tinha pensado que o comerciante apenas o esperaria ali enquanto resolvia rapidamente a conversa com o advogado e, depois, ambos iriam embora juntos para conversar sobre tudo detalhadamente sem serem interrompidos.

– Dorme – Leni respondeu. – Nem todos são como você, Josef, que pode entrar e falar com o advogado quando bem entende. Parece que você nem se surpreende por ser recebido pelo advogado às onze horas da noite, mesmo ele estando doente. Você pressupõe que as coisas que os seus amigos fazem por você são óbvias. Pois bem, eles, ou eu, pelo menos, fazem isso com prazer. Não quero nenhum outro agradecimento e não preciso de nada além do seu amor.

"Do meu amor?", K. pensou em um primeiro momento. Apenas depois lhe passou pela cabeça o pensamento: "É verdade, eu a amo".

Apesar disso, ele disse, negligenciando todo o resto:

– Ele me recebe porque sou seu cliente. Se fosse necessária uma ajuda extra para isso também, seria preciso pedir e agradecer o tempo inteiro a cada passo.

– Como ele está malvado hoje, não é? – Leni debochou com o comerciante.

"Agora parece que sou eu que não estou aqui", pensou K., e quase ficou bravo com o comerciante quando este falou, concordando com a grosseria de Leni:

– O advogado o recebe também por outros motivos. Podemos dizer que o caso dele é mais interessante que o meu. Além disso, seu processo está nos primórdios, então provavelmente ainda não se perdeu muito e, por isso, o advogado gosta de lidar com ele por enquanto. A coisa muda mais para a frente.

– Está bem, está bem – Leni disse olhando para o comerciante com um sorriso. – Como é tagarela! Você – disse agora se voltando para K. – não deve acreditar em nada do que ele diz. Ele é tão gentil quanto tagarela. Talvez seja por isso que o advogado não gosta dele. De todo modo, só o recebe quando está de bom humor. Já me esforcei bastante para mudar isso, mas é impossível. Veja só, às vezes, eu anuncio Block e o advogado só o recebe três dias depois. Se Block não estiver presente quando é chamado, tudo se perde e ele precisa ser anunciado de novo. Por isso, autorizei Block a dormir aqui, inclusive, já aconteceu de ele ser chamado durante a noite. Agora Block fica disponível também durante a madrugada. Além disso, constantemente acontece de o advogado voltar atrás com a autorização de deixá-lo entrar quando percebe que Block está aqui.

K. lançou um olhar questionador para o comerciante. Ele fez que sim com a cabeça e falou tão abertamente quanto havia falado antes com K., talvez desconcertado de vergonha:

– É, ficamos bastante dependentes do nosso advogado mais para a frente.

– Ele só está reclamando para aparecer – falou Leni. – Já até me disse várias vezes que gosta bastante de dormir aqui.

Ela foi até uma portinha e abriu-a.

– Quer ver o quarto dele? – perguntou a K., entrando e olhando da soleira para dentro do quarto baixo sem janelas, completamente ocupado por uma cama estreita. Para deitar-se nela, era preciso escalar o dossel. Na parede da cabeceira, via-se um nicho com uma vela, um tinteiro e uma pena, além de montes de documentos (talvez ofícios do processo) organizados de forma bem rigorosa.

– O senhor dorme no quartinho da empregada? – K. perguntou virando-se para o comerciante.

– Leni arrumou-o para mim – respondeu o comerciante. – É bastante útil.

K. observou-o por bastante tempo; talvez a primeira impressão que teve do comerciante estava mesmo correta; ele tinha experiência, pois seu processo já era bastante antigo, mas pagava caro por essa experiência. De repente, não conseguiu mais suportar a visão do comerciante.

– Coloque-o para dormir – ordenou a Leni, que pareceu não entender o que ele quis dizer.

Ele queria ir falar com o advogado sozinho e, com a demissão, livrar-se não apenas do advogado, mas também de Leni e do comerciante. Tinha acabado de chegar na porta quando o comerciante falou em voz baixa:

– Senhor procurador... – K. virou-se de cara feia. – O senhor se esqueceu da sua promessa – disse o comerciante inclinando-se suplicante na sua cadeira em direção a K. – O senhor também ia me contar um segredo.

– É verdade – respondeu K., dirigindo-se também a Leni, que o observava com atenção. – Ouça, quase não é mais segredo. Estou indo falar com o advogado para dispensá-lo agora.

– Ele vai dispensá-lo! – gritou o comerciante pulando da cadeira e dando voltas na cozinha com os braços para cima. Depois repetiu aos gritos:

– Ele vai dispensar o advogado!

Leni quis sair correndo atrás de K., mas o comerciante entrou no seu caminho, e ela lhe deu um soco por isso. Ainda com as mãos fechadas, correu atrás de K. que havia tomado a dianteira. Ele já estava dentro do quarto do advogado quando Leni o alcançou. Quase conseguiu fechar a porta atrás de si, mas Leni usou o pé para mantê-la aberta, pegou-o pelo braço e quis puxá-lo de volta. No entanto, K. apertou seu pulso com tanta força que ela teve que o largar com um gemido. Como Leni demorou para se atrever a entrar no quarto, K. trancou a porta com a chave.

– Estou esperando pelo senhor há bastante tempo já – falou o advogado da cama, deixando na mesinha de cabeceira o documento que estava lendo à luz de uma vela e colocando os óculos através dos quais lançava a K. um olhar penetrante. Em vez de se desculpar, K. disse:

– Logo vou embora.

O advogado não deu atenção à observação de K., que não era uma desculpa e respondeu:

– Da próxima vez, não o deixarei mais entrar assim tão tarde.

– Isso é favorável ao meu pedido – K. respondeu.

O advogado olhou-o com ar questionador.

– Sente-se – disse.

– Como o senhor desejar – retrucou K., puxando uma cadeira para perto da mesinha de cabeceira e sentando-se.

– Parece que o senhor trancou a porta – comentou o advogado.

– Sim – confirmou K. – É por causa de Leni – ele não tinha a menor vontade de resguardar ninguém.

Mas o advogado indagou:

– Ela estava assanhada de novo?

– Assanhada? – K. repetiu.

– É – respondeu o advogado rindo, teve um acesso de tosse e, depois de parar de tossir, tornou a rir. – Tenho certeza de que o senhor já percebeu o assanhamento dela, não percebeu? – ele perguntou batendo na mão de K. que estava apoiada distraidamente na mesinha de cabeceira e que ele, agora, puxava de volta com rapidez. – Se o senhor não dá muita importância para isso – falou o advogado diante do silêncio de K. –, tanto melhor. Caso contrário, talvez eu tivesse que lhe pedir desculpas. Trata-se de uma particularidade de Leni que escondi por muito tempo e sobre a qual não falaria se o senhor não tivesse acabado de trancar a porta. Essa particularidade (na realidade, eu gostaria de explicá-la o mínimo possível para o senhor, mas seu olhar está tão consternado que farei isso), essa particularidade consiste no fato de Leni achar belos quase todos os réus. Ela se interessa por todos, ama todos e parece ser amada por todos de volta, quando eu permito, às vezes, ela até me conta sobre eles. O senhor parece mais surpreso do que eu com essa história toda. Quando se olha sobre a perspectiva correta, os réus são realmente belos. De fato, trata-se de uma manifestação curiosa e científica, até certo ponto. Obviamente, não é como se a acusação resultasse em uma alteração nítida e facilmente distinguível na aparência. Não é como acontece com as outras ações judiciais, nas quais a maioria permanece seguindo sua vida como de costume e não é incapacitada pelo processo quando tem um bom advogado para cuidar das coisas. Apesar disso, aqueles que têm experiência conseguem identificar cada réu na multidão. "Como?" o senhor me perguntará. Minha resposta não lhe satisfará. Os detidos são os mais belos inclusive. Não pode ser a culpa que os torna belos, pois (e, pelo menos eu, como advogado, devo dizer isso) é claro que nem todos são culpados, também não pode ser a punição correta que os torna belos, uma vez que nem todos serão punidos, o motivo, portanto, só pode ser o processo movido contra eles, que os vincula de alguma forma. Há ainda, entre os belos, os especialmente belos, mas todos são belos, inclusive Block, aquele verme miserável.

Quando o advogado terminou, K. estava muitíssimo controlado, ele tinha até balançado a cabeça concordando com as últimas palavras e confirmado para si mesmo a antiga opinião de que o advogado sempre tentava distraí-lo (como também fizera desta vez) com observações gerais que nada tinham a ver com a ação, a fim de tentar fugir da questão principal, que era falar sobre o verdadeiro trabalho realizado para a ação de K. O advogado percebeu que K. estava mais resistente que de costume e emudeceu para dar a K. a oportunidade de falar. Como K. permaneceu em silêncio, o advogado perguntou:

– O senhor veio falar comigo hoje por algum motivo em especial?

– Vim – respondeu K. e ocultou um pouco a vela com a mão para poder ver melhor o advogado. – Gostaria de dizer que, no presente dia, quero dispensá-lo da minha representação.

– Estou entendendo direito? – perguntou o advogado, levantando meio corpo na cama e apoiando-se com uma mão no travesseiro.

– Creio que sim – respondeu K., sentado de forma tão ereta que parecia que estava à espreita.

– Bem, podemos conversar sobre esse plano – falou o advogado após um momento.

– Não há mais plano nenhum – respondeu K.

– Pode ser – disse o advogado. – Mas nós não queremos atropelar nada. Ele usava a palavra "nós" como se não tivesse intenção de libertar K. e como se quisesse, no mínimo, ser seu conselheiro, caso não pudesse mais ser seu representante.

– Não tem nenhum atropelo – falou K., ficando em pé lentamente e indo para trás da sua cadeira. – Tudo foi bem pensado e talvez tenha até demorado mais do que deveria. É minha decisão final.

– Então, permita-me dizer apenas algumas palavras – replicou o advogado levantando seu edredom e sentando-se na beirada da cama. Suas pernas descobertas cheias de pelos brancos tremeram de frio. Ele pediu para K. pegar uma manta ali no canapé. K. pegou a manta e disse:

– O senhor vai pegar um resfriado à toa.

– A ocasião é importante o bastante – respondeu o advogado enquanto envolvia o tronco com o edredom e enrolava as pernas na manta. – Seu tio é meu amigo e também passei a simpatizar com o senhor conforme o tempo foi passando. Digo isso com sinceridade. Não tenho do que me envergonhar.

K. não considerava nem um pouco desejável esse discurso sentimental do velho, pois ele o forçaria a ter que dar uma explicação detalhada que gostaria muito de evitar; além disso, o fato de o advogado falar abertamente o deixava inseguro, apesar de tal discurso nunca fazê-lo voltar atrás na sua decisão.

– Agradeço-lhe pela gentil consideração – falou. – Também reconheço que o senhor assumiu muito bem a minha ação, na medida em que lhe foi possível e da forma que me era mais favorável. Entretanto, nos últimos tempos, percebi que isso não é o suficiente. É claro que jamais tentarei convencer o senhor, um homem muito mais velho e experiente que eu, sobre as minhas opiniões, peço-lhe desculpas se tentei fazer isso involuntariamente alguma vez, mas a ação é importante o bastante, como o senhor acabou de dizer, e estou convicto de que seja preciso atuar no processo de forma muito mais intensa do que foi feito até agora.

– Eu o compreendo – respondeu o advogado. – O senhor está impaciente.

– Não estou impaciente – retrucou K. um pouco agressivamente, deixando de medir um pouco as palavras. – Na primeira visita que lhe fiz com meu tio, o senhor deve ter notado que eu não ligava muito para o processo, se alguém não me fizesse lembrar dele à força, eu o esquecia completamente. Porém meu tio me persuadiu a contratá-lo para me representar e assim o fiz para agradá-lo. Era de se esperar, portanto, que o processo me preocupasse menos do que me preocupava até então, pois passamos a representação ao advogado justamente com o intuito de transferir um pouco a carga do processo. Mas o que aconteceu foi o contrário. Antes, não me preocupava tanto com o processo como me preocupo desde que o senhor me representa. Quando eu estava sozinho, não fazia nada a respeito da ação, mas também quase não a sentia; agora que tenho um representante; no entanto, tudo está disposto para que alguma coisa aconteça, estou sempre tenso esperando que o senhor atue de alguma forma, mas nada acontece. É claro que o senhor me traz várias informações sobre a justiça, que eu talvez não conseguisse com nenhuma outra pessoa. Mas, para mim, isso não é o bastante, justamente agora que o processo está me pressionando cada vez mais às escondidas.

K. bateu na cadeira na sua frente e ficou ali parado ereto com as mãos nos bolsos do casaco.

– A partir de um determinado momento da atuação – afirmou o advogado tranquilamente em voz baixa –, não acontece nada novo de verdade. Quantos contraentes com processos em estágios semelhantes ao seu não ficaram aí em pé diante de mim dizendo coisas parecidas...

– Então – respondeu K. –, todos esses contraentes análogos tiveram tanta razão quanto eu. Isso não refuta meus argumentos.

– Eu não quis refutá-lo, mas queria acrescentar que eu esperava que o senhor tivesse mais discernimento que os outros, sobretudo porque o informei mais sobre o sistema jurídico e a minha atividade do que normalmente faço com os contraentes. E, agora, sou obrigado a perceber que, mesmo assim, o senhor não confia o bastante em mim. O senhor não me facilita as coisas.

Como o advogado estava se rebaixando diante de K.! E sem qualquer consideração à sua honra, que com certeza estava muito vulnerável nesse momento. Por que ele estava fazendo isso? Pelo que parecia, ele realmente era um advogado bastante ocupado, além de ser um homem rico, não era possível que a perda da remuneração ou um cliente a menos fossem assim tão importantes. Além disso, ele estava doente e deveria estar ansioso para ter um pouco menos de trabalho. E, ainda assim, segurava K. desse jeito! Por quê? Será que ele tinha uma simpatia pessoal pelo tio ou considerava o processo de K. realmente tão extraordinário que esperava ser honrado por ele ou (tal possibilidade jamais poderia ser descartada) pelos amigos do fórum? Não havia qualquer sinal disso nele próprio, por mais impiedosamente que K. o observasse. Era quase possível supor que ele estava aguardando o efeito das suas palavras com aquela proposital falta de expressão. Mas considerou o silêncio de K. favorável, pois continuou:

– O senhor deve ter percebido que tenho um escritório grande, mas não emprego nenhum auxiliar. Antes isso era diferente, houve um tempo no qual jovens juristas trabalhavam para mim. Atualmente trabalho sozinho. Isso se deve, em parte, à mudança na minha atuação, quando passei a me especializar cada vez mais em ações judiciais como a sua, e também pelo conhecimento mais profundo que fui acumulando sobre elas. Ponderei que não deveria confiar esse trabalho a ninguém se não quisesse pecar contra meus clientes e contra as tarefas que assumi. No entanto, a decisão de realizar todos os trabalhos sozinho trouxe consequências óbvias: precisei rejeitar quase todas as consultas de representação e pude aceitar apenas aquelas que me são mais próximas. De fato, há criaturas o suficiente, inclusive bem próximas a mim, que correm atrás de qualquer migalha que jogo fora. Além disso, fiquei doente de exaustão. Ainda assim, não me arrependo da minha decisão, talvez eu pudesse ter rejeitado mais representações do que realmente rejeitei, mas o fato de eu me dedicar totalmente aos processos assumidos mostrou-se absolutamente necessário e foi elogiado pelos bons resultados. Uma vez, em um escrito, encontrei uma bela definição da diferença entre a representação em ações judiciais normais e a representação em ações judiciais desse tipo. Era a seguinte: o advogado daquela direciona o cliente até o julgamento por um carretel de linha; o outro, por sua vez, coloca o cliente no ombro e, sem o colocar no chão, carrega-o até o julgamento e além. É isso. Mas não fui totalmente sincero ao dizer que eu nunca me arrependi desse enorme trabalho. Quando ele é tão mal reconhecido, como no seu caso, quase me arrependo.

O discurso deixou K. mais impaciente do que convencido. De alguma forma, percebia pelo tom de voz do advogado o que o esperaria caso cedesse: as falsas promessas recomeçariam, as alusões sobre o andamento da petição, sobre um ambiente mais favorável entre os funcionários da justiça, bem como sobre as grandes dificuldades que o trabalho enfrentava. Em resumo, tudo de conhecido seria citado até que o enfastiamento fosse alcançado a fim de iludir K. com esperanças incertas e amolá-lo com ameaças vagas. Isso tinha que ser evitado de uma vez por todas e, por isso, K. perguntou:

– O que o senhor faria com a minha ação se continuasse com a representação?

O advogado aceitou esse questionamento afrontoso e respondeu:

– Continuaria fazendo o que já tenho feito pelo senhor.

– Eu sabia. Então qualquer palavra a mais torna-se supérflua.

– Farei mais uma tentativa – disse o advogado, como se o que K. estava suscitando fosse acontecer com ele, não com K. – Tenho a impressão de que o senhor não apenas esteja sendo induzido a avaliar incorretamente minha advocacia, mas também a se portar de forma inconveniente, porque, apesar de ser um réu, as pessoas o tratam bem demais ou, para ser mais preciso, com descaso, as pessoas o tratam com aparente descaso. Este último tem seus motivos; com frequência, é melhor estar na corrente do que em liberdade. Mas quero mostrar para o senhor como os outros réus são tratados, talvez seja possível tirar algum aprendizado. Chamarei Block agora, destranque a porta e sente-se aqui ao lado da mesa de cabeceira.

– Com prazer – concordou K., fazendo o que o advogado pedira; afinal, ele estava sempre disposto a aprender. Em todo caso, para ter certeza, perguntou ainda:

– Mas o senhor entendeu que estou dispensando-o de me representar?

– Entendi – respondeu o advogado. – Mas o senhor pode revogar isso ainda hoje.

Ele deitou-se de volta na cama, puxou o edredom de plumas até os joelhos e virou-se para a parede. Então, chamou.

Leni apareceu quase simultaneamente ao toque da campainha, tentou descobrir o que tinha acontecido com um olhar apressado, mas ver K. sentado em silêncio ao lado da cama do advogado pareceu acalmá-la. Ela acenou com um sorriso para K., que a olhava fixamente.

– Vá buscar Block – ordenou o advogado.

No entanto, ao invés de ir buscá-lo, ela foi apenas até a porta e gritou:

– Block! Para o advogado! – e correu para trás da cadeira de K., provavelmente porque o advogado continuava virado para a parede e não mostrava interesse por nada. Começou então a incomodar K. ao se inclinar por cima do encosto da cadeira ou, muito de leve e com cuidado, passar as mãos pelos seus cabelos ou acariciar seu rosto. Por fim, K. tentou impedi-la segurando sua mão, o que ela autorizou após alguma relutância.

Block chegou rapidamente após o chamado, mas ficou parado à porta e parecia pensar se deveria entrar ou não. Ele levantou bem as sobrancelhas e balançou negativamente a cabeça, como se esperasse que o chamado do advogado fosse repetido. K. poderia tê-lo encorajado a entrar, mas tinha resolvido afastar-se de uma vez por todas não apenas do advogado, mas de todos que estavam naquela casa e, por isso, manteve-se imóvel. Leni também estava em silêncio. Block percebeu que, ao menos, ninguém o tinha mandado embora, então entrou nas pontas dos pés, o rosto tenso, as mãos contraídas atrás das costas. Manteve a porta aberta para uma possível retirada. K. nem olhava para ele, apenas fitava aquele monte de edredom debaixo do qual mal era possível ver o advogado, que estava encostado bem próximo da parede. Mas, então, ouviu-se sua voz:

– O Block está aqui? – perguntou. Essa pergunta reverberou em Block, que já havia voltado um bom trecho, como um soco no peito e outro nas costas. Ele cambaleou, manteve-se profundamente curvado e disse:

– A seu dispor.

– O que você quer? – indagou o advogado. – Você veio em má hora.

– Eu não fui chamado? – perguntou Block mais para si mesmo do que para o advogado, ergueu as mãos na sua frente para se proteger e já estava pronto para ir embora.

– Você foi chamado – replicou o advogado –, mas ainda assim veio em má hora.

E, após uma pausa, acrescentou:

– Você sempre vem em má hora.

Desde que o advogado começara a falar, Block não olhava mais para a cama, ao invés disso, encarava algum canto e só escutava, como se o olhar de soslaio do falante fosse muito mais ofuscante do que poderia suportar. No entanto, a escuta também era difícil, pois o advogado falava baixo e rápido, de cara com a parede.

– O senhor quer que eu vá embora? – perguntou Block.

– Agora que você já está aqui... – respondeu o advogado. – Fique!

Seria possível acreditar que o advogado não tinha atendido ao desejo de Block, mas o ameaçado de espancamento, pois agora ele tinha começado a tremer de verdade.

– Ontem – relatou o advogado – estive com o terceiro juiz, um amigo meu e aos poucos direcionei a conversa para falar de você. Quer saber o que ele disse?

– Ah, por favor – pediu Block.

Como o advogado não respondeu imediatamente, Block repetiu o pedido e inclinou-se como se quisesse ficar de joelhos. Então K. gritou para ele:

– O que você está fazendo?

Como Leni quis impedi-lo de berrar, ele segurou sua outra mão também. Ele não estava segurando-a com a força do amor, e ela bufava com frequência tentando desvencilhar-se dele. Block, no entanto, fora penalizado pelo grito de K., pois o advogado lhe perguntou:

– Quem é o seu advogado, hein?

– O senhor – respondeu Block.

– E além de mim? – questionou o advogado.

– Ninguém além do senhor – afirmou Block.

– Então, não é para você obedecer a mais ninguém – ordenou o advogado.

Block acatou completamente, encarava K. com uma expressão brava e balançava a cabeça com força para ele. Se fosse possível traduzir esse comportamento em palavras, certamente seriam xingamentos baixos. Era com essa gente que K. queria fazer amizade e conversar sobre sua própria ação!

– Não o atrapalharei mais – K. disse, encostando-se na cadeira. – Fique de joelhos ou rasteje de quatro, faça o que você quiser, não vou me preocupar com isso.

Mas Block ainda tinha alguma dignidade, pelo menos em relação a K., aproximou-se dele brandindo os punhos e gritando tão alto quanto ousava ao lado do advogado:

– O senhor não pode falar comigo assim, não é permitido. Por que o senhor está me ofendendo? E sobretudo aqui na frente do senhor advogado, onde nós dois, o senhor e eu, somos tolerados apenas por misericórdia? O senhor não é uma pessoa melhor do que eu, pois também está detido e também tem um processo. Se o senhor continua sendo um homem apesar disso, então eu também sou, isso se não for um homem ainda maior. E quero ser tratado como tal, inclusive pelo senhor.

Se o senhor se considera muito privilegiado por poder ficar aí sentado ouvindo em silêncio enquanto eu rastejo de quatro, como o senhor mesmo falou, gostaria de recordá-lo de um velho ditado: para os suspeitos, é melhor movimentar-se do que ficar parado, pois aquele que fica parado pode estar em um dos pratos da balança sem saber e ser pesado com seus pecados.

K. não disse nada, apenas olhava pasmo e fixamente para aquela pessoa maluca. Por quantas mudanças ele tinha passado somente nessas últimas horas! Será que era o processo que o jogava para lá e para cá e não lhe permitia distinguir os amigos dos inimigos? Será que não percebia que o advogado o humilhava de propósito com o único objetivo de enaltecer seu poder para K., a fim de talvez subjugá-lo também? Se Block não era capaz de perceber isso ou se temia tanto o advogado que nenhum conhecimento era capaz de ajudá-lo, como era possível ser tão esperto ou tão destemido a ponto de mentir para o advogado e esconder dele o fato de ter outros advogados trabalhando para si? E por que ousara atacar K., que poderia contar esse segredo rapidinho? Mas ele foi ainda mais audacioso, aproximou-se da cama do advogado e começou a reclamar de K. ali mesmo:

– Senhor advogado – disse –, o senhor ouviu como esse homem falou comigo. Dá para contar as horas do processo dele nas mãos e ele já quer me dar lição de moral. Logo eu, um homem que já está em processo há cinco anos. Ele até me xingou. Não sabe de nada e está me xingando, justo eu que já estudei direitinho, tanto quanto minhas escassas forças permitem, o que requer decoro, obrigatoriedade e uso jurídico.

– Não se preocupe com ninguém – disse o advogado – e faça o que lhe parece certo.

– Com certeza – Block respondeu como se estivesse dando coragem a si mesmo e ajoelhou-se rapidamente ao lado da cama sob um breve olhar de canto de olho. – Já estou ajoelhado, meu advogado – disse.

Contudo, o advogado ficou em silêncio. Block acariciou o edredom com uma mão com cuidado. No silêncio que agora predominava, Leni livrou-se das mãos de K. e falou:

– Você está me machucando. Me solta. Vou ficar com o Block.

Foi até ele e sentou-se na beirada da cama. Block ficou muito feliz com a sua chegada, logo pediu a ela com gestos enérgicos e mudos para interferir a seu favor com o advogado. Aparentemente, ele precisava das informações do advogado com muita urgência, mas talvez apenas com o objetivo de disponibilizá-las para serem usadas por seus outros advogados. Era provável que Leni soubesse exatamente como lidar com o advogado, pois apontou para a mão dele e apertou os lábios como se fosse dar um beijo. Rapidamente, Block beijou a mão do advogado e repetiu a ação mais duas vezes seguindo a orientação de Leni. Mas o advogado continuou em silêncio. Então, ela se curvou sobre o advogado, a bela silhueta de seu corpo tornou-se visível ao se esticar e acariciou o rosto dele até seus longos cabelos brancos. E isso deu resultado, pois ele respondeu:

– Estou em dúvida se conto a ele – disse o advogado e foi possível vê-lo balançar um pouco a cabeça, talvez para sentir melhor a pressão da mão de Leni.

Block escutava tudo com a cabeça abaixada, como se estivesse desobedecendo algum mandamento com essa escuta.

– Por que você está em dúvida? – Leni perguntou.

K. tinha a sensação de estar ouvindo uma conversa ensaiada que já havia se repetido e ainda se repetiria muitas vezes e que continuava sendo uma novidade apenas para Block.

– Como ele se comportou hoje? – perguntou o advogado ao invés de responder.

Antes de falar sobre isso, Leni baixou os olhos para Block e, por um momento, ficou observando-o levantar as mãos em sua direção e apertá-las em súplica. Por fim, ela assentiu seriamente com a cabeça, virou-se para o advogado e disse:

– Ele ficou quieto e foi dedicado.

Um velho comerciante, um homem de longas barbas, estava implorando para que uma jovem moça testemunhasse a seu favor. Por mais que tivesse segundas intenções, nada era capaz de justificar aquilo perante os olhos do próximo. Era quase degradante para o espectador. Então, esse era o efeito do método do advogado, ao qual K. felizmente não havia sido submetido por tempo o suficiente. No fim, o cliente esquecia-se do mundo inteiro e apenas esperava se arrastar por esse caminho errante até o término do processo. Aquilo não era mais um cliente, era o cachorro do advogado. Se o advogado tivesse o mandado se arrastar para baixo da cama, como se ali fosse uma casinha de cachorro, e latir, o homem certamente o faria com vontade. K. ouvia tudo com atenção e consideração, como se tivesse sido contratado para registrar exatamente o que era dito ali, reportar a declaração para um órgão superior e apresentar um relatório.

– O que ele fez o dia inteiro? – perguntou o advogado.

– Para que não atrapalhasse o meu trabalho – respondeu Leni –, eu o tranquei no quartinho de empregada, onde ele normalmente fica. Consegui ver o que ele estava fazendo de tempos em tempos pelas frestas. Estava sempre ajoelhado na cama, colocou no peitoril da janela os ofícios que você emprestou para ele e ficou lá lendo. Isso me deu uma boa impressão, pois a janela dá apenas para um pequeno túnel de ventilação e quase não tem luz. O fato de Block ler mesmo assim me mostrou como ele está obediente.

– Fico feliz em ouvir isso – disse o advogado. – Mas ele leu e compreendeu?

Block não parava de mexer os lábios durante essa conversa, estava nitidamente formulando a resposta que esperava que Leni desse.

– É claro que não posso responder isso com certeza – afirmou Leni. Em todo caso, vi que ele leu com bastante atenção. Ficou o dia inteiro lendo a mesma página e correndo o dedo pelas linhas durante a leitura. Sempre que eu o espiava, via-o suspirando, como se a leitura lhe exigisse muito esforço. Talvez os ofícios que você emprestou para ele sejam difíceis de entender.

– Sim – respondeu o advogado –, eles são mesmo. Também não acredito que ele tenha entendido alguma coisa. Mas tais ofícios servem apenas para lhe dar uma ideia de quão difícil é a luta para fazer a sua defesa. E por quem entrei nessa luta difícil? Por... É quase risível dizer isso em voz alta. Por Block. Ele também precisa entender o que isso significa. Ele estudou ininterruptamente?

– Quase ininterruptamente – respondeu Leni. – Só me pediu água para beber uma vez. Dei a ele um copo pela lucarna. Depois, às oito horas, deixei-o sair e dei-lhe algo para comer. Block olhou para K. pelo canto do olho, como se ele estivesse sendo exaltado e isso também fosse causar uma boa impressão em K. O comerciante parecia esperançoso agora, movimentava-se mais livremente e balançava-se nos joelhos para lá e para cá. E isso ficou ainda mais evidente quando congelou ao ouvir as palavras do advogado:

– Você o está elogiando, porém é difícil dizer o que tenho a dizer. O juiz não falou favoravelmente sobre Block, tampouco sobre seu processo.

– Não falou favoravelmente? – perguntou Leni. – Como isso é possível?

Block olhava para ela com um olhar tão tenso como se lhe confiasse agora a capacidade de fazer as palavras do juiz há muito tempo ditas ficarem a seu favor.

– Não falou favoravelmente – respondeu o advogado. – Inclusive, ele ficou incomodado quando comecei a falar sobre Block.

"Não fale do Block", falou o juiz.

"Ele é meu cliente", respondi.

"O senhor está abusando", falou.

"Não creio que a ação dele esteja perdida", respondi.

"O senhor está abusando", repetiu o juiz.

"Não acho", respondi.

"Block está empenhado com o processo e sempre atrás da ação dele. Está quase morando comigo para ficar o tempo todo a par da situação. Não é sempre que encontramos tal empenho. Está certo que ele não é uma pessoa agradável, tem péssimas maneiras e vive sujo, mas, do ponto de vista processual, ele é impecável". Falei "impecável" exagerando de propósito. Então, ele disse:

"Block é esperto. Ele já acumulou bastante experiência e sabe como conduzir a protelação do processo. No entanto, sua ignorância é muito maior do que sua esperteza. O que ele diria se descobrisse que o processo ainda nem começou, se lhe dissessem que o tiro de partida para o início do seu processo ainda nem foi dado."

– Quieto, Block – disse o advogado, pois Block começara a se erguer nos joelhos instáveis e estava prestes a pedir explicações.

Era a primeira vez que o advogado se dirigia a Block com palavras mais detalhadas. Com olhos cansados, olhou meio a esmo e meio para baixo em direção a Block, que, sob este olhar, voltou a afundar lentamente nos joelhos.

– Essa afirmação do juiz não tem importância nenhuma para você – falou o advogado. – Não se assuste assim com qualquer palavra. Que isso não se repita, pois, se acontecer, não contarei mais nada para você. Não dá para começar nenhuma frase sem que você comece a nos encarar como se fosse ouvir seu veredito. Você está passando vergonha aqui na frente do meu cliente! E, além disso, ainda abala a confiança que ele tem em mim. O que você está querendo? Enquanto você viver, estará sob a minha proteção. Que medo sem sentido! Você leu em algum lugar que, em alguns casos, o veredito é proferido inesperadamente por determinada boca em algum momento. Isso até pode ser verdade, com muitas ressalvas, mas também é verdade que detesto esse seu medo e entendo isso como falta de confiança. O que foi que eu disse? Repeti a afirmação de um juiz. Você já sabe que diversos pontos de vista vão se acumulando em torno do processo até a impenetrabilidade. Esse juiz, por exemplo, considera que o processo se inicia em um momento diferente. São opiniões divergentes e nada mais. De acordo com a tradição, o tiro de largada é dado em determinado estágio do processo. Do ponto de vista desse juiz, só então se inicia o processo. Agora, não posso lhe contar tudo que sugere o contrário, você não entenderia mesmo, mas basta saber que há muitas coisas que sugerem o contrário.

Perturbado, Block passava os dedos no tapete felpudo que ficava na frente da cama, o medo causado pela fala do juiz o fez esquecer-se momentaneamente da sua subserviência para com o advogado. Ele estava pensando apenas em si mesmo e revirando as palavras do juiz por todos os lados.

– Block! – chamou Leni em tom de advertência, puxando-o um pouco para cima pela gola do casaco. – Pare de mexer no tapete e preste atenção no advogado.

K. não entendeu como o advogado pensou que poderia ganhá-lo com essa apresentação. Se ele já não o tivesse afugentado antes, teria feito isso agora com toda essa cena.

Na catedral

K. recebeu a incumbência de mostrar alguns monumentos de arte a um parceiro de negócios muito importante para o banco, um italiano que estava se hospedando na cidade pela primeira vez. Era uma incumbência que ele certamente consideraria louvável em outro momento, mas que agora aceitava muito a contragosto, pois estava se esforçando bastante para conseguir manter sua reputação no banco. Doía-lhe a alma cada hora que ficava afastado do banco, ele já mal conseguia aproveitar o tempo no escritório tão bem quanto antes, durante várias horas apenas dava a entender que estava trabalhando de verdade, mas suas preocupações eram ainda maiores quando não estava no escritório. Nesses momentos, conseguia imaginar o diretor-adjunto, que sempre esteve de tocaia, entrando em seu escritório de vez em quando, sentando-se na sua mesa, mexendo nos seus documentos, recebendo os contraentes com os quais K. havia quase construído uma amizade ao longo dos anos e cortando suas relações, talvez até descobrindo erros, pois agora K. se sentia pressionado no trabalho em milhares de sentidos e não conseguia mais evitá-los. Quando era incumbido de fazer negócios fora ou até uma breve viagem, mesmo de modo louvável (e tais incumbências coincidentemente estavam se repetindo bastante nos últimos tempos), sempre pairava sobre ele a possibilidade de estarem afastando-o do escritório por um tempo para verificarem seu trabalho ou, no mínimo, porque não consideravam indispensável a sua presença ali. Ele poderia recusar a maioria dessas incumbências sem grande dificuldade, mas não ousava fazê-lo, pois, caso seu receio fosse minimamente justificado, a rejeição da incumbência certamente significaria a confissão do seu medo. Por esses motivos, aceitava essas funções com um estoicismo aparente e até escondeu um resfriado grave uma vez que precisou fazer uma exaustiva viagem de negócios de dois dias, apenas para não se expor ao risco de rejeitá-la citando o horrível clima outonal chuvoso que predominava na época. Ao voltar dessa viagem com dores de cabeça fortíssimas, descobriu que tinha sido escolhido para acompanhar o parceiro de negócios italiano no dia seguinte. A tentação de recusar a função pelo menos dessa única vez foi muito grande, sobretudo porque a tarefa para a qual tinha sido designado não estava diretamente relacionada aos negócios. Embora não houvesse dúvidas de que o cumprimento dessa obrigatoriedade comercial com o parceiro de negócios fosse bastante importante, apenas K. não a considerava, ele bem sabia que só conseguiria se garantir pelo sucesso do seu trabalho e, se isso não acontecesse, tudo teria sido completamente em vão, ele tinha que cativar o italiano inesperadamente. Não desejava ser enxotado da sua área de trabalho, pois o temor de não lhe permitirem voltar era grande demais, um temor que sabia ser exagerado, mas que, ainda assim, o limitava. Nesse caso, no entanto, foi quase impossível pensar em uma recusa aceitável: seus conhecimentos de italiano não eram muito extensos, mas, ainda assim, satisfatórios. O decisivo para a escolha, porém, foi o fato de K. ter certo conhecimento artístico adquirido anteriormente, uma informação que foi difundida no banco de forma exagerada, pois ele tinha sido membro da Associação de Preservação dos Monumentos de Arte Urbanos durante um tempo apenas para fins comerciais. Ficaram sabendo que o italiano era um apreciador de arte e K. passou a ser a escolha óbvia para acompanhá-lo.

Já muito irritado com o dia que tinha pela frente, K. chegou no escritório às sete horas daquela manhã bastante tempestuosa a fim de conseguir concluir pelo menos uma parte do trabalho antes da visita afastá-lo de tudo. Estava muito cansado, pois tinha passado metade da madrugada estudando um livro de gramática italiana para ao menos se preparar um pouco, a janela, à beira da qual ficava com uma frequência exagerada nos últimos tempos, o atraía mais do que a escrivaninha, mas resistiu e sentou-se para trabalhar. Infelizmente, o empregado entrou naquele momento para avisar que o senhor diretor o havia enviado para ver se o senhor procurador já estava lá e, caso estivesse, pedir-lhe para fazer a gentileza de ir até a recepção, pois o senhor da Itália já estava lá.

– Já estou indo – disse K., guardou um pequeno dicionário na pasta, colocou debaixo do braço um álbum com os pontos turísticos da cidade que tinha preparado para as pessoas de fora e passou pelo escritório do diretor-adjunto para ir à sala da direção.

Ele estava feliz por ter chegado tão cedo no escritório e poder estar à disposição imediatamente, algo que ninguém realmente esperava que acontecesse. Obviamente, o escritório do diretor-adjunto estava vazio como se estivessem no meio da madrugada, talvez o empregado também deveria chamá-lo para ir à recepção, mas seria em vão. Quando K. entrou na recepção, os dois homens levantaram-se das poltronas baixas. O diretor sorriu amigavelmente, pois era óbvio que estava muito contente com a vinda de K. Logo cuidou das apresentações, o italiano apertou a mão de K. com vigor e citou sorridente algum madrugador. K. não entendeu muito bem a quem ele se referia, era uma palavra incomum cujo significado ele apreendera apenas após algum tempo. Respondeu com algumas frases vazias que o italiano aceitou sorrindo de novo, passando uma mão nervosa no seu bigode espesso e grisalho. Parecia que ele tinha passado perfume no bigode, quase dava vontade de se aproximar para cheirá-lo. Depois de se sentarem e começarem uma conversa introdutória, K. percebeu com grande desconforto que entendia apenas alguns fragmentos do que o italiano dizia. Quando falava bem lentamente, compreendia-o quase que por completo, mas eram raras exceções, pois, na maior parte do tempo, as palavras jorravam-lhe pela boca e ele balançava a cabeça com vontade. Tais palavras transformavam-se com regularidade em algum tipo de dialeto que, para K., não tinha mais nada a ver com italiano, mas que o diretor não apenas compreendia como também falava, o que K. poderia ter previsto, uma vez que o italiano era do sul da Itália, onde o diretor também estivera por alguns anos. De todo modo, K. reconheceu que grande parte da possibilidade de entender o italiano ficara para trás, pois o francês do homem também era pouco compreensível e seu bigode cobria os movimentos dos lábios, os quais poderiam ter ajudado na compreensão. K. começou a prever várias situações desconfortáveis e, naquele momento, desistiu de querer entender o italiano (na presença do diretor, que o compreendia tão bem, aquilo era um esforço desnecessário) e limitou-se a observar com enfado a forma como ele afundava-se com leveza na poltrona, como dava leves puxadinhas frequentes no seu casaco curto e bem cortado e como tentava descrever alguma coisa com um movimento com as mãos soltas e os braços erguidos, algo que K. não conseguiu captar apesar de ter se inclinado para a frente para não tirar os olhos daquela movimentação de punhos. Por fim, o cansaço de antes fez-se valer em K., que passou apenas a acompanhar a conversa com o olhar para lá e para cá mecânica e desocupadamente, por sorte e para seu espanto, percebeu a tempo que sua distração estava quase o fazendo se levantar, dar as costas e ir embora. Por fim, o italiano olhou para o relógio e levantou-se em um pulo. Após se despedir do diretor, aproximou-se tanto de K. que ele teve que empurrar a poltrona para trás para conseguir se mexer. O diretor, certamente percebendo nos olhos de K. a angústia que sentia em relação ao italiano, intrometeu-se na conversa de modo muito esperto e delicado, dando a entender que queria apenas dar um pequeno conselho enquanto, na verdade, resumia para K. de forma compreensível tudo o que o italiano falara incansavelmente. Assim, K. ficou sabendo que o italiano ainda tinha que resolver alguns negócios, que seu tempo infelizmente era curto e que não pretendia passar correndo pelos pontos turísticos, por isso, achava que seria muito melhor visitar somente a catedral e contemplá-la em detalhes (mas só faria isso se K. concordasse, obviamente, pois era ele quem tinha que decidir). Ele estava muito contente por fazer essa visita na companhia de um homem tão estudado e querido (com isso, referia-se a K., que não estava ocupado com nada além de ignorar o italiano e registrar rapidamente as palavras do diretor) e pediu-lhe para encontrá-lo na catedral dentro de duas horas, por volta das dez da manhã, se ainda fosse possível. Ele mesmo achava que, com certeza, já estaria por lá naquele horário. K. respondeu algo apropriado, o italiano primeiro apertou a mão do diretor, depois a de K.; em seguida, a do diretor de novo e, ainda meio virado para trás e sem ter exatamente parado de falar, dirigiu-se até a porta com os dois atrás de si. K. ainda ficou um tempinho com o diretor, que parecia especialmente desditoso naquele dia. Ele acreditou ter que se desculpar com K. de alguma forma e, lado a lado, intimamente, disse que primeiro tinha pensado em acompanhar o italiano ele mesmo, mas, depois (sem dar motivos mais detalhados), preferiu mandar K. em seu lugar. Caso não entendesse o italiano logo de cara, não precisaria se apavorar, pois a compreensão viria rapidamente e, mesmo se ele não entendesse muita coisa, não era tão ruim, pois, para o italiano, ser compreendido nem era tão importante. Além do mais, o italiano de K. era surpreendentemente bom e, com certeza, se sairia muito bem. Assim, K. estava dispensado. O tempo que sobrou ele ocupou procurando no dicionário algumas palavras que precisaria usar no passeio na catedral. Foi um trabalho incrivelmente desgastante, os empregados traziam a correspondência, os funcionários vinham com diversas perguntas e paravam na porta ao ver que K. estava ocupado, mas não iam embora até serem atendidos. O diretor-adjunto não pôde deixar de incomodá-lo, entrava na sala com frequência, pegou o dicionário da sua mão para folheá-lo aparentemente sem motivo algum, quando a porta abria, os contraentes apareciam na penumbra da antessala e inclinavam-se hesitantemente, pois queriam mostrar que estavam ali, mas não tinham certeza de que tinham sido vistos, tudo isso acontecia ao redor de K. enquanto ele reunia as palavras de que precisava, depois as buscava no dicionário, escrevia-as, treinava a sua pronúncia e, por fim, tentava decorá-las. Sua memória, que antes era boa, parecia tê-lo abandonado por completo. Por vezes, ficava tão furioso com o italiano por ter causado essa canseira que enterrava o dicionário embaixo dos papéis com a inabalável intenção de não se preparar mais, e admitia que não podia ficar perambulando para lá e para cá com o homem na frente das obras de arte da catedral e puxava o dicionário de volta com ainda mais raiva.

Exatamente às nove e meia, quando estava de saída, recebeu uma ligação telefônica, era Leni desejando-lhe um bom-dia e perguntando como ele estava, K. agradeceu com pressa e disse que naquele momento era impossível conversar, pois ele tinha que ir à catedral.

– À catedral? – perguntou Leni.

– É, oras, à catedral.

– Por que você vai à catedral? – questionou Leni.

K. tentou explicar resumidamente, mas ele mal tinha começado quando Leni o interrompeu de repente:

– Eles estão aperreando você. – Ele não suportaria lamentações sobre o fato de não ser desafiado nem esperado, despediu-se com poucas palavras, mas falou enquanto colocava o fone no lugar, meio para si mesmo, meio para a moça ao longe que não conseguia mais ouvir:

– É, ele estão me aperreando...

Agora já estava tarde e ele quase corria o risco de não chegar mais a tempo. Subiu no veículo levando o álbum do qual se lembrara no último segundo e que não tinha tido a oportunidade de entregar antes. Segurava-o firmemente nos joelhos e batucou nele de forma inquieta durante todo o percurso. A chuva estava mais fraca, mas ainda estava úmido, gelado e escuro, daria para ver pouca coisa na catedral e o resfriado de K. certamente pioraria bastante depois de ficar por tanto tempo em pé naquele azulejo gelado.

A praça da catedral estava bem vazia, K. lembrou-se de que, desde criança, reparava que quase todas as cortinas das casas dessa pracinha estavam sempre fechadas. Atualmente, no entanto, isso era mais compreensível que de costume. A catedral também parecia estar vazia, é claro que ninguém tinha tido a ideia de ir até lá naquela hora. K. andou pelas duas naves laterais encontrando apenas uma velha envolta em um lenço quente tricotando e olhando para a imagem de Maria à sua frente. De longe, viu ainda um empregado manco sumir por uma porta na parede. K. chegara pontualmente, as dez badaladas soaram assim que entrou, mas o italiano ainda não estava lá. Voltou para a entrada principal, ficou ali indeciso por um tempo e, na chuva, deu uma volta em torno da catedral para verificar se o italiano talvez não estivesse esperando por ele em uma entrada lateral qualquer. Não encontrou ninguém. Será que o diretor tinha entendido a hora errada? Também, como era possível entender direito aquela pessoa... De toda forma, K. teria que esperá-lo por uns trinta minutos. Como estava cansado, quis se sentar, voltou para dentro da catedral, encontrou um pequeno trapo de tapete em um degrau, arrastou-o com a ponta do pé para a frente do banco mais próximo, apertou bem o sobretudo em volta do corpo, levantou a gola e sentou-se. Para se distrair, abriu o álbum e folheou-o um pouco, mas logo precisou parar porque tinha ficado tão escuro que não conseguia mais distinguir nenhum detalhe ao olhar para a nave lateral mais próxima.

Ao longe, um grande triângulo de velas tremeluzia no altar principal. K. não conseguia dizer com certeza se já o tinha visto antes. Talvez as velas tivessem sido acesas naquele momento. Os sacristãos eram mesmo sorrateiros profissionais, quase não são notados. Ao se virar casualmente, K. percebeu também uma vela grande queimando com força presa em uma coluna não muito atrás dele. Era muito bonito, aquilo tudo era insuficiente para iluminar as imagens do altar, cuja maioria ficava pendurada na escuridão dos altares laterais e, pelo contrário, parecia que alastrava ainda mais a escuridão. O fato de o italiano não ter aparecido era tão conveniente quanto desrespeitoso, não daria para ver nada e eles teriam que se contentar em ficar catando meticulosamente alguns quadros com a lanterna elétrica de K. Para testar o que seria possível esperar daquilo, K. dirigiu-se até uma pequena capela lateral, subiu alguns degraus até chegar em um busto baixo de mármore e, inclinado para ele, iluminou o quadro do altar com a lanterna. A luz eterna flutuou de modo incômodo. A primeira coisa que K. viu e descobriu parcialmente foi um grande cavaleiro armado pintado na borda mais externa da imagem. Apoiava-se na espada fincada no chão árido à sua frente (via-se apenas um gramado escasso aqui e ali). O homem parecia observar com atenção algum acontecimento adiante. Era impressionante vê-lo assim parado em pé, sem se aproximar. Talvez ele estivesse incumbido de montar guarda. Fazia bastante tempo que K. não via nenhum quadro e encarou o cavaleiro prolongadamente, mesmo tendo que piscar os olhos sem parar por não aguentar a luz verde da lâmpada. Ao iluminar o resto da imagem, deparou-se com o sepultamento de Cristo seguindo as tradições atuais, tratava-se, na verdade, de um quadro recente. Ele guardou a lanterna e voltou para o seu lugar.

Provavelmente, já não era mais necessário esperar pelo italiano agora; no entanto, lá fora chovia torrencialmente e, como ali dentro não estava tão frio, decidiu ficar lá por enquanto. Nas proximidades, estava o grande púlpito, em seu pequeno teto arredondado havia duas cruzes douradas vazias meio deitadas com as pontas externas se cruzando. A parede externa do peitoril e a passagem para a coluna de sustentação eram formadas por uma ramada verde na qual se via um anjinho ora agitado, ora tranquilo. K. ficou de frente para o púlpito e examinou-o por todos os ângulos, o trabalho com a pedra era bastante minucioso, a profunda escuridão entre a ramada e a parte de trás lhe parecia muito realista. K. colocou a mão em um daqueles vãos e tateou cuidadosamente a pedra, ele nunca soube da existência daquele púlpito até aquele momento. Então, sem querer, notou um sacristão parado atrás da fileira de bancos seguinte, estava vestindo um casaco preto cheio de pontas, segurando uma tabaqueira de rapé nas mãos e encarando-o.

“O que será que o homem quer?”, K. pensou. “Será que ele me considera suspeito? Será que ele quer um trocado?”.

No entanto, quando o sacristão percebeu que havia sido notado por K., começou a apontar para alguma direção incerta com a mão esquerda, segurando ainda entre dois dedos uma dose do tabaco.

Seu comportamento era quase incompreensível. K. esperou por um momento, mas o sacristão não parava de indicar alguma coisa com a mão e assentir energicamente com a cabeça.

– O que ele quer? – perguntou K. baixinho, pois, não ousava gritar ali.

Em seguida, puxou a carteira e espremeu-se entre o banco seguinte para tentar chegar até o homem. Este, contudo, imediatamente fez um movimento defensivo com a mão, deu de ombros e saiu mancando. Quando era criança, K. brincava de cavalgar com um andar parecido com o desse manco apressado.

"Que velho infantil...", pensou K. "Sua razão limita-se aos serviços paroquiais. Olha só como ele para quando eu paro e fica de tocaia para ver se vou querer continuar".

Rindo, K. seguiu o velho por toda a nave lateral quase até o topo do altar principal. O velho não parava de mostrar alguma coisa, mas K. não se virava de propósito, pois aquele sinal não tinha outra função a não ser despistá-lo. Por fim, deixou o homem para lá, não queria assustá-lo demais nem comprometer totalmente o seu visual caso o italiano ainda aparecesse.

Ao chegar na nave principal para procurar o lugar onde deixara o álbum, percebeu em uma coluna quase ao lado dos bancos da abside um pequeno púlpito lateral bastante simples, feito com uma pedra pálida sem ornamentos. Era tão pequeno que, a distância, parecia um nicho vazio destinado a receber uma estátua. O pregador decerto não conseguia dar um passo inteiro para trás do peitoril. Além disso, a abóbada de pedra do púlpito começava extraordinariamente baixa e elevava-se sem qualquer adorno, mas abaulava-se de modo que um homem de estatura mediana não seria capaz de se manter ali ereto, mas teria que ficar inclinado o tempo inteiro sobre o peitoril. Tudo parecia pensado para torturar o pregador, era incompreensível a necessidade desse púlpito se havia aquele outro tão grande e artisticamente decorado.

K. certamente não teria percebido esse pequeno púlpito se não houvesse uma lâmpada presa lá no alto, como se estivesse preparada para um sermão que aconteceria em breve. Será que haveria um sermão agora?

Com a igreja vazia? K. olhou para a escada da coluna que levava até o púlpito, era tão estreita que não parecia feita para uma pessoa, mas, sim, para decorar a coluna. Embaixo do púlpito (K. sorriu de surpresa ao perceber isso), havia realmente um clérigo segurando a grade com uma das mãos e pronto para subir, até olhar para ele. Então, saudou-o levemente com a cabeça, K. fez o sinal da cruz e se curvou, o que já deveria ter feito antes. O clérigo deu um pequeno impulso e subiu até o púlpito com passos curtos e rápidos. Será que iria mesmo começar um sermão? Talvez o sacristão não estivesse lá tão errado e quisesse direcionar K. até o pregador, o que realmente era necessário naquela igreja vazia. De toda forma, ainda havia a velha que estava em algum lugar de frente para o quadro de Maria e também poderia ter vindo. E, se ele fosse mesmo pregar um sermão, por que não seria acompanhado pelo órgão? Este, no entanto, continuava silencioso brilhando de leve na escuridão da sua grande altura.

K. pensou se não deveria sair correndo, caso não fizesse isso agora, poderia não haver oportunidade de fazê-lo durante o sermão e ele teria que ficar até o fim. Já tinha perdido muito tempo no escritório e não precisava mais esperar pelo italiano, pois viu no seu relógio que eram onze horas. Mas será que haveria mesmo uma pregação? K. sozinho podia representar a congregação? E se ele fosse só um estranho que estivesse apenas visitando a igreja? No fundo, não era nada além disso. Não fazia o menor sentido pensar que haveria um sermão agora, às onze horas da manhã de um dia útil com um tempo horrível. O clérigo (era um clérigo, sem dúvida, um homem jovem com um rosto liso e escuro) provavelmente tinha subido apenas para apagar a lâmpada que fora acesa por engano.

Mas não era o caso, o clérigo testou a luz várias vezes e abriu-a um pouco, em seguida, virou-se lentamente para o peitoril segurando com as duas mãos na borda acuminada. Ficou assim por um momento olhando ao redor sem mexer a cabeça. K. havia voltado um bom pedaço e apoiava-se com os cotovelos no primeiro banco da igreja. Com olhos incertos, viu em algum canto, sem conseguir determinar o local exato, o sacristão encolher-se em paz com as costas curvadas como se tivesse acabado de concluir uma tarefa. Que silêncio dominava a catedral agora! Mas K. precisaria interrompê-lo, ele não tinha a intenção de ficar ali, se o clérigo era obrigado a pregar em determinado horário sem considerar as condições, que assim o fizesse, mas não aconteceria na companhia de K., mesmo porque sua presença certamente não aumentaria o efeito da pregação. Lentamente, portanto, K. começou a seguir seu caminho, passou pelo banco na ponta dos pés, chegou no amplo corredor principal e seguiu por ali sem ser interrompido, o piso de pedra ressoando até com os passos mais leves e as abóbodas ecoando fraco, mas ininterruptamente, aquele avanço constante e regular. K. sentiu-se um pouco abandonado enquanto passava sozinho entre os bancos vazios, talvez sob a observação do clérigo, o tamanho da catedral também lhe parecia estar no limite do que ainda era possível ser suportado pelos homens. Ao chegar no seu lugar anterior, apanhou sem mais delongas o álbum que havia deixado lá e tomou-o para si. Já estava quase deixando a área dos bancos e aproximando-se da área livre entre ele e a saída quando ouviu a voz do clérigo pela primeira vez. Uma voz poderosa e experiente. Como preenchia aquela catedral preparada para recebê-la! Mas o clérigo não apelou à congregação, seu chamado era bastante claro e não havia como fugir, pois ele gritou:

– Josef K.!

K. ficou paralisado olhando para o chão. Por enquanto, ele ainda estava livre, podia continuar andando e salvar-se, passando por uma das três portas escuras de madeira que não estavam muito longe. Isso significaria que não tinha entendido ou que talvez tivesse entendido, mas não queria se preocupar com a questão. Caso se virasse, no entanto, estaria preso, pois admitiria que tinha entendido muito bem, que realmente era a pessoa que tinha sido chamada e que queria continuar com aquilo. Se o clérigo tivesse chamado mais uma vez, K. certamente continuaria andando, mas, como tudo ficou tão quieto enquanto esperava, virou um pouco a cabeça porque queria ver o que o clérigo faria em seguida. Ele estava parado silenciosamente no púlpito como antes, mas era nítido que tinha percebido a virada de cabeça de K. Tudo se transformaria num jogo infantil de esconde-esconde se K. não tivesse se virado totalmente agora. Mas assim o fez, e o clérigo mandou que se aproximasse com um gesto do dedo. Como tudo poderia acontecer naquele momento, ele andou a passos largos em direção ao púlpito (e fez isso tanto por curiosidade quanto para encurtar aquela situação). Parou nos primeiros bancos, mas o clérigo considerou a distância grande demais, estendeu a mão e apontou com o dedo indicador duro para um local quase em frente ao púlpito. K. seguiu até lá e, nesse lugar, era preciso inclinar a cabeça bem para trás para conseguir ver o clérigo.

– Você é Josef K. – disse o clérigo tirando uma das mãos do peitoril e fazendo um movimento incerto.

– Sou – respondeu K., pensando na frequência com que sempre dizia seu nome anteriormente; há algum tempo, considerava-o um fardo, pois agora até pessoas que ele encontrava pela primeira vez sabiam seu nome, como era bom apresentar-se primeiro e, somente então, ser conhecido.

– Você está sendo acusado – falou o clérigo bem baixinho.

– Estou – respondeu K. – Já me informaram a respeito.

– Então, é você que estou procurando – disse o clérigo. – Sou o capelão da prisão.

– Ah, sim – respondeu K.

– Pedi que lhe chamassem aqui – informou o clérigo – para conversar com você.

– Eu não sabia disso – replicou K. – Vim até aqui para mostrar a catedral para um italiano.

– Deixe o trivial para lá. O que é isso na sua mão? Um missal?

– Não – respondeu K. –, é um álbum com os pontos turísticos da cidade.

– Tire isso das suas mãos – ordenou o clérigo.

K. jogou-o com tanta força que o álbum abriu-se e arrastou-se um pouco pelo chão com as folhas amassadas.

– Você sabia que seu processo não vai bem? – perguntou o clérigo.

– Tenho a mesma sensação – K. respondeu. – Estou me esforçando muito, mas, até o momento, sem bons resultados. Além disso, ainda não terminei a petição.

– Como você imagina que isso vai terminar? – questionou.

– Antes eu pensava que poderia acabar bem – disse K. – Mas, agora, às vezes eu mesmo duvido. Não sei como vai terminar. Você sabe?

– Não – respondeu o clérigo –, mas temo que não acabará bem. As pessoas o consideram culpado. Talvez seu processo nem saia da primeira instância. Pelo menos por enquanto, as pessoas consideram que a sua culpa está comprovada.

– Mas eu não sou culpado – confessou K. – É um erro. Como uma pessoa pode ser culpada? Todos somos pessoas e somos todos iguais.

– Isso é verdade – falou o clérigo –, mas é assim que os culpados costumam falar.

– Você também me prejulgou mal? – K. quis saber.

– Não o prejulguei mal – afirmou o clérigo.

– Eu agradeço. Contudo, todos os outros envolvidos no processo me prejulgam mal. Eles influenciam até quem não está envolvido. Minha situação está cada vez mais difícil.

– Você está entendendo as coisas errado – disse o clérigo. – O veredito não chega de uma vez. O processo se passa gradualmente.

– Então é assim… – falou K. abaixando a cabeça.

– Qual é a próxima coisa que quer fazer na sua ação? – perguntou o clérigo.

– Ainda quero buscar ajuda – falou K. levantando a cabeça para ver como o clérigo avaliava isso. – Sei que há possibilidades que ainda não aproveitei.

– Você busca muita ajuda de fora – reprovou o clérigo –, especialmente das mulheres. Não percebe que não é uma ajuda de verdade?

– Posso dar-lhe razão às vezes, até com certa frequência, mas não sempre. As mulheres têm uma grande força. Se eu conseguisse movimentar algumas mulheres que conheço para trabalharem juntas para mim, eu conseguiria entrar, sobretudo nesse fórum formado quase exclusivamente por caçadores de mulheres. Basta mostrar uma mulher de longe para o juiz de instrução que ele vai sair correndo para chegar pontualmente onde ficam a mesa do tribunal e os réus.

O clérigo baixou a cabeça em direção ao peitoril, somente agora parecia que o teto do púlpito estava pressionando-o. Que temporal estava acontecendo lá fora? Não estava mais nem nublado, tinha virado uma noite escura. Nenhum dos vitrais das grandes janelas estava conseguindo interferir naquelas paredes escuras, nem que fosse com um brilho tímido. E, justamente agora, o sacristão começava a apagar as velas do altar principal, uma após a outra.

– Você está bravo comigo? – K. perguntou ao clérigo. – Talvez você não saiba a que tipo de justiça você está servindo.

Não recebeu uma resposta.

– De todo modo, são apenas as minhas experiências – falou K.

Lá em cima, silêncio.

– Não quis magoar você – disse K.

Então, o clérigo bradou para baixo em direção a K.:

– Você não consegue enxergar dois passos além?

Era um grito irado, mas, ao mesmo tempo, um grito de uma pessoa que vê outra caindo e, por estar assustada, grita com descuido e sem querer.

Então, os dois ficaram em silêncio por bastante tempo. Com certeza, o clérigo não conseguia distinguir K. com clareza na escuridão que reinava ali embaixo, enquanto K. podia ver o clérigo nitidamente à luz da pequena lâmpada. Por que o clérigo não descia? Ele não tinha feito um sermão, apenas dado alguns recados para K. que, se prestasse bem atenção, talvez lhe tivessem feito mais mal do que bem. No entanto, K. acreditava que o clérigo, sem dúvida, tinha boas intenções, não era impossível que, caso descesse, os dois se juntassem, e recebesse dele um conselho decisivo e aceitável que mostrasse, por exemplo, não como influenciar o processo, mas como se livrar dele, como lidar com ele, como conseguir viver fora do processo. Tal possibilidade deveria existir, K. pensava nela com frequência nos últimos tempos. Se o clérigo soubesse qual era essa possibilidade, talvez a revelasse se isso lhe fosse pedido, apesar de pertencer à justiça e ter reprimido seu jeito sossegado e até gritado com K. quando ele atacou o fórum.

– Você não quer descer? – sugeriu K. – Não vai pregar nenhum sermão mesmo. Desça aqui comigo.

– Agora já posso ir – respondeu o clérigo talvez se arrependendo por ter gritado. Enquanto soltava a lâmpada do gancho, disse:

– Primeiro eu precisava falar com você a distância. Caso contrário, deixo-me influenciar com muita facilidade e esqueço minha função.

K. esperou-o embaixo da escada. O clérigo estendeu-lhe a mão ainda nos degraus de cima ao descer.

– Você tem um tempinho para mim? – K. indagou.

– O tempo que você precisar – respondeu o clérigo dando a pequena lâmpada para K. carregar.

Mesmo tão próximo, um certo caráter cerimonioso se mantinha.

– Você é muito gentil comigo – falou K.

Um ao lado do outro, andavam para cima e para baixo na nave lateral escura.

– Você é uma exceção entre todos os que pertencem à justiça. Confio mais em você do que em qualquer outra pessoa de lá e olha que já conheço várias. Consigo conversar abertamente com você.

– Não se engane – falou o clérigo.

– Não devo me enganar com o quê? – K. perguntou.

– Você se engana com a justiça – disse o clérigo. – Nas escrituras introdutórias da lei, diz-se o seguinte sobre esse engano: há um guardião na frente das portas da lei. Um homem da Terra chega até esse guardião e pede para entrar na lei, mas o guardião da porta diz que não pode conceder sua entrada naquele momento. O homem reflete e, em seguida, pergunta se ele poderá entrar mais tarde. "É possível", diz o guardião da porta. "Mas agora não". Como o portão da lei está sempre aberto e o guardião fica ao lado dele, o homem curva-se para espiar portão adentro. Ao notar isso, o guardião ri e diz: "Se a tentação é tão grande, tente entrar apesar da minha proibição. Mas tenha em mente que sou poderoso. E sou apenas o guardião da porta do nível mais baixo. Há um guardião da porta mais poderoso que o outro em cada salão. Eu já não consigo suportar nem o olhar do terceiro". O homem da terra não esperava por essas dificuldades, pensava que a lei devia estar sempre acessível a qualquer pessoa, mas, agora, ao olhar bem para o guardião da porta em seu manto felpudo, seu grande nariz pontudo, a barba longa, fina, negra e tártara, decide que é melhor esperar até receber autorização para entrar. O guardião da porta dá a ele uma banqueta e deixa-o sentar-se ao lado da porta. E lá ele fica sentado por dias e anos. Tenta entrar várias vezes e cansa o guardião da porta com seus pedidos. Com frequência, o guardião da porta faz-lhe pequenos interrogatórios, pergunta sobre sua terra natal e sobre várias outras coisas, mas não passam de perguntas apáticas como as feitas pelos grandes homens e, por fim, termina sempre dizendo que ainda não pode deixá-lo entrar. O homem, que está muito bem preparado para a viagem, usa tudo e ainda é tão poderoso a ponto de subornar o guardião da porta. Este aceita tudo, mas diz: "Estou aceitando isso apenas para que tu não penses que estou negligenciando alguma coisa". Durante aqueles muitos anos, o homem observa o guardião da porta quase ininterruptamente. Ele esquece que há outros guardiões e esse primeiro parece ser o grande obstáculo para a sua entrada na lei. Nos primeiros anos, pragueja contra o infeliz acaso em voz alta; mais tarde, conforme vai envelhecendo, apenas resmunga para si mesmo. Ele torna-se pueril e, ao estudar o guardião da porta por tantos anos, consegue reconhecer até as pulgas da sua gola felpuda, e também às pulgas pede ajuda para fazer o guardião da porta mudar de ideia. Enfim, sua visão se enfraquece e ele não sabe se o entorno realmente está escurecendo ou se seus olhos o estão enganando. Agora, na escuridão, percebe o brilho inextinguível que emana das portas da lei. Não viverá por muito mais tempo. Diante da morte, todas as experiências daquele tempo se resumem em uma pergunta em sua mente, uma pergunta que ainda não tinha feito ao guardião da porta. Ele acena, pois já não consegue mais erguer o corpo enrijecido. O guardião da porta precisa se inclinar profundamente em sua direção, pois a diferença de altura mudou demais, para azar do homem.

"O que queres saber agora?", pergunta o guardião da porta. "Tu és insaciável." "Todos se esforçam para chegar até a lei", diz o homem. "Como é possível que, durante esses anos, ninguém além de mim tenha pedido para ser admitido?". O guardião da porta percebe que o homem estava chegando ao fim e, para alcançar aquela audição quase perdida, urra: "Ninguém poderia ser admitido aqui, pois essa entrada é designada apenas para ti. Agora irei até lá e a fecharei".

– Então, o guardião da porta iludiu o homem – falou K. imediatamente, bastante envolvido pela história.

– Não seja precipitado – disse o clérigo. – Não aceite a opinião alheia sem a verificar. Contei a história *ipsis litteris,* como está nas escrituras. Não há nada sobre ilusão ali.

– Mas é óbvio – K. respondeu – e sua primeira interpretação estava certa. O guardião da porta apenas proferiu a mensagem catártica quando ela não podia mais ajudar o homem.

– Ele não perguntou antes – retrucou o clérigo. – Tenha em mente também que ele era apenas um guardião da porta e que, desse modo, cumpriu seu dever.

– Por que você acha que ele cumpriu seu dever? – questionou K. – Ele não o cumpriu. Talvez seu dever fosse livrar-se de todos os desconhecidos, mas ele deveria ter deixado esse homem entrar, pois a entrada era destinada a ele.

– Você não prestou atenção direito nas escrituras e está mudando a história – falou o clérigo. – A história nos dá duas explicações importantes proferidas pelo guardião da porta, uma no começo e outra no fim, sobre a admissão nas leis. Uma delas dizia que ele não podia conceder a entrada naquele momento e a outra dizia que a entrada era destinada apenas para ti. Se houvesse uma contestação entre essas duas explicações, então você teria razão e o guardião da porta realmente teria iludido o homem. No entanto, não há nenhuma contestação. Pelo contrário, a primeira afirmação até sugere a segunda. Seria quase possível dizer que o guardião da porta foi além do seu dever, pressagiando ao homem uma futura possibilidade de admissão. Seu dever sempre pareceu ser apenas rejeitar o homem e, na verdade, muitos estudiosos das escrituras surpreendem-se com o fato de o guardião da porta ter feito qualquer insinuação, pois ele parece adorar a exatidão e guarda seu posto com firmeza. Ele não abandona o posto por anos a fio e apenas fecha o portão bem no fim. Tem muita consciência da importância da sua função, pois diz: "Sou poderoso". Ele reverencia os superiores ao dizer: "Sou apenas o guardião da porta mais inferior". Não é falador, pois, ao longo dos vários anos, diz-se que faz apenas "perguntas apáticas". Ele não é corruptível, pois, ao receber um presente, diz: "Estou aceitando isso apenas para que tu não penses que estou negligenciando alguma coisa". No que diz respeito ao cumprimento de deveres, ele não se deixa abalar nem exasperar, pois diz-se do homem que "cansa o guardião da porta com os seus pedidos". Por fim, sua aparência também indica um personagem pedante com o grande nariz pontudo e a barba longa, fina, negra e tártara. Pode haver um guardião da porta mais fiel ao seu dever? Então, somam-se ao guardião da porta outros traços característicos muito favoráveis àquele que solicita a admissão e que sempre deixam claro que ele poderia desviar-se do seu dever se proferisse qualquer insinuação sobre uma futura possibilidade. Na realidade, é inegável que ele é um pouco ingênuo e também um pouco presunçoso. Mesmo se todas as suas afirmações sobre seu poder, sobre o poder dos outros guardiões e sobre os olhares que nem ele próprio consegue suportar (quero dizer, se todas essas afirmações estiverem corretas), a forma pela qual ele manifesta as ideias indica que sua opinião se turva pela sua ingenuidade e pela sua presunção. A esse respeito, os estudiosos dizem: "A opinião correta sobre uma coisa e a incompreensão da mesma coisa não se excluem mútua e completamente". Em todo caso, contudo, deve-se aceitar que qualquer ingenuidade e presunção, por menor que talvez possam parecer, enfraquecem a guarda da entrada; portanto, o caráter do guardião da porta tem suas fraquezas. Além do mais, parece que a natureza do guardião da porta é ser amigável, de forma alguma ele poderia ser um funcionário público. Logo na primeira parte, ele brinca com o homem, convidando-o a entrar apesar da proibição emitida explicitamente; em seguida, não o manda embora, mas dá a ele, como foi dito, uma banqueta e deixa-o ficar sentado ao lado da porta. A paciência com que suporta os pedidos do homem por todos aqueles anos, as pequenas audiências, a aceitação dos presentes, a nobreza com a qual permite que o homem pragueje ao seu lado contra o infeliz acaso ao qual o guardião da porta o estava submetendo... Tudo isso dá a entender que ele tem compaixão. Nem todo guardião de porta age dessa maneira. E, por fim, ele ainda se inclina profundamente quando o homem acena, a fim de lhe dar a oportunidade de fazer uma última pergunta. Apenas uma fraca impaciência (já que o guardião da porta sabe que tudo está acabando) é revelada nas palavras "tu és insaciável". Alguns até vão além nessa explicação e interpretam que as palavras "tu és insaciável" expressam uma espécie de amistosa admiração que não indica uma total ausência de arrogância. De qualquer modo, conclui-se que a representação do guardião da porta seja diferente do que você acredita.

– Você conhece a história há mais tempo e melhor do que eu – K. falou.

Os dois ficaram em silêncio por um tempo. Depois, K. disse:

– Então você acredita que o homem não foi iludido?

– Não me entenda mal – respondeu o clérigo. – Estou só mostrando a você as opiniões que existem a esse respeito. Você não pode prestar tanta atenção às opiniões. As escrituras são inalteráveis e as opiniões frequentemente são apenas a expressão das dúvidas que suscitam. Nesses casos, há até uma opinião que defende que o guardião da porta é o iludido.

– É uma opinião considerável – K. falou. – Como ela se justifica?

– A justificativa – respondeu o clérigo – vem da ingenuidade do guardião da porta. Dizem que ele não conhece o interior da lei, apenas o caminho que percorre sempre na frente da entrada. A imagem que ele tem sobre o interior é considerada pueril e acredita-se que, apesar de querer assustar o homem, é ele que tem medo. Ele teme mais do que o homem, pois este não quer nada além de entrar, mesmo após ouvir falar dos assustadores guardiões das portas lá de dentro; o guardião, por sua vez, não quer entrar ou, pelo menos, não sabemos nada a esse respeito. Outros dizem ainda que é necessário que ele já tenha estado lá dentro, pois foi contratado para prestar serviços à lei e isso só poderia ter acontecido lá dentro. Em relação a isso, outros argumentam que ele poderia muito bem ter sido contratado para guardar a porta com um grito proferido lá de dentro e que não deve ter adentrado muito profundamente porque não consegue nem suportar o olhar do terceiro guardião. Além disso, todavia, não há relatos indicando que ele tenha falado alguma coisa sobre o interior durante todos aqueles anos além das observações feitas sobre os guardiões das outras portas. Pode ser que ele não estivesse autorizado a fazer isso, mas também nada se fala a respeito de tal proibição. A partir disso, pressupõe-se que ele não saiba nada sobre a aparência nem sobre a importância do interior e, portanto, seja o iludido. E ele deve iludir-se também com o homem da Terra, pois é subalterno a ele sem o saber. O fato de tratar o homem como um subalterno pode ser identificado por vários pontos que você deve lembrar. O fato de que, na realidade, é o guardião que é o subalterno também deve ficar claro segundo essa opinião. O principal é que a liberdade está acima do vínculo. Pois bem, o homem é livre de verdade, pode ir onde quiser, apenas a entrada da lei lhe é proibida e, ainda assim, apenas por um único ser, o guardião da porta. Se fica sentado na banqueta ao lado do portão por toda a sua vida, faz isso voluntariamente. A história não fala de nenhuma coação. O guardião da porta, por sua vez, está vinculado ao posto pelo seu cargo, não lhe é permitido afastar-se no sentido da saída e, ao que tudo indica, não pode entrar nem quando quiser. Além disso, presta serviço à lei, mas serve apenas a essa entrada, ou seja, apenas a esse homem para o qual a entrada é exclusivamente determinada. Por esse motivo, é subalterno. Há de se pressupor que ele prestou um serviço vazio por muitos anos, por toda a vida adulta do homem, pois, como foi dito, chega um homem, ou seja, alguém na idade adulta, isso significa que o guardião da porta precisou esperar muito tempo até cumprir a sua função, e teve que esperar muito tempo até o referido homem chegar voluntariamente. No entanto, o término do seu serviço também é determinado pelo fim da vida do homem; portanto, o guardião continua sendo subalterno a ele até o fim. E sempre é enfatizado que o guardião da porta não parece saber de nada. Nesse sentido, nada salta aos olhos porque, segundo essa opinião, o guardião da porta se encontra em uma desilusão muito maior, que está relacionada ao seu trabalho. Por fim, ao se referir à entrada, ele diz: "Agora irei até lá e a fecharei", mas, no início, diz-se que a porta da lei está aberta como sempre, portanto, ela fica sempre aberta, sempre, ou seja, não depende do tempo que o homem para a qual ela foi destinada viva; portanto, o guardião também não poderá fechá-la. As opiniões divergem a esse respeito, alguns acham que o guardião apenas informa que fechará a porta para dar uma resposta, ou para enfatizar seu dever empregatício, ou para fazer o homem sentir remorso e tristeza no último segundo. Apesar disso, muitos concordam que ele não pode fechar a porta. Acreditam até que, pelo menos no fim, ele tenha menos conhecimentos que o homem e seja subalterno a ele, pois o homem vê o brilho que emana da entrada da lei enquanto o guardião se mantém de costas para ela e não expressa nada que indique sua percepção sobre qualquer mudança.

– É uma justificativa bem pensada – K. disse, repetindo para si mesmo em voz baixa cada um dos pontos da explicação do clérigo. – É uma justificativa bem pensada e agora também acredito que o guardião da porta seja iludido. Apesar disso, não mudei minha opinião anterior, pois as duas coincidem em partes. Não é possível determinar se o guardião vê com clareza ou foi iludido. Eu havia dito que o homem tinha sido iludido. Se o guardião da porta estiver vendo as coisas com clareza, seria possível duvidar disso; no entanto, se o guardião for o iludido, então ele precisará passar essa desilusão para o homem. O guardião, portanto, não é um mentiroso, mas é tão simplório que precisaria ser caçado do cargo imediatamente. Você tem que pensar que a desilusão na qual o guardião se encontra não o prejudica em nada, mas prejudica o homem milhares de vezes.

– Nesse ponto, você fica de frente com uma opinião contrária – diz o clérigo. – Alguns dizem que a história não dá a ninguém o direito de julgar o guardião da porta. Tudo indica que ele seja mesmo um serviçal da lei e, portanto, pertence à lei, o que anula o julgamento humano. Por conseguinte, também não se deveria acreditar que o guardião da porta seja subalterno ao homem. Estar vinculado à lei pelo seu serviço, mesmo que apenas à sua entrada, é incomparavelmente superior a viver em liberdade pelo mundo. Quando o homem chega à lei, o guardião da porta já está lá. Ele está empregado pela lei, duvidar dos seus méritos seria o mesmo que duvidar das próprias leis.

– Discordo dessa opinião – respondeu K. balançando a cabeça. – Porque, se concordarmos com ela, devemos acreditar que tudo o que o guardião da porta diz é verdade. Mas isso não é possível, você mesmo acabou de justificar extensivamente.

– Não – disse o clérigo –, não se deve acreditar que tudo é verdade, deve-se apenas acreditar que tudo é necessário.

– Que opinião mais funesta... – K. falou. – A mentira vai se tornar a ordem mundial.

K. disse isso para concluir, mas não era a sua decisão final. Ele estava muito cansado para conseguir visualizar todas as consequências da história; além disso, ela o levara a seguir linhas de raciocínio incomuns, coisas irreais mais apropriadas para serem discutidas pelo quadro de funcionários da justiça do que por ele. Aquela simples história ficou obscura demais e ele quis livrar-se dela. O clérigo, que agora se mostrava bastante sensato, aceitou e recebeu a observação de K. em silêncio, apesar de, certamente, não corresponder à sua própria opinião.

Eles continuaram em silêncio por algum tempo. K. mantinha-se bem próximo ao clérigo sem saber o local exato em que estava no meio daquela escuridão. A lâmpada na sua mão se extinguira fazia tempo. A estátua prateada de um santo fulgurou uma vez na sua frente apenas com o brilho da prata e logo foi encoberta novamente pelo escuro. Para não continuar totalmente dependente do clérigo, K. perguntou:

– Não estamos perto da entrada principal agora?

– Não – respondeu o clérigo –, estamos bem longe dela. Você já quer ir embora?

Apesar de K. não ter pensado nisso naquele momento, disse imediatamente:

– Com certeza, tenho que ir embora. Sou procurador de um banco, estão me esperando lá. Eu só vim aqui para mostrar a catedral para um parceiro de negócios estrangeiro.

– Bom – falou o clérigo estendendo a mão para K –, então vá.

– Mas eu não consigo encontrar o caminho sozinho no escuro – K. respondeu.

– Vá até a parede pela esquerda – falou o clérigo –, depois siga em frente sem deixar de encostar na parede e você encontrará uma saída.

O clérigo tinha se afastado apenas alguns passos, mas K. gritou muito alto:

– Por favor, espere!

– Estou esperando – disse o clérigo.

– Você não quer mais nada de mim? – questionou K.

– Não – respondeu o clérigo.

– Você tinha sido tão gentil comigo antes – K. falou – e me explicou tudo. Agora está me dispensando como se não se preocupasse mais comigo.

– Mas você tem mesmo que ir embora – retrucou o clérigo.

– Bom, é… – K. falou. – Mas você há de reconhecer.

– Primeiro é você que tem que reconhecer com quem está falando.

– Você é o capelão da prisão – K. respondeu e aproximou-se do clérigo.

Seu retorno imediato para o banco nem era assim tão necessário como tinha dado a entender, ele podia continuar ali tranquilamente.

– Ou seja, eu faço parte da justiça – falou o clérigo. – Por que então eu iria querer alguma coisa de você? A justiça não quer nada de você. Ela o recebe quando você vem e o deixa quando você vai.

Fim

Na noite anterior ao seu 31º aniversário, eram umas nove horas da noite, o momento do silêncio nas ruas, dois homens em casacos vitorianos, pálidos e gordos, com cartolas aparentemente inabaláveis foram até a casa de K. Após uma breve formalidade para abrir a porta da casa com o primeiro pontapé, repetiram-na em maior escala na porta de K. Sem ter recebido nenhum comunicado sobre a visita, K., também de preto, estava sentado em uma cadeira ao lado das portas, vestindo lentamente suas novas luvas com as pontas ainda espetadas para além dos dedos, como quem aguarda convidados. Levantou-se rapidamente e olhou para os homens com curiosidade.

– Então vocês foram mandados para mim? – perguntou.

Os homens assentiram, um apontando para o outro com a cartola nas mãos. K. admitiu que estava aguardando outra visita. Foi até a janela e olhou mais uma vez para a rua escura. Quase todas as janelas do outro lado da rua ainda estavam apagadas, muitas tinham as cortinas abaixadas. Em uma das que estava iluminada do andar, crianças brincavam juntas atrás de uma grade e tateavam-se com as mãozinhas ainda sem conseguir sair do lugar.

– Mandam para mim velhos atores subalternos... – K. falou para si mesmo e olhou ao redor para se admirar com aquilo mais uma vez. – Tentam acabar comigo de forma barata.

K. virou-se de repente para eles e perguntou:

– Em qual teatro vocês atuam?

– Teatro? – perguntou um dos homens contraindo o canto da boca para pedir ajuda ao outro. Este gesticulava como um mudo que está lutando contra um organismo rebelde.

– Vocês não estão preparados para serem questionados – K. disse para si mesmo e foi buscar o chapéu.

Os homens queriam pendurar-se em K. já na escada, mas ele disse:

– Só lá na rua, não estou doente.

Assim sendo, mal haviam passado pela porta e os dois penduraram-se nele de uma forma que K. nunca tinha andado com ninguém antes. Eles ficaram atrás de K. com os ombros colados nos dele. Não dobraram os braços, mas os usaram para entrelaçar os braços de K. em todo o seu comprimento; embaixo, seguraram as mãos de K. com um aperto escolástico, estudado, irresistível. K. seguia teso entre os dois, os três formavam uma unidade tão grande que, se alguém quisesse derrubar um deles, derrubaria todos juntos. Era uma unidade que praticamente só podia ser formada por seres inanimados.

Quando passavam debaixo dos postes de luz, K. tentava ver seus acompanhantes com mais clareza à medida que isso era possível perante a dificuldade dessa proximidade tão justa, assim como fora possível fazer no crepúsculo do seu quarto. "Talvez eles sejam tenores", pensou ao vislumbrar aquelas proeminentes papadas. Ele enojava-se com o asseio do rosto deles. Ainda se podia ver solenemente a mão da limpeza, aquela que passara no canto dos seus olhos, que esfregara seu lábio superior, que coçara as dobras do seu queixo.

Ao perceber isso, K. estacou, por conseguinte, os outros estacaram também. Eles estavam às bordas de uma praça aberta, sem pessoas e decorada com edifícios.

– Por que me mandaram justo vocês? – ele gritou mais do que perguntou.

Parecia que os homens não sabiam nenhuma resposta. Eles esperaram com o braço livre suspenso, como enfermeiros quando o enfermo quer descansar.

– Não vou continuar – K. experimentou dizer.

A isso os homens não precisaram responder, apenas não soltaram aquele aperto e tentaram levantar K. para tirá-lo do lugar, mas ele resistiu.

"Não precisarei mais de muita força, usarei tudo agora", pensou. As moscas voavam em sua direção, afastando-se do visco com as perninhas arrancadas. "Os homens terão bastante trabalho".

Então, diante deles, vindo de uma ruela abaixo, a senhorita Bürstner apareceu subindo uma pequena escada em direção à praça. Não dava para ter certeza de que era mesmo ela, mas a semelhança era enorme. K., no entanto, não se importava se era de fato a senhorita Bürstner, pois tinha acabado de tomar consciência da inutilidade da sua resistência. Não era nada heroico resistir, dificultar a vida dos homens agora, tentar aproveitar o último lampejo de vida agora naquela defesa. Ele pôs-se em marcha e um pouco da alegria que isso causou nos homens passou para ele. Agora, os dois permitiam que ele determinasse a direção do percurso e ele escolheu o caminho que a senhorita, na frente deles, estava fazendo, não porque quisesse alcançá-la, não porque gostaria de observá-la pelo maior tempo possível, somente para não se esquecer da recordação que ela despertava nele.

"É a única coisa que posso fazer agora..." , disse para si mesmo e a simetria dos seus passos e dos passos dos outros dois confirmava seus pensamentos. "A única coisa que faço agora é manter a mente silenciosamente fragmentada até o fim. Sempre quis abraçar o mundo com vinte mãos e nem era por um propósito aprobatório. Não foi correto, será que não devo mostrar agora, pelo menos uma vez, que esse processo de um ano me ensinou alguma coisa? Será que devo partir como um ser bronco? Será que devo deixar as pessoas dizerem que, no início do processo, eu queria o seu fim e agora, no seu fim, eu quis recomeçá-lo? Não quero que digam isso. Sou grato por terem me presenteado com esses homens meio mudos e irracionais para esse caminho e por terem permitido que eu dissesse o necessário a mim mesmo".

Nesse meio-tempo, a senhorita virou em uma ruela lateral, mas K. já podia dispensá-la e largou-se à deriva dos seus acompanhantes. Os três, em completa harmonia dessa vez, subiram uma ponte à luz do luar. Agora os homens cediam prontamente a cada pequeno movimento que K. fazia, quando ele se virava um pouco em direção à grade, os dois também se viravam totalmente. A água, brilhante e tremeluzente ao luar, envolvia uma pequena ilha onde árvores e arbustos aglomeravam-se em compacta folhagem. Embaixo delas, agora escondidas, estendiam-se trilhas de cascalho com bancos confortáveis nos quais K. esticara-se e esparramara-se durante alguns verões.

– Eu não quis ficar parado – disse para os seus acompanhantes, envergonhado pela solicitude deles.

Um pareceu dar uma leve repreensão no outro por trás das costas de K. por causa daquela parada incompreendida e, em seguida, seguiram em frente.

Passaram por algumas ladeiras onde havia policiais parados ou passando aqui e acolá; às vezes ao longe, às vezes bem próximo a eles. Um bigodudo com a mão na bainha do sabre aproximou-se intencionalmente daquele grupo que não era de todo insuspeito. Os homens imobilizaram-se, parecia que o policial já estava abrindo a boca quando K. puxou-os para a frente com força. Ele olhou para trás várias vezes com cuidado para ver se o policial não os estava seguindo e, após terem virado e se distanciado do policial, K. começou a correr, e os homens precisaram correr com ele apesar do pouco fôlego.

Assim, chegaram rapidamente ao fim da cidade que, naquela região, era circundada pelos campos quase sem uma transição definida. Ao lado de uma casa ainda bastante citadina, havia uma pequena pedreira abandonada e deserta. Os homens pararam ali, talvez porque aquele local fosse o seu destino desde o início, talvez porque eles estavam exaustos demais para continuar correndo. Soltaram K. nesse momento, que esperou calado, tiraram as cartolas e, enquanto olhavam ao redor da pedreira, secavam o suor da testa com o lenço. O luar, com sua naturalidade e calmaria, pousava em todos os cantos, pois não havia nenhuma outra luz.

Após trocarem algumas cortesias sobre quem deveria executar a próxima tarefa (parecia que as ordens haviam sido dadas sem qualquer divisão), um deles aproximou-se de K. e despiu-lhe o casaco, o colete e, por fim, a camisa. O frio fez K. tremer involuntariamente e o homem lhe deu um leve tapinha tranquilizador nas costas. Em seguida, dobrou as coisas com esmero, como se faz com aquilo que ainda será necessário talvez muito em breve. Para não deixar K. parado no ar frio da noite, o homem segurou-o por baixo do braço e andou um pouco com ele para lá e para cá, enquanto o outro procurava um local apropriado na pedreira. Ao encontrá-lo, acenou e o outro homem conduziu K. até lá. Era ao lado do declive da pedreira, onde havia uma pedra quebrada. Os homens colocaram K. no chão, encostaram-no na pedra e deitaram sua cabeça em cima dela. Apesar de todo o esforço que fizeram e apesar de toda a boa vontade que K. lhes ofereceu, sua postura mantinha-se bastante forçada e implausível. Um dos homens pediu ao outro para deixar K. deitado em paz por um tempo, mas, mesmo assim, não melhorou. Por fim, deixaram K. em um lugar que não era nem o melhor lugar que já tinham encontrado. Então, um dos homens desabotoou seu casaco vitoriano e, de uma bainha pendurada em um cinto tensionado preso ao seu colete, tirou uma longa e fina faca de açougueiro de dois gumes, levantou-a e verificou o fio à luz. As sórdidas cortesias recomeçaram, passavam e repassavam a faca de um para o outro por cima da cabeça de K. Ele sabia muito bem que sua obrigação seria pegar a faca que passava de mão em mão por cima dele e furar a si mesmo. Mas não fez isso, apenas virou o pescoço ainda livre e olhou para o outro lado. Ele não conseguiu verificar todo o trabalho das autoridades. A responsabilidade desse último erro era daquele que lhe negou o resto da força necessária para tal. Seu olhar alcançava o último andar da casa adjacente à pedreira. Uma luz piscou e as folhas de uma janela separaram-se.

Uma pessoa, fraca e magra lá longe, no alto, inclinou-se bem para a frente e esticou ainda mais os braços. Quem era? Algum amigo? Alguma boa pessoa? Alguém que estava participando? Alguém que queria ajudar? Era o único? Era só isso? Era ajuda? Havia objeções esquecidas? Certamente havia. A lógica até pode ser inabalável, mas ela não resiste a uma pessoa que quer viver. Onde estava o juiz que ele nunca tinha visto? Onde estava a Suprema Corte onde ele nunca havia chegado? Ele levantou a mão e espalmou todos os dedos.

Mas na garganta de K. estavam as mãos de um dos homens, enquanto o outro apunhalava a faca em seu coração e girava-a duas vezes. Com os olhos vacilantes, K. viu ainda como os homens, inclinados bem próximos ao seu rosto, bochecha com bochecha, observavam a decisão.

– Como um cão! – disse.

Era como se a vergonha devesse sobreviver a ele.